新原点丛书

探索涵养中国文化的美文

梁启超

论 中国文学

梁启超 著

上海书店出版社
SHANGHAI BOOKSTORE PUBLISHING HOUSE

目　录

中国之美文及其历史 ………………………………………… 1

　古歌谣及乐府 …………………………………………… 3

　周秦时代之美文 ………………………………………… 92

　汉魏时代之美文 ………………………………………… 101

　唐宋时代之美文 ………………………………………… 177

中国韵文里头所表现的情感 ………………………… 183

屈原研究 ……………………………………………… 259

陶渊明 ………………………………………………… 285

　陶渊明之文艺及其品格 ………………………………… 289

　陶渊明年谱 …………………………………………… 312

　陶集考证 ……………………………………………… 334

情圣杜甫 ……………………………………………… 343

中国之美文及其历史

古歌谣及乐府

序　论

　　韵文之兴,当以民间歌谣为最先。歌谣是不会做诗的人(最少也不是专门诗家的人)将自己一瞬间的情感,用极简短极自然的音节表现出来,并无意要它流传。因为这种天籁与人类好美性最相契合,所以好的歌谣,能令人人传诵,历几千年不废。其感人之深,有时还驾专门诗家的诗而上之。

　　诗和歌谣最显著的分别,歌谣的字句、音节是新定的,或多或少,或长或短,都是随一时情感所至,尽量发泄,发泄完便戛然而止。诗呢,无论四言、五言、七言乃至楚骚体,最少也有略固定的字数、句法和调法,所以词胜于意的地方多少总不能免。简单说,好歌谣纯属自然美,好诗便要加上人工的美。

　　但我们不能因此说只要歌谣不要诗,因为人类的好美性决不能以天然的自满足。对于自然美加上些人工,又是别一种风味的美。譬如美的璞玉,经琢磨雕饰而更美;美的花卉,经栽植布置而更美。原样的璞玉花卉,无论美到怎么样,总是单调的,没有多少变化发展。人工的琢磨雕饰栽植布置,可以各式各样月异而岁不同。诗的命运比歌谣悠长,境土比歌谣广阔,都为此故。后代的诗,虽与歌谣划然异体,然歌谣总是诗的前驱,一时代的歌谣往往与其诗有密切的影响。所以歌谣在韵文界的地位,治文学史的人首当承认。

歌谣自然是用来唱的,但严格论之,歌与谣又自有别。《诗经·魏风·园有桃》篇:"我歌且谣。"《毛传》云:"合乐曰歌,徒歌曰谣。"然则有乐谱者谓之歌,无者谓之谣。虽然,人类必先有歌而后有乐,凡歌没有不先自徒歌起者。及专门音乐家出,乃取古代或现代有名的歌谣按制成谱,于是乎有合乐之歌,则后世所谓乐府也。

诗并不是一定用来唱的,"不歌而诵"的也是诗之一体。但音乐发达的时代,好的诗多半被采入乐,几乎有诗乐合一之观。《史记》说:"《诗》三百篇,孔子皆弦而歌之,以求合《韶》《武》《雅》《颂》之音。"大抵《三百篇》里头,除三《颂》或者是专为协乐而作诗之外,其余十五《国风》多半是各地"徒歌"的民谣,二《雅》则诗人所作"不歌而诵"的诗。自孔子以后,却全部变成乐府了。后世乐府,其成立发达的次序,大概也是一样。

乐府之名,起于西汉。《汉书·艺文志》云:"自孝武立乐府(官名)而采歌谣,于是有代、赵之讴,秦、楚之风。皆感于哀乐,缘事而发。"这几句话叙乐府来历,大概是不错的。但有当注意的一点,当时是采歌谣以入乐府,并非先有乐府而后制歌谣。大抵汉代乐府可大别为二类:其一,《郊祀》《房中》诸歌,歌词与乐谱同时并制,性质和《诗经》的三《颂》略同;其二,即乐府所采之民谣,其中大半是"徒歌",而乐官被之以音乐。《铙歌鼓吹曲》之《朱鹭》《思悲翁》等十八调,《横吹曲》之《陇头》、《折杨柳》……《相和歌辞》之《鸡鸣》《乌生八九子》《陌上桑》等皆是也。(看第三章)性质和《诗经》的十五《国风》略同。汉乐府属于第二类者盖十而七八。此类乐府,大率采各地方之诗,而还被以各地方之乐。[1]但后来有其诗而亡其谱，音节之异同，久已无考了。

汉代乐府，谅来都是能唱的(最少也可以徒歌)，所以和普通的诗可以划然分出界限。魏晋以后，用乐府的调名来做五言诗的题目，虽号称乐府，已经和"不歌而诵"的诗没有分别了。此如《三百篇》与乐相丽，汉以后的四言诗便与乐相离；宋词与乐相丽，元、明词便与乐相离；元、明曲与乐相丽，近人曲便与乐相离。虽时代嬗变不得不然，然而名实之间，却不可含糊看过。要之乐府一体，自西汉中叶始出现，至东汉末年而消沉。乐府在汉代文学史的地位，恰如诗之在唐，词之在宋，确为一时代之代表产物。过此以往，虽继续摹仿者不少，价值却完全两样了。

南北朝以降，摹仿汉乐府的作品，已并吞在五言诗范围中。但其时却另有一种类似乐府之短歌谣，其格调和当时诗家的诗大有不同。把几个时代这类作品比而观之，可以见出数百年间平民文学变迁的实况。

本卷所叙录，以汉乐府为中坚，而上溯古歌谣以穷其源，下附南北朝短调杂曲以竟其委。魏晋后用乐府调名标题诸作，则各以归诸其时代之诗，不复在此论列。

第一章　秦以前之歌谣及其真伪

歌谣既为韵文中最早产生者，则其起源自当甚古。质而言之，远在有史以前，半开化时代，一切文学美术作品没有，歌谣便已先有。试看现在苗子，连文字都没有，却有不少的歌谣。我族亦何独不然？虽然，古歌谣发达虽甚早，传留却甚难。不著竹帛，口口相传，无论传诵如何

---

[1]《汉书·艺文志·诗赋略》载有"《吴楚汝南出诗》十五篇，《燕代讴雁门云中陇西歌诗》九篇，《邯郸河间歌诗》四篇，《齐郑歌诗》四篇，《淮南歌诗》四篇，《左冯翊秦歌诗》三篇，《京兆尹秦歌诗》五篇，《河东蒲反歌诗》一篇，《洛阳歌诗》四篇，《河南周歌诗》七篇，《河南周歌诗声曲折》七篇，《周谣歌诗》七十五篇，《周谣歌诗声曲折》七十五篇。"可见当时乐府，以地为别。又别有所谓"声曲折"者，则乐谱也。

广远，终久总要遗失。何况歌谣之为物，本是当时之人自写其实感，社会状况变迁，情感的内容亦随而变，甲时代人极有趣的作品，乙时代人听起来或者索然无味。现代欧美一时流行的曲子，过了几年便无人过问者往往而有。况于一千几百年前的古歌，想他流传不坠，谈何容易！现在古书中传下来这类古董，也有好十几件，我们虽甚珍惜，却有审查真伪的必要。

最古之歌谣，见于经书者，有帝舜与皋陶唱和的歌：

> 股肱起哉，元首喜哉，百工熙哉。
> 元首明哉，股肱良哉，庶事康哉。
> 元首丛脞哉，股肱惰哉，万事堕哉。

上歌见《尚书·皋陶谟》。在我们未能把《皋陶谟》的编辑时代从新考定以前，只得相信他是真。那么，这三首歌便是中国最古的古歌，距今约四五千年了。但即令是真，也不过君臣谈话之间，用韵语互相劝勉，在情感的文学上，当然没有什么价值。

《尚书大传》也载有性质略同的三首歌：

> 卿云烂兮，纠漫漫兮，日月光华，旦复旦兮。
> 明明上天，烂然星陈，日月光华，弘于一人。
> 日月有常，星辰有行。四时顺经，万姓允诚。于予论乐，
> 配天之灵。迁于贤善，莫不咸听。鼖乎鼓之，轩乎舞之。
> 菁华已竭，褰裳去之。

这三首歌，就诗论诗，总还算好。第一首且已采作国歌了，但以文学史的眼光仔细观察，这诗的字法、句法、音节，不独非三代前所有，也还不

是春秋、战国时所有,显然是汉人作品。《尚书大传》,相传是伏生作,真否已属问题,就算是真,伏生已是汉初人了。据说第一首是帝舜倡,第二首是八伯和,第三首是舜载歌。显是依傍《皋陶谟》那三首造出来的无疑。

此外还有什么帝尧时代的《击壤歌》("日出而作,日入而息。凿井而饮,耕田而食。帝力于我何有哉?")见晋皇甫谧的《帝王世纪》;什么帝舜的《南风歌》("南风之薰兮,可以解吾民之愠兮。南风之时兮,可以阜吾民之财兮。")见晋王肃的伪《家语》。娘家的来历先自靠不住,更无考证之余地了。(伪《列子》有尧时《康衢歌》四句,全钞《诗经》。此外各书还有尧舜时歌数篇,皆无征引之价值。)

《离骚》说:"启九辩与九歌兮,夏康娱以自纵。不顾难以图后兮,五子用失乎家巷。"据此,则夏代的歌,战国时或尚有传闻,但其辞当已久佚了。枚赜伪《古文尚书·五子之歌》篇因此造出五首诗来,近人久已知其伪,不必辨了。要之夏代歌诗,一首无存。无已,则《孟子》书中有晏子所引夏谚:"吾王不游,吾何以休? 吾王不豫,吾何以助? 一游一豫,为诸侯度。"或算得是夏代仅存的韵语。《孟子》这书固然不假,但他根据何经何典,是否春秋、战国时人依托之作,我们却未敢轻下判断。

殷代歌诗,传者依然很少。《商颂》五篇,是否有殷遗文在内,抑全属周时宋人之作,已属疑问。此外见于《史记》者有殷末周初之歌两首:
箕子《过殷墟歌》:

《史记·宋世家》:"箕子朝周,过故殷墟,感宫室毁坏生禾黍,箕子伤之,欲哭则不可,欲泣为其近妇人,乃作《麦秀》之诗以歌咏之。……殷民闻之,皆为流涕。"

麦秀渐渐兮,禾黍油油。彼狡童兮,不与我好兮。(司马迁释之曰"所谓狡童者,纣也。")

伯夷《采薇歌》：

《史记·伯夷列传》："武王已平殷乱,天下宗周,而伯夷、叔齐耻之,义不食周粟,隐于首阳山,采薇而食之。及饿且死,作歌,其辞曰:登彼西山兮,采其薇矣。以暴易暴兮,不知其非矣。黄农虞夏忽焉没兮,我安适归矣? 于嗟徂兮,命之衰矣。"

《史记》固然是最有价值的古史,但所记三代前事,很多令人怀疑之处。这两首歌我们不敢说一定就是原文,但周初诗歌,《三百篇》著录已不少,其有流传之可能性甚明。然则这两首歌,大概也当可信。歌中文辞之优美,意味之浓厚,不待我赞叹了。

西周和春秋初期的歌诗,当以《三百篇》为代表,此处不再说了。其次,则《左传》所载零碎歌谣及其他韵语还不少,今摘录若干章以觇沿革。

周辛甲《虞箴》：（襄四年）

茫茫禹迹,画为九州,经启九道。民有寝庙,兽有茂草,各有攸处,德用不扰。在帝夷羿,冒于原兽,亡（同忘）其国恤,而思其麀牡。武不可重,用不恢于夏家。兽臣司原,敢告仆夫。

辛甲乃周武王时太史,《左传》不过追述其语。

宋正考父鼎铭：（昭七年）

一命而偻,再命而伛,三命而俯,循墙而走,亦莫余敢侮。饘于是,粥于是,以糊予口。

正考父为孔子远祖,在宋佐戴、武、宣三公。盖□□时人,《左传》追述之。

上两篇本非歌谣,因其为韵文之一体,见于《左传》,故类录之。

鲁羽父引周谚:(隐十一年)

山有木,工则度之。宾有礼,主则择之。

晋士芮引谚:(闵元年)

心苟无瑕,何恤乎无家。

晋士芮赋:(僖五年)

狐裘蒙茸,一国三公,吾谁适从?

晋卜偃引童谣:(僖五年)

丙之辰,龙尾伏辰,均服振振,取虢之旂。鹑之奔奔,天策焞焞,火中成军,虢公其奔。

宋筑城者嘲华元讴:(宣二年)

睅其目,皤其腹,弃甲而复。于思于思(同乌腮),弃甲复来。

鲁声伯梦中闻歌:(成十七年)

济垣之水,赠我以琼瑰。归乎归乎,琼瑰盈吾怀乎。

鲁人为臧纥诵:(襄四年)

臧之狐裘,败我于狐骀。我君小子,侏儒是使。侏儒侏儒,使我败于邾。

郑人为子产诵:(襄三十年)

取我衣冠而褚之,取我田畴而伍之。孰杀子产,吾其与之。(子产初执政时所歌)

我有子弟,子产诲之;我有田畴,子产殖之。子产而死,谁其嗣之?(执政三年后所歌)

鲁人为南蒯歌:(昭十二年)

我有圃,生之杞乎。从我者子乎,去我者鄙乎,倍其邻者耻乎。已乎已乎,非吾党之士乎。

鲁鸜鹆谣:(昭二十五年)

鸜之鹆之,公出辱之。鸜鹆之羽,公在外野,往馈之马。鸜鹆跦跦,公在乾侯,征褰与襦。鸜鹆之巢,远哉遥遥,稠父丧劳,宋父以骄。鸜鹆鸜鹆,往歌来哭。

吴申叔仪歌:(哀十三年)

佩玉蕊兮，余无所系之。旨酒一盛兮，余与褐之父睨之。

卫侯梦浑良夫噪：(哀十七年)

登此昆吾之虚，绵绵生之瓜。余为浑良夫，叫天无辜。

上所录并未完备，不过把文学成分较多的摘出来便了。内中最有趣的是嘲华元讴，一群平民一面做工一面唱歌，把对面的人面目写得活现。最奇诡的是浑良夫噪，一个冤鬼被发跳掷的情状，在纸上飒飒有声。

上所录有许多要参考当时的本事，可看《左传》原文，今不赘录。

我们读这些谣谚，当然会感觉他和《三百篇》风格不同，尤其是后半期——襄、昭、定、哀间的作品，句法是长短句较多，格调多轻俊，藻泽加浓厚。虽彼此文体本不从同，亦可以见诗风变迁之一斑了。(《三百篇》中惟"胡为乎株林……"一章与《左传》诸歌谣最相似，此章乃陈灵公时诗，《三百篇》中最晚的一篇了。)

周代歌谣见于《左传》以外者尚不少，但真伪问题却大半要当心了。内中时代最早的则所谓□□西王母《白云谣》：

白云在天，丘陵自出。道里悠远，山川间之。将子无死，尚复能来。

这首谣见《穆天子传》。说是周穆王上昆仑山见西王母，临归，王母觞之于瑶池，唱这谣送他，穆王还有和章。(恕不录)《穆天子传》这部书，乃晋太康三年在汲县魏安釐王冢中，与《竹书纪年》同时出土。书之真伪，问题很杂。若认为全伪，那么，便是晋人手笔；若认为真，便是战国人所记,可算中国最古的小说。若谓西周时的穆王真有此事、真有此诗,未免痴人前说不得梦了。诗却甚佳,但和《三百篇》风格划然不同,细读自能辨。

次则所谓齐宁戚《饭牛歌》:

> 南山矸,白石烂,生不逢尧与舜禅。短布单衣适至骭,从昏饭牛薄夜半,长夜漫漫何时旦。

这首诗始见于《史记集解》引应劭,云出《三齐记》。宁戚是管仲同时人。此诗若真,便是孔子前一百多年的作品了。但我们当注意者,《吕氏春秋·举难》篇、《淮南子·道应训》,并详载宁戚饭牛事,但皆仅言其"扣牛角而歌",并没有载他的歌词。而《后汉书·马融传》注引《说苑》则云:"宁戚饭牛于康衢,击车辐而歌《硕鼠》。"(今本作"歌顾见",字形近而讹。)高诱《吕氏春秋注》亦云:"歌《硕鼠》也。"并将《诗经·硕鼠》篇全文录入注中。所歌是否必为《硕鼠》,虽未确知,但"南山白石"之篇为刘向、高诱所未见,总算有确实反证。《三齐记》已佚,不知何人所撰,恐是晚汉依托之作耳。(又《艺文类聚》及《文选·啸赋》李善注又各载有《宁戚歌》一首,与此文不同。《文选注》那首末句云:"吾将与尔适楚国。"似是因原有歌《硕鼠》之传说,乃将《硕鼠》篇"逝将去汝,适彼乐国",敷衍成文。《艺文类聚》那首前四句和《三齐记》那首大同小异,末句云:"吾将舍汝相齐国。"似是将那两首改头换面凑成。要之,三首皆不可信也。)此诗,就诗论诗,原是很好的,若果真,那么便是七言诗之祖。但我敢说这种诗格,绝非春秋时所有,摆在东汉乐府里头,倒还算上乘。(其实宁戚饭牛事便根本不可信。布衣立谈取卿相,乃战国风气,春秋初期绝无有此事。本是战国游说之士造出来,诗则东汉末伪中生伪。)

其次则所谓秦百里奚妻之歌:

百里奚，五羊皮。忆别时，烹伏雌，炊扊扅。今日富贵，忘我为。

此诗见应劭《风俗通》。（劭，东汉末人。）百里奚为秦穆公时人，诗若真，也是春秋初期作品了。但奚以五羊之皮要穆公，本是战国人造的谣言，孟子已经辩过。这诗句法，颇似汉《郊祀歌》，当属汉人依托，诗亦寡味。

其次则伍子胥自楚亡命时，渔人救之，作歌：

日月昭昭乎侵已驰，与子期乎芦之漪。

日已夕兮，余心忧悲。月已驰兮，何不渡为？事且急兮将奈何。

芦中人，芦中人，岂非穷士乎？

此歌见东汉袁康所著《吴越春秋》。这部书为半小说体的，所载事迹，我们未敢全信。但此歌尚朴，与《左传》所载春秋末歌谣还不甚相远，姑且算他是真的罢。（《吴越春秋》还载有伍子胥《河上歌》、申包胥歌、扈子《琴曲》、越王夫人歌、采葛妇歌等，皆一望而知为汉人手笔。因此我连这首渔父辞也不能不有些怀疑。）

次则《论语》所载楚狂接舆歌：

凤兮凤兮，何德之衰？往者不可谏，来者犹可追。已而已而，今之从政者殆而。

此歌见《论语》，我们当然该相信。但据近人崔适的考证，则《论语》末五篇之真伪还有问题，内中曾否有战国人窜乱，尚未可定。《庄子·人间世》篇亦载此歌，而其词加长，末段有"迷阳迷阳，无伤吾行。吾行却曲，无伤吾足"等语，似是从《论语》衍出。

《庄子·人间世》篇载有孟子反、琴张吊子桑户歌云："嗟来桑户乎！嗟来桑户乎！尔已反其真，而我犹为人猗！"三人皆孔子时人，孟子反即孟之反，子桑户即子桑伯子，俱见《论语》。琴张见孟子，似是孔子弟子。但这首歌大概是庄周寓言代撰，未必为孔子时作品。

次则有孔子所闻的《孺子歌》：

> 沧浪之水清兮，可以濯我缨。沧浪之水浊兮，可以濯我足。

此歌见《孟子》，且述有孔子赞美解释之词，我们应认为真。

孔子最爱唱歌，我们在《论语》和别的书里头，处处可以看出。（《论语》说："子于是日哭，则不歌。"然则不哭之日必歌矣。）但所歌像都是前人旧诗，自己作的很少见。各书中所载孔子诗歌比较可信者只有下列三首：

> 彼妇之口，可以出走；彼女之谒，可以死败。盖优哉游哉，维以卒岁。

见《史记·孔子世家》。说是孔子相鲁，齐人馈女乐间之，孔子去鲁，作此。

> 违山十里，蟪蛄之声犹尚在耳。

见《说苑》，还加以解释，说是："政尚静而恶哗。"

> 泰山其颓乎，梁木其坏乎，哲人其萎乎！

见《礼记·檀弓》篇,说是孔子临没时负杖逍遥所作。

这三首歌所出的书,比较可信,但都是西汉人著述,那时的孔子早已变成半神话的人物,即如《孔子世家》中所载事迹,我们便有一半要怀疑,所以这三首歌是否必出孔子,仍未敢断。歌词也不见什么好处。

此外号称孔子诗者还有若干首,例如什么《适赵临河歌》,("狄水衍兮风扬波,舟楫颠倒更相加,归来归来胡为斯。")见《水经注》;什么《却楚聘歌》,("大道隐兮礼为基,贤人窜兮将待时。天下如一兮欲何之。")什么《获麟歌》,("唐虞世兮凤麟游,今非其时兮来何求?麟兮麟兮我心忧。")俱见伪《孔丛子》;什么《龟山操》,("予欲望鲁兮龟山蔽之,手无斧柯奈龟山何?")见晋人所辑《琴操》。这些显然是魏晋以后赝作,本不足论列,但因一般人尚多崇信,是以录而辨之。

世传《琴操》二卷,题汉蔡邕撰。内载琴曲歌辞四十二首,其中三代人作品居十之九。此书若可信,那么真是《三百篇》以外之商、周乐府,何等宝贵!然《后汉书·蔡邕传》并不言其著有《琴操》。《隋书·经籍志》有《琴操》三卷,则晋人孔衍所撰。今所传本若为《隋志》之旧,则亦晋人所作耳。晋人最好造伪书、伪古典,凡那时代所出现之书言上古事者本极难信。《琴操》所录歌辞,无一首不滥俗恶劣,不惟非三代旧文,即两汉亦无此恶礼也。故今一概不录。因《龟山操》事,附论于此。

战国韵文,除屈原、宋玉几篇巨制震古烁今外,别的绝少流传,北方尤为稀见。勉强找一首,则惟赵武灵王梦中所闻歌:

美人荧荧兮,颜若苕之荣。命乎命乎,曾无我嬴。

此歌见《史记·赵世家》。说武灵王所闻者乃一处女鼓琴而歌,情节和词藻,都和《左传》所记声伯梦中闻歌有点相类。

《楚辞》以外战国时江南诗歌,《说苑·善说篇》所载《越女棹歌》,说是楚国的王子鄂君子晳乘船在越溪游耍,船家女孩子"拥楫而歌",歌的是越音,其词如下:"滥兮抃草滥予昌枑泽予昌昌州州焉乎秦胥胥缦予乎昭澶秦逾渗堤随河湖。"鄂君听著,自然一字不懂,于是叫人译成楚国语如下:

> 今夕何夕兮,搴舟中流。今日何日兮,得与王子同舟。
> 蒙羞被好兮,不訾诟耻。心几顽而不绝兮,知得王子。
> 山有木兮木有枝,心说君兮君不知。

在中国古书上找翻译的文字作品,这首歌怕是独一无二了。歌词的旖旎缠绵,读起来令人和后来南朝的"吴歌"发生联想。《说苑》虽属战国末著述,但战国时楚、越之地,像有发生这种文体之可能。况且还有钩辀鸠舌的越语原文,我想总不是伪造的。

到秦汉之交,却有两首千古不磨的杰歌:其一,荆轲的《易水歌》;其二,项羽的《垓下歌》。

易水歌

《史记·刺客列传》记荆轲为燕太子丹刺秦始皇事云:"……太子及宾客知其事者皆白衣冠以送之,至易水之上。既祖,取道,高渐离击筑,荆轲和而歌,为变徵之声,士皆垂泪涕泣。又前而歌曰:风萧萧兮易水寒,壮士一去兮不复还。"

据《史记》,荆轲的歌当有两首,前一首作"变徵声",大概是叙怆恻的别情，所以满坐垂泪，可惜歌词已失传了；这一首乃最后所歌，史言："复为'羽声'慷慨，士皆瞋目，发尽上指冠。"至今我们读起来，还有一样的同感，当时更可想见了。虽仅仅两句，把北方民族武侠精神完全表现，文章魔力之大，殆无其比。

　　垓下歌

　　《史记·项羽本纪》叙羽最后战败，汉兵围之于垓下，"项王则夜起饮帐中。有美人名虞，常幸从，骏马名骓，常骑之，于是项王乃悲歌慷慨，自为诗曰：……歌阕，美人和之。左右皆泣，莫能仰视"。

　　力拔山兮气盖世，时不利兮骓不逝。骓不逝兮可奈何！虞兮虞兮奈若何！

这位失败英雄写自己最后情绪的一首诗，把他整个人格活活表现，读起来像看加尔达支勇士最后自杀的雕像。则今二千多年，无论那一级社会的人几乎没有不传诵，真算得中国最伟大的诗歌了。（世俗传有虞美人和诗乃是一首打油的五言唐律，更无辨证之价值。）

　　综观以上所录，可见中国含有美术性的歌谣，自殷末周初，始有流传作品。（起喜歌不能算美术的。）就此少数传品而论，周代八百年中，也很看出变迁痕迹。前期的格调，和《三百篇》有点相近，后期便和《楚辞》有点相近。到《易水》《垓下》两歌，已纯然汉风了。最可惜是战国时代传品太少，不甚能看出嬗变的径路。史料阙乏，无可如何了。

第二章　两汉歌谣

　　本章所录，一，除却有曲调的正式乐府；二，除却句律严整的五言诗。所以范围甚窄。但此三种界限，原很难划分，不过为全书组织之便,姑别立此章以便于叙述。读者须与本卷第三章及第四卷第一章合参,方能见出历史全影。

汉代最有名歌谣,自然首推高祖的《大风歌》:

> 《史记·高祖本纪》:"十二年,高祖还归过沛,留。置酒沛宫,悉召故人父老子弟纵酒,发沛中儿得百二十人教之歌。酒酣,高祖击筑,自为歌诗曰:……令儿皆和习之。高祖乃起舞,慷慨伤怀,泣数行下。"

> 大风起兮云飞扬,威加海内兮归故乡,安得猛士兮守四方!

这首诗和项羽《垓下歌》对照,得意失意两极端,令人生无限感慨。诗虽不如《垓下》之美,但确表现他豪迈的人格,无怪乎多年传诵不衰。

高祖还有一首《鸿鹄歌》:

> 《史记·留侯世家》:"上欲废太子,立戚夫人子赵王如意。(后不果)戚夫人泣,上曰:'为我楚舞,吾为若楚歌。'歌曰:鸿鹄高飞,一举千里。羽翮已就,横绝四海。横绝四海,将可奈何?虽有矰缴,尚安所施?"

这首诗虽仅为一爱姬而作,但意态雄杰,依然流露句下。《汉书·艺文志》诗歌类首载:"高祖歌诗二篇。"想他生平所作仅此。他本非文学家,然而这两首却已不弱了。

西汉文物全盛,端推武帝时代。专以文学方面,枚乘、司马相如等辈,布满朝列,述作斐然。武帝自己也爱弄笔墨,流传的诗歌颇不少。但其中真伪颇有问题。见于正史最可信者,莫如《瓠子》《天马》两歌,但辞并不见佳。录之备参考:

瓠子歌二首（见《史记·河渠书》）

瓠子决兮将奈何？浩浩洋洋兮虑殚为河。殚为河兮地不得宁，功无已时兮吾山平。吾山平兮巨野溢，鱼弗郁兮柏（同迫）冬日。正道驰兮离常流，蛟龙骋兮放远游。归旧川兮神哉沛，不封禅兮安知外。为我谓河伯兮何不仁，泛滥不止兮愁吾人。啮桑浮兮淮泗满，久不返兮水维缓。

河汤汤兮激潺湲，北渡回兮迅满难。搴长茭兮湛美玉，河伯许兮薪人属。薪不属兮卫人罪，烧萧条兮噫乎何以御水！隤竹林兮楗石菑，宣房塞兮万世福来。

蒲捎天马歌（见《史记·大宛列传》）

天马来兮从西极，经万里兮归有德。

承灵威兮得外国，涉流沙兮四夷服。

这两首歌出于武帝的大手笔，殆无可疑。但就文学家眼光看来，简直和清高宗的打油诗没有多少分别。他有较好的一首曰《李夫人歌》，见于《汉书·外戚传》，歌云：

是耶？非耶？立而望之，翩何姗姗其来迟。

此诗是他的爱姬李夫人死后他悲悼不已，令方士摄其魂来，在帐后仿佛望见，退而作此。《艺文志》载有"李夫人及幸贵人歌诗三篇"，此当即其一。《外戚传》又云："令乐府诸音家弦歌之。"然则此歌又已入乐，不算"徒歌"了。此歌还算颇有诗趣，能写实感，但怎么好处也说不上。（王子年《拾遗记》还有《落叶哀蝉曲》一篇，也说是武帝思李夫人作，其词为："罗袂兮无声，玉墀兮尘生。……"云云。一望而知为六朝作品，故不复录。）

此外还有一首很流丽的诗,向来都公认为汉武帝所作,名曰《秋风辞》:

　　　　秋风起兮白云飞,草木黄落兮雁南归。兰有秀兮菊有芳,怀佳
　　人兮不能忘。泛楼船兮济汾河,横中流兮扬素波。箫鼓鸣兮发棹
　　歌,欢乐极兮哀情多,少壮几时兮奈老何!

这首诗,《史记》《汉书》及其他汉人著述皆不见,惟见于《汉武帝故事》。
《故事》号称班固撰,《四库提要》已断定是假的了。这首诗柔媚剽滑,毫
没有西京朴拙气,和武帝别的作品尤其不类。起句分明抄袭《大风歌》,
"兰秀""菊芳"两句分明抄袭《楚辞》之"沅有芷兮澧有兰,思公子兮未敢
言"。末两句像是有感慨,其实意浅而调溋。我实不敢信为汉人诗,且
很不解二千年来何以人人赞赏他。
　　别有一首怪诗,据说是元封三年柏梁台落成,武帝宴集群臣作的。
后人名之曰《柏梁诗》。这首诗是武帝和群臣每人作一句,每句七字,集
合成篇。因为体格新奇,所以名为"柏梁体"。诗辞如下:

　　　　日月星辰和四时(帝)　　　　　　骖驾驷马从梁来(梁孝王武)
　　　　郡国士马羽林材(大司马)　　　　总领天下诚难治(丞相)
　　　　和抚四夷不易哉(大将军)　　　　刀笔之吏臣执之(御史大夫)
　　　　撞钟伐鼓声中诗(太常)　　　　　宗室广大日益滋(宗正)
　　　　周卫交戟禁不时(卫尉)　　　　　总领从宗柏梁台(光禄勋)
　　　　平理清谳决嫌疑(廷尉)　　　　　修饰舆马待驾来(太仆)
　　　　郡国吏功差次之(大鸿胪)　　　　乘舆御物主治之(少府)
　　　　陈粟万石扬以箕(大司农)　　　　微道宫下随讨治(执金吾)
　　　　三辅盗贼天下危(左冯翊)　　　　盗阻南山为民灾(右扶风)

外家公主不可治（京兆尹）　　椒房率更领其材（詹事）

蛮夷朝贺常会期（典属国）　　柱枅欂栌相枝持（大匠）

枇杷橘栗桃李梅（太官令）　　走狗逐兔张罘罳（上林令）

齧妃女唇甘如饴（郭舍人）　　迫窘诘屈几穷哉（东方朔）

　　这首诗据说初见于《三秦记》，但《三秦记》已佚，不可考了。大概是小说家言，不足为信史。此诗诗句朴俚，颇有西汉古泽，所以向来都公认为真的。梁朝任昉的《文章缘起》且推为七言之祖，联句之祖。但其中很有可疑的地方。既云此诗作于元封三年，然梁孝王薨于孝景之世，何以能列席？光禄勋、大鸿胪、大司农、执金吾、京兆尹、左冯翊、右扶风诸官，皆太初元年所更名，元封三年何以预书？然则此诗为后人拟作无疑。拟者是否汉人，则未敢断耳。

　　其他西汉诸臣之作及民间歌谣见于《史记》《汉书》者摘录如下：

　　　朱虚侯刘章《耕田歌》（见《史记·齐悼惠王世家》）

　　高后时作，暗斥诸吕弄权。

　　深耕穊种，立苗欲疏。非其种者，锄而去之。（案：此歌似无韵，或是两"种"字为韵，"疏"字与"去"字为韵。）

　　　戚夫人《永巷歌》（见《汉书·外戚传》。高祖所爱戚姬生子如意，封赵王。吕后临朝，囚戚于永巷，髡钳，衣赭衣，令舂。戚且舂且歌。）

　　子为王，母为虏。终日舂薄暮，常与死为伍。相离三千里，当谁使告汝？

　　　《赵幽王友歌》（见《汉书·高五王传》。友，高祖子，吕后妻以诸吕女。不爱，爱他姬，吕后幽絷之，饿死。饿中作歌。）

　　诸吕用事兮刘氏微，迫胁王侯兮强授我妃。我妃既妒兮诬我以恶,谗女乱国兮上曾不寤。我无忠臣兮何故去国,自快(案:疑当作决。)中野兮苍天与直。(案:直者,枉之对文。言望上天主持公道。)于嗟不可悔兮宁早自贼,为王饿死兮谁者怜之?吕氏绝理兮托天报仇。

此两歌虽无藻丽之辞,然抒情极质而丰。

> 文帝时民歌(见《汉书·淮南王传》。淮南厉王长,高帝子。文帝时以罪废死蜀道。民有作此歌者,文帝闻之,为置国如诸侯仪。)
> 一尺布,尚可缝。一斗粟,尚可舂。兄弟二人不相容。
> 李延年歌(见《汉书·外戚传》。延年知音善歌舞,武帝爱之。尝侍帝起舞,歌此,帝曰:"世岂有此人耶?"因进其女弟,是为李夫人。延年后为协律都尉。)
> 北方有佳人,绝世而独立。一顾倾人城,再顾倾人国。宁不知倾城与倾国?佳人难再得。

此篇在汉歌中传诵最广,固是佳作。武帝时乐府,盖由延年主持,于汉代音乐最有关系。

> 武帝时匈奴歌(见《汉书·匈奴传》。元狩二年春,霍去病伐匈奴过焉支山,其夏又攻祁连山,匈奴人作歌。焉支山即燕支山,后世所谓胭脂也。)
> 失我焉支山,使我妇女无颜色。失我祁连山,使我六畜不蕃息。

《匈奴传》尚载有高帝时民歌云:"平城之下亦诚苦,七日不食,不能彀弩。"盖歌高祖被匈奴围困于白登时事。与此歌对照,可略见当时两个交战民族的情绪。

乌孙公主歌(见《汉书·西域传》。武帝元封中结乌孙以制匈奴,遣江都王建女细君妻乌孙昆莫。公主悲愁作歌。)

吾家嫁我兮天一方,远托异国兮乌孙王。穹庐为室兮旃为墙,以肉为食兮酪为浆。居常土思兮心内伤,愿为黄鹄兮归故乡。

此歌情绪甚真,后来王昭君辞之类,都是摹仿依拟他。

李陵别苏武歌(见《汉书·苏武传》。昭帝时匈奴与汉和亲,汉使求苏武等,单于许武还。李陵置酒贺武曰:"异域之人,一别长绝。"因起舞而歌,泣数行下。)

径万里兮度沙漠,为君将兮奋匈奴。路穷绝兮矢刃摧,士众灭兮名已陨。老母已死,虽报恩将安归?

苏李往还诗,见正史者只此一首。词句甚质俚,还不及戚夫人、乌孙公主诸作。后人因此附会,造出"河梁""结发"等五言诗七首,殊不足信。辨详次章。

燕王旦及华容夫人歌(见《汉书》本传。昭帝时燕王旦与上官桀谋反,霍光诛之。事将发觉,且忧置酒万载宫,令宾客群臣妃妾坐饮,旦自歌,华容夫人起舞和之,坐中皆泣。)

归空城兮,狗不吠,鸡不鸣。横术(街道也)何广广兮,固知国中之无人。(王旦)

发纷纷兮置渠,骨藉藉兮无居。母求死子兮妻求死夫,裴回两

渠间兮君子独安居？（安居言何处容身也。）（华容）

我极赏识刘旦这首歌，谓与项羽《垓下》同一绝调。旦畏罪引决，人格自然远非项羽之比，但这诗恰写出他自己一刹那间情绪。那时亦何至无鸡鸣狗吠、街上无人行？但他脑子里萧条凄惨的景象是如此，抓住这点幻影写出来，所以独绝。华容歌虽稍显露，亦自不恶。（广陵王胥有罪自杀，亦留一歌，不甚佳。故不复录。）

广川王去歌（见《汉书》本传。去之妃妒，闭绝诸姬妾，去为姬崔修成作歌。）
愁莫愁，生无聊。心重结，意不舒。内弗郁，忧哀积。上不见天生何益！日崔隤，时不再，愿弃躯，死无悔。

此歌几全用三言，颇似当时《郊祀歌》体格，后此苏伯玉妻《盘中诗》仿之。

杨恽《拊缶歌》（见《汉书》本传。恽以罪废家居怨望，报其友孙会宗书云："……田家作苦，岁时伏腊，烹羊炰羔，斗酒自劳。家本秦也，能为秦声。妇，赵女也，雅善鼓瑟。奴婢歌者数人。酒酣耳热，仰天拊缶而呼乌乌，其诗曰：……"）
田彼南山，芜秽不治。种一顷豆，落而为萁。人生行乐耳，须富贵何时？

恽为司马迁外孙，《史记》就是由他传授出来。这首短歌，有点像诗家之诗了。

成帝时童谣二首（俱见《汉书·五行志》）

燕燕尾涎涎，张公子，时相见。木门仓琅根，燕飞来，啄皇孙。皇孙死，燕啄矢。

邪径败良田，谗口乱善人。桂树华不实，黄爵巢其颠。昔为人所羡，今为人所怜。

右两谣并非同时出现，当时言五行灾异者，指为某种事变之谶兆，我们可不必理他。但他的歌词，确有文学的价值。别的童谣多质俚，此独妍美。第二首绝似五言诗。我们若信民谣和诗人之诗有相互影响，那么，因这首黄爵谣，可略推定五言诗起于西汉之季。

王莽时汝南童谣（见《汉书·翟方进传》）

坏陂谁，翟子威，饭我豆食羹芋魁。反乎覆，陂当复，谁云者，两黄鹄。

此歌亦丰于文学的趣味。

东汉一代，五言渐兴，许多乐府古辞也像是这时代的作品，容在次章再叙。东汉歌谣，可采录者不如西汉之多，仅录数章，以作代表。

马援《武溪歌》（见崔豹《古今注》）

滔滔武溪一何深，鸟飞不度，兽不敢临。嗟哉，武溪多毒淫。

马援为光武功臣，然极长于文学，观本传所录各信札可见。此歌虽不见正史，想当不伪。寥寥数句，抵得太白一篇《蜀道难》。

梁鸿《五噫歌》（见《后汉书》本传）

陟彼北芒兮,噫!顾览帝京兮,噫!宫室崔嵬兮,噫!民之劬
劳兮,噫!辽辽未央兮,噫!

鸿字伯鸾,明帝、章帝时人,传高士者首称之。这首歌格调崭新,音
节谐美,意味渊永,无怪几千年传诵。

张衡《四愁诗》(见《文选》)
我所思兮在太山,欲往从之梁父艰,侧身东望涕沾翰。美人赠
我金错刀,何以报之英琼瑶。路远莫致倚逍遥,何为怀忧心烦劳。
我所思兮在桂林,欲往从之湘水深,侧身南望涕沾襟。美人赠
我琴琅玕,何以报之双玉盘。路远莫致倚惆怅,何为怀忧心烦伤。
我所思兮在汉阳,欲往从之陇阪长,侧身西望涕沾裳。美人赠
我貂襜褕,何以报之明月珠。路远莫致倚踟蹰,何为怀忧心烦纡。
我所思兮在雁门,欲往从之雪纷纷,侧身北望涕沾巾。美人赠
我锦绣段,何以报之青玉案。路远莫致倚增叹,何为怀忧心烦惋。

张衡为当时一大文学家,(小传见卷二叶)别的文学作品很不少。
这首诗采楚骚之神髓,而自创体格,情词曲折斐亹,所以别成一绝调。
以上三首,本应该在汉诗篇论列,因欲令读者知两汉歌谣格调变迁
之迹,故改录于此。

《鸡鸣歌》(见《乐府诗集》)
东方欲明星烂烂,汝南晨鸡登坛唤。曲终漏尽严具陈,月没星
稀天下旦。千门万户递鱼钥,宫中城上飞乌鹊。

《晋太康地记》云:"后汉时,固始、鲖阳、公安、细阳四县术士,习此

曲于阙下歌之。今《鸡鸣歌》是也。"

桓帝初童谣二首（俱见《续汉书·五行志》）

小麦青青大麦枯，谁当获者妇与姑。丈人何在？西击胡。吏
买马，君具车，请为诸君鼓咙胡。

城上乌，尾毕逋，一年生九雏。公为吏，子为徒。一徒死，百乘
车。车班班，入河间。河间姹女工数钱，以钱为室金作堂。石上慊
慊春黄粱，梁下有悬鼓，我欲击之丞相怒。

这两首谣，字句意味都有些不可解之处，也不必深究。但试把他和
西汉初童谣比对，当然觉得有点不同。第一，字句较多，音节较长。第
二，词藻较缛丽，诗的趣味越发浓厚。因此我们可以推测许多时代不明
的乐府古辞，大概都是在这个时候发生。

此外《后汉书》中载有许多对人的歌谣，如："说经不穷，戴侍中。"
"五经无双，许叔重。""天下无双，江夏黄童。""汝南太守范孟博，南阳宗
资主画诺。……""廉叔度，来何暮。……""生世不谐，作太常
妻。……"等等。当时重名誉，喜标榜声气，臧否人物，故此类歌谣特
多。因其与诗风无甚关系，故一概不录。

第三章　汉魏乐府

乐府起于西汉，本为官署之名，后乃以名此官署所编制之乐歌。寖
假而凡入乐之歌皆名焉，寖假而凡用此种格调之诗歌无论入乐不入乐
者皆名焉。

《汉书·礼乐志》记有"孝惠时乐府令夏侯宽"，然则乐府之官，汉初
已有，或承秦之旧亦未可知。但此官有记载价值，则自武帝时始。《艺

文志》云："自孝武立乐府而采歌谣，于是有代、赵之讴，秦、楚之风。"《礼乐志》又云："至武帝定郊祀之礼……乃立乐府……以李延年为协律都尉，多举司马相如等数十人造为诗歌。……"《李延年传》亦云："延年善歌，为新变声。是时上欲造乐，令司马相如等作诗颂，延年辄承弦歌所造诗，为之新声曲。"是知最初之乐府，皆李延年调其音节，制成乐谱。其歌辞则或为司马相如辈所作，或采自民间歌谣。于是此等有谱之歌，即名"乐府"。

至哀帝时，罢乐府官。（见《乐志》颜注。）东汉一代，此官存置无考。然民间流行之歌谣，知音者辄被以乐而制为谱，于是乐府日多。汉魏禅代之际，曹氏父子兄弟祖孙——魏武帝操、文帝丕、陈思王植、明帝睿——咸有文采，解音律，或沿旧谱而改新辞，或撰新辞而并创新谱，乐府于兹极盛矣。

关于纪载乐府歌辞及其沿革之书，可考者列举如下：

《汉书·礼乐志》（汉班固撰，存。）

《志》中叙乐府起原，及录载《房中歌》《郊祀歌》全文，最为可贵。

《乐府歌诗》十卷，《太乐歌辞》二卷（晋荀勖撰，佚。）

见《唐书·艺文志》。前种似久佚。后种宋时犹存，《郡斋读书志》著录。又《古今乐录》曾引《荀录》语，系由《伎录》转引，想亦为荀勖所著。不知即在此二书内否？勖为晋代大音乐家，其所著《笛律》今尚存，亦有歌辞传后。

《元嘉正声技录》一卷（宋张解撰，佚。）

《隋书·经籍志》称梁有此书，唐初已亡。《古今乐录》又曾引张永《技录》，不知永与解是否一人。

《伎录》（宋王僧虔撰，佚。）

各史皆不著录，惟《古今乐录》引之。郑樵、郭茂倩亦屡引之。不知是否宋时仍存，抑郑、郭从《乐录》转引？郑樵之乐府分类，多本此《录》，似是一有系统之书。

《广乐记》（景祠撰。）

祠不知何时人，此书各史志皆未著录，惟《宋书·乐志》引之，则当为沈约以前书。

《宋书·乐志》（梁沈约撰，存。）

叙汉魏晋乐府变迁沿革颇详，汉《铙歌》及许多乐府古辞皆赖以传。

《南齐书·乐志》（梁萧子显撰，存。）

拂舞歌词赖此以传。

《古今乐录》十三卷（陈释智匠撰，佚。）（新、旧《唐书》皆作智丘。）

此书当为六朝时叙录乐府总汇之书，隋、唐、宋《志》皆著录。想元初犹存。郑樵、郭茂倩所引甚多。辑之尚可成帙。

《乐府歌辞》八卷，《乐府声调》六卷（隋郑译撰，佚。）

前一种惟《新唐书·经籍志》著录。后一种《隋志》，新、旧《唐志》皆著录。译为隋代音乐大家，隋雅乐出其手定。此书未见他书征引，不知是否专纪隋乐。

《晋书·乐志》（唐太宗敕撰，存。）

全采沈约《宋志》，间有加详之处。隋、唐以后各史《乐志》与古乐府无甚关系，不复论列。

《乐府歌诗》十卷（唐翟子撰，佚。）

《乐府志》十卷（唐苏夔撰，佚。）

《乐府杂录》一卷（唐段安节撰，存。《学海类编》本。）

此书多言乐器沿革，间及唐乐章，关于汉魏乐府资料甚少。

俱见《唐书·经籍志》。

《乐府古题要解》二卷（唐吴兢撰，存。《津逮秘书》本。）

此书分相和歌、拂舞歌、白纻歌、铙歌、清商、杂题、琴曲等类。各列曲题，每题考证其来历。实研究乐府最重要之资料。兢尚有《古乐府词》十卷，《郡斋读书志》著录，今佚。

《乐府古今解题》三卷（唐郗昂撰，或云王昌龄撰。佚）

见《唐志》。

《乐府解题》（失名，佚。）

《宋史·艺文志》著录。《乐府诗集》征引甚多，当是郭茂倩以前人所著。但据郭所引，什九皆吴兢原文，想是宋人剽窃兢书而作耳。

《乐府广题》二卷（沈建撰，佚。）

见《宋史·艺文志》。建何时人，待考。

《通典·乐典》（唐杜佑撰，存。）

此书虽特别资料不多，然清商乐诸曲调之存佚，言之颇详。

《通志·乐略》（宋郑樵撰，存。）

樵论古最有特识，著述最有条理。此书将乐府曲调名网罗具备，详细分类，眉目极清，甚便学者。但樵主张"诗乐合一"之说太过，将许多不能入乐之五言一并收入，是其疵谬。又分类亦有错误处，下文详辨。

《系声乐谱》二十四卷（宋郑樵撰，佚。）

《乐略》云："臣谨考摭古今，编系节奏。"此书见《宋史·艺文志》，想即其编系节奏之本。质言之，即乐府声谱也。惜书已佚。但汉魏乐府之节奏，樵时能否尚存，实不能无疑。

《乐府诗集》一百卷（宋郭茂倩撰，存。）

此书集各家大成，搜罗最富，研究乐府者必以此为唯一之主要资料。但录后代仿拟之作太多，贪博而不知别裁，有喧宾夺主之患，是其短处。

《古乐苑》五十二卷，《衍录》四卷（明梅鼎祚撰，存。）

此书因袭郭著，有删有补，较为洁净。

《古诗纪》百五十卷（明冯惟讷撰，存。）

此书虽非专录乐府，但所收歌谣之类最多，可补郭著之阙。

关于乐府之著述，存佚合计，略具于此。其现存可供主要参考品者，则汉、宋二《志》，吴、郑、郭三书，其最也。

乐府之分类，似草创于王僧虔《伎录》，而郑樵《乐略》益加精密。今将樵所分列表如下：

第一类……短箫铙歌二十二曲

第二类…… { 鞞舞歌五曲
            拂舞歌五曲 }

第三类…… { 鼓角横吹十五曲
            胡角十曲 }

第四类相和歌…… { 汉旧歌三十曲
                  吟叹四曲
                  四弦一曲
                  平调七曲
                  清调六曲
                  瑟调三十八曲
                  楚调十曲 }

第五类……大曲十五曲

第六类……白纻一曲

31

第七类⋯⋯清商八十四曲

正声之一，以比风雅之声。

第八类⋯⋯{ 汉郊祀十九章
东都五诗
梁十二雅
唐十二和 }

正声之二，以比颂声。

第九类⋯⋯{ 汉三侯诗一章
汉房中乐十七章
隋房内二曲
梁十曲
陈四曲
北齐二曲
唐五十五曲 }

别声，非正乐之用。

第十类⋯⋯琴曲{ 九引
十二操
三十六杂曲 }

正声之余。

第十一类⋯⋯舞曲{ 文武舞二十曲
唐三大舞 }

别声之余。

第十二类⋯⋯有辞无谱者四百十九曲（内又分二十五门今不备录）

遗声，以配逸诗。

原文录八百八十九曲，分为五十二类。今依其性质，归并为十二类。

郑樵把自汉至唐的曲调搜辑完备,严密分类,令我们知道乐府性质和内容是怎么样,这是他最大功劳。因为正史《乐志》,专详郊祀乐章,至多下及铙歌而止,别的部分都抹杀。其实相和、清商诸调,占乐府最主要之部分,史家以其无关朝廷典制而轻视之,实属大误。郑氏之书,最足补此缺点。但其分类错谬之处似仍不少,下文当详辨之。

郭茂倩《乐府诗集》,其分类与郑樵稍有异同。

卷一至卷一二　　郊庙歌辞

卷一二至一三　　燕射歌辞

卷一四至二〇　　鼓吹曲辞(即短箫铙歌)

卷二一至二五　　横吹曲辞(即鼓角及胡角)

卷二六至四三　　相和歌辞

　　　　　　　一、六引　　　　二、曲　　　　三、吟叹曲

　　　　　　　四、四弦曲　　　五、平调曲　　六、清调曲

　　　　　　　七、瑟调曲　　　八、楚调曲　　九、大曲

卷四四至五一　　清商曲辞

　　　　　　　一、吴声歌曲　二、神弦歌　　三、西曲

　　　　　　　四、江南弄　　五、上云乐　　六、梁雅歌

卷五二至五六　　舞曲歌辞

卷五七至六〇　　琴曲歌辞

卷六一至七八　　杂曲歌辞

卷七九至八二　　近代曲辞

卷八三至八九　　杂歌谣辞

卷九〇至一百　　新乐府辞

上目录中所谓"近代曲辞"者，乃隋、唐以后新谱，下及五代、北宋小词，与汉魏乐府无涉。所谓"新乐府辞"者，乃唐以后诗家自创新题号称乐府，实则并未尝入乐。所谓"杂歌谣"，则"徒歌"之谣，如前章所录者是。以上三种，严格论之，皆不能谓为乐府。"舞曲""琴曲"，则古代皆有曲无辞，如"小雅"之"六笙诗"，其辞大率六朝以后人补作也。自余郊庙、燕射、鼓吹、横吹、相和、清商、杂曲七种，则皆导源汉魏，后代循而衍之。狭义的乐府，当以此为范围。

今根据郑、郭两书，分类叙录乐府作品，以汉魏为断。其六朝作品，次章别论。唐以后不复列。

一　郊　庙　乐　章

今所传汉乐府，非惟不知撰人名氏，即年代亦难确指。其可决为西汉作品者，惟《汉书·礼乐志》所载《房中》《郊祀》两歌。

房中歌　十七章（分章依殿版《汉书》，原文但只得十六章，疑中有两章误合为一。）

大孝备矣，纯德昭清。高张四县，（注：县，古悬字。）乐充宫廷。芬树羽林，云景杳冥。金支秀华，庶旄翠旌。（附记：称注者，颜师古原注，下同。）

七始华始，肃倡和声。神来宴娭，（颜注：娭，戏也。）庶几是听。粥粥音送，细齐人情。（晋灼云："微感人情使之齐肃也。"超案：齐当读作剂，言能调剂人之情感。）忽乘青玄，熙事备成。清思眑眑，经纬冥冥。

我定历数，人告其心。敕身齐戒，施教申申。乃立祖庙，敬明尊亲。大矣孝熙，四极爰轃。

王侯秉德，其邻翼翼，显明昭式。（案：此三句每句有韵。）清明岜矣,皇帝孝德。竟全大功,抚安四极。海内有奸,纷乱东北。诏抚成师,武臣承德。行乐交逆,(刘敞曰:逆,迎也。)萧勺群慝。(言以礼乐化强暴。)肃为济哉,盖定燕国。

大海荡荡水所归,高贤愉愉民所怀。大山崔,百卉殖,民何贵,贵有德。

安其所,乐终产。乐终产,世继绪。飞龙秋,游上天。高贤愉,乐民人。(注:"言驾马腾骧秋秋然也。扬雄赋曰:'秋秋跄跄入西园。'其义亦同。"超案:释龙为马,恐非。此正用《易》之"飞龙在天"耳。又案:前章言"高贤愉愉",此言"高贤愉",与秋秋省作秋同一文注。前章"大山崔",次章"丰草葽",亦崔崔、葽葽之省。)

丰草葽,女萝施。善何如,谁能回。大莫大,成教德。长莫长,被无极。

雷震震,电耀耀。明德乡,治本约。(颜注:乡,方也。约读曰要。)治本约,泽弘大。加被宠,咸相保。德施大,世曼寿。

都荔遂芳,窨窊桂华。孝奏天仪,若日月光。乘玄四龙,回驰北行。羽旄殷盛,芬哉芒芒。孝道随世,我署文章。

冯冯翼翼,承天之则。吾易久远,烛明四极。慈惠所爱,美若休德。杳杳冥冥,克绰永福。

砲砲即即,师象山则。乌呼孝哉,案抚戎国。蛮夷竭欢,象来致福。兼临是爱,终无兵革。

嘉荐芳矣,告灵飨矣。告灵既飨,德音孔臧。惟德之臧,建侯之常。承保天休,令问不忘。

皇皇鸿明,荡侯休德。嘉承天和,伊乐厥福。在乐不荒,惟民之则。

浚则师德,下民咸殖。令问在旧,孔容翼翼。

孔容之常,承帝之明。下民之乐,子孙保光。承顺温良,受帝之光。嘉荐令芳,寿考不忘。

承帝明德,师象山则。云施称民,永受厥福。承容之常,承帝之明。下民安康,受福无疆。

《汉志》云:"房中祠乐,高祖唐山夫人所作也。(服虔曰:"高帝姬也。"超案:《汉书·外戚传》无唐山名。)周有房中乐,至秦名曰寿人。凡乐乐其所生,礼不忘本。高祖乐楚声,故房中乐楚声也。孝惠二年使乐府令夏侯宽备其箫管,更名曰安世乐。"因歌名《房中》,又成于妇人之手,后世望文生义,或指为闺房之乐。此种误解,盖自汉末已然。魏明帝时,侍中缪袭奏言:"往昔议者以《房中》歌后妃之德……省读汉《安世歌》,说:'神来燕享,嘉荐令仪。'无有《二南》后妃风化天下之言……宜改曰享神歌。"今案:袭说甚是。《房中歌》盖宗庙乐章,故发端有"大孝备矣"之文。然虽经缪袭辨明,而后世沿讹者仍不少。郑樵依违其说,乃曰:"房中乐者,妇人祷祠于房中也。"可谓瞎说。"房"本古人宗庙陈主之所,这乐在陈主房奏,故以"房中"为名。后来房字意义变迁,作为闺房专用,故有此误解耳。此歌为秦汉以来最古之乐章,格韵高严,规模简古,胎息出于《三百篇》,而词藻稍趋华泽,音节亦加舒曼。周汉诗歌嬗变之迹,最可考见。又此为汉诗第一篇,而成于一夫人之手,足为中国妇女文学增重。

郊祀歌　十九章

练时日,侯有望。(颜注:练,选也。)炳膋萧,延四方。(李奇曰:膋,肠间脂也。萧,香蒿也。注:以萧炳脂合馨香也。)九重开,灵之斿。垂惠恩,鸿祐休。灵之车,结玄云。驾飞龙,羽旄纷。灵之下,若风马。左仓龙,右白虎。灵之来,神哉沛。先以雨,般裔裔。灵之至,庆阴阴。相放怫,震澹心。(注:放怫,犹仿佛也。澹,动也。）灵已坐，五音饬。虞至旦，承灵亿。（注：虞，乐也。亿，安也。超案：虞即娱字。）牲茧栗，粢盛香。尊桂酒，宾八乡。灵安留，吟青黄。遍观此，眺瑶堂。众嫭并，绰奇丽。（孟康曰：嫭，好也。）颜如茶，兆逐靡。被华文，厕雾縠。（注：厕，杂也。）曳阿锡，佩珠玉。侠嘉夜，芔兰芳。（超案：狭当读如浃旬之浃。）澹容与，献嘉觞。　　上《练时日》第一

帝临中坛，四方承宇。绳绳意变，备得其所。清和六合，制数以五。海内安宁，兴文偃武。后土富媪，昭明三光。穆穆优游，嘉服上黄。　　上《帝临》第二

青阳开动，根荄以遂。膏润并爱，跂行毕逮。霆声发荣，壧处顷听。（注：顷，读曰倾。言蛰虫处岩崖者倾听而起。）枯槁复产，（产，生也，）乃成厥命。众庶熙熙，施及夭胎。群生啿啿，惟春之祺。　　上《青阳》第三

朱明盛长，敷与万物。桐生茂豫，靡有所诎。（刘敞曰：桐，幼稚也。）敷华就实，既阜既昌。登成甫田，百鬼迪尝。广大建祀，肃雍不忘。神若宥之，传世无疆。（注：若，善也。宥，祐也。）　　上《朱明》第四

西颢沆砀，秋气肃杀。含秀垂颖，续旧不废。（注：废，合韵音发。）奸伪不萌，妖孽伏息。隔辟越远，四貉咸服。既畏兹威，惟慕纯德。附而不骄，正心翊翊。　　上《西颢》第五

玄冥陵阴，蛰虫盖臧。（古藏字）草木零落，抵冬降霜。易乱除邪，革正异俗。兆民反本，抱素怀朴。条理信义，望礼五岳。籍敛之时，掩收嘉谷。　　上《玄冥》第六（以上四章分咏四时。原跋云："邹子乐。"）

惟泰元尊，媪神蕃釐。（注：泰元，天也。媪神，地也。蕃，多也。釐，福也。）经纬天地，作成四时。精建日月，星辰度理。阴阳

五行，周而复始。云风雷电，降甘露雨。百姓蕃滋，咸循厥绪。继统共勤，顺皇之德。鸾路龙鳞，（原跋云：建始元年，丞相匡衡奏改此句为"涓选休成"。）罔不肸饰。嘉笾列陈，庶几宴享。灭除凶灾，烈腾八荒。钟鼓竽笙，云舞翔翔。招摇灵旗，九夷宾将。　　上《惟泰元》第七

天地并况，惟予有慕。爰熙紫坛，思求厥路。恭承禋祀，缊豫为纷。黼绣周张，承神至尊。千童罗舞成八溢，合好效欢虞泰一。九歌毕奏斐然殊，鸣琴竽瑟会轩朱。璆磬金鼓，灵其有喜。百官济济，各敬厥事。盛牲实俎进闻膏，神奄留，临须摇。长丽前掞光耀明，寒暑不忒况皇章。展诗应律铏玉鸣，函官吐角激徵清。发梁扬羽申以商，造兹新音永久长。声气远条凤鸟鶷，神夕奄虞盖孔享。

上《天地》第八

日出入安穷？时世不与人同。故春非我春，夏非我夏，秋非我秋，冬非我冬。泊如四海之池，（超案：池，读如陀。）遍观是邪谓何？吾知所乐，独乐六龙。六龙之调，使我心若。（超案：若，顺也，善也。言若能调御六龙以升天，则我心顺遂。）訾黄其何不徕下！（注：訾，嗟叹之辞。黄，乘黄也。叹乘黄不来下。应劭曰：乘黄，龙翼而马身，黄帝乘以升天。）　上《日出入》第九

太一况，天马下，沾赤汗，沫流赭。志俶傥，精权奇，籋浮云，晻上驰。体容与，迣万里，今安匹，龙为友。

天马徕，从西极，涉流沙，九夷服。天马徕，出泉水，虎脊两，化若鬼。天马徕，历无草，径千里，循东道。天马徕，执徐时，将摇举，谁与期？天马徕，开远门，竦予身，逝昆仑。天马徕，龙之媒，游阊阖，观玉台。　上《天马》第十

天门开，诛荡荡，穆并骋，以临飨。光夜烛，德信著。灵寖（平而）鸿，长生豫。太朱涂广，夷石为堂。饰玉梢以舞歌，体招摇若永

望。星留俞，塞陨光。照紫幄，珠烦黄。幡比翅回集，贰双飞常羊。月穆穆以金波，日华耀以宣明。假清风轧忽，激长至重觞。神裴回若留放，殑冀亲以肆章。函蒙祉福常若期，寂漻上天知厌时。泛泛滇滇从高斿，殷勤此路胪所求。佻正嘉吉弘以昌，休嘉砰隐溢四方。专精厉意逝九阕，纷云六幕浮大海。　　上《天门》第十一

景星显见，信星彪列，象载昭庭，日亲以察。参侔开阖，爰推本纪，汾脽出鼎，皇佑元始。五音六律，依韦飨昭，杂变并会，雅声远姚。空桑琴瑟结信成，四兴递代八风生。殷殷钟石羽籥鸣，河龙供鲤醇牺牲。百末旨酒布兰生，泰尊柘浆析朝醒。微感心攸通修名，周流常羊思所并。穰穰复正直往宁，冯蠵切和疏写平。上天布施后土成，穰穰丰年四时荣。　　上《景星》第十二

齐房产草，九茎连叶。宫童效异，披图案牒。玄气之精，回复此都。蔓蔓日茂，芝成灵华。　　上《齐房》第十三

后皇嘉坛，立玄黄服。物发冀州，兆蒙祉福。沇沇四塞，假狄合处。经营万亿，咸遂厥宇。　　上《后皇》第十四

华烨烨，固灵根。神之斿，过天门，车千乘，敦昆仑。神之出，排玉房，周流杂，拔兰堂。神之行，旌容容，骑沓沓，般纵纵。神之徕，泛翊翊，甘露降，庆云集。神之愉，临坛宇，九疑宾，夔龙舞。神安坐，羝吉时，共翊翊，合所思。神嘉虞，申贰觞，福滂洋，迈延长。沛施祐，汾之阿。扬金光，横泰河。莽若云，增阳波。遍胪欢，腾天歌。　　上《华烨烨》第十五

五神相，包四邻。土地广，扬浮云。扢嘉坛，椒兰芳。璧玉精，垂华光。益亿年，美始兴。交于神，若有承。广宣延，咸毕觞。灵舆位，偃蹇骧。卉汩胪，析奚遗。淫渌泽，㳽然归。　　上《五神》第十六

朝陇首，览西垠。雷电奈，获白麟。爰五止，显黄德。图匈虐，

熏鬻殟。辟流离,抑不详。宾百僚,山河饶。掩回辕,鬶长弛。腾雨师,洒路陂。流星陨,感惟风。箫归云,抚怀心。　　上《朝陇首》第十七

象载瑜,白集西。食甘露,饮荣泉。赤雁集,六纷员。殊翁杂,五采文。神所见,施祉福。登蓬莱,结无极。　　上《象载瑜》第十八

赤蛟绥,黄华盖。露夜零,昼晻濭。百君礼,六龙位。勺椒浆,灵已醉。灵既享,锡吉祥。芒芒极,降嘉觞。灵殷殷,烂扬光。延寿命,永未央。杳冥冥,塞六合。泽汪涉,辑万国。灵禩禩,象舆轵。票然逝,旗逶蛇。礼乐成,灵将归。托玄德,长无衰。　　上《赤蛟》第十九

《汉书·礼乐志》云:"……至武帝定郊祀之礼,……乃立乐府,……以李延年为协律都尉,多举司马相如等数十人造为诗赋,略论律吕以合八音之调,作十九章之歌。以正月上辛用事甘泉圜丘,使童男女七十人俱歌。……"据此,知此歌为武帝时司马相如等所作,而李延年制其谱。但成之非一时。《天马》《景星》《齐房》《朝陇首》《象载瑜》诸章,各叙年分事繇。其不叙者想亦历若干年陆续作成,但时日难确考了。作歌者非一人,想随时更互有订改,(观成帝时匡衡尚改两句,可知前此亦有之。)故不著明某章为某人作。惟《青阳》《朱明》《西颢》《玄冥》四章,注明为"邹子乐",当是邹阳作。阳,景帝时人,似不逮事武帝,想是当时乐府采其词以制谱。然则十九章中,此四章时代又较早了。

朝廷歌颂之作,无真性情可以发掘,本极难工。况郊庙诸歌,越发庄严,亦越发束缚。无论何时何人,当不能有很好的作品。这十九章在一般韵文里头,原不算什么佳妙,但专就这类诗歌而论,已是"后无来者"。试把晋、宋、隋、唐四《志》所载王粲、缪袭、傅玄、荀勖、沈约……诸家乐章一比较,便见。

这十九章在韵文史里头所以有特殊价值,因为他总算创作。他的体裁和气格,有点出自《诗经》的三《颂》,却并不袭三《颂》面目;有点出自《楚辞》的《九歌》,也不袭《九歌》面目。最少也是镕铸三《颂》《九歌》,别成自己的生命。

十九章中,三言、四言、五言、七言皆有,又或一章中诸言长短并用,开后世作家无限法门。

各章价值,又自分高下。邹子四章最醇古,有《雅》《颂》遗音。分咏四时,各各写出他的美和善。春则"枯槁复产,乃成厥命",夏则"桐生茂豫,靡有所诎",秋则"沇砀肃杀,续旧不废",冬则"革除反木,抱素怀朴"。皆从自然界的顺应,看出人生美善相乐的意义。

《练时日》《天门开》二章,想象力丰富,选辞腴而不缛,实诸章最上乘。《景星》章七言句,遒丽浑健,远非《秋风辞》靡靡之比。《天马》二章亦有逸气。其余诸章便稍差了。

二 郊庙乐章以外之汉乐府在魏晋间辞谱流传者

我的研究汉乐府歌辞所靠的资料,除前所录《房中》《郊祀》两歌见《汉志》外,最古者便是沈约《宋书·乐志》(《晋书》所记事迹时代虽在前,其编著却在后。其《乐志》不过誊抄《宋志》而已。)彼《志》所录魏晋以后辞皆标明某人作,内有不载作者姓名而单题曰"古词"者。沈约自言其体例云:"凡乐章古词今之存者,并汉世街陌谣讴。《江南可采莲》《乌生十五子》《白头吟》之属是也。"据此可知凡《宋志》中所谓"古词",决为汉人作品。(总在魏武帝诸作之前)但汉运历四百年之久,诸谣讴究属何时所造,无从考证。依我推测,总该以属于东汉中叶以后者为最多。因为年代愈久则散佚愈易,西汉武帝时乐府所采,传下来的至多不过百中之一二罢了。

汉乐府词多有不能句读且文义绝对不可解者,此非如寻常古书文字传写讹夺而已,盖其辞从伶工传习之本转录;而伶工所传,实为乐谱,将歌词与音符(后世之"工尺")写在一起,景祐《广乐记》所谓"言字讹谬,声辞杂书",《古今乐录》所谓"声辞艳相杂,不可复分"。(俱《宋志》引。)《宋志》于宋铙歌词下亦注云:"乐人以音声相传,话不可复解。"盖我国乐谱制法拙劣,以致古乐一无遗留;间有一二,则声辞搅做一团,既不能传其声,反因而乱其辞,最可痛惜。试将《宋志》所载汉《铙歌》录出第一、第二两章以示其概:

朱鹭曲
朱露鱼以乌路訾邪鹭何食食茄下不之食不以吐将以问诛者
思悲翁曲
思悲翁唐思夺我美人侵以遇悲翁也但我思蓬首狗逐狡兔食交君枭子五枭母六拉沓高飞莫安宿

《铙歌》中有文义可解——且绝佳者,下文别录之,但其中大部分诘屈不可句读率类此。

试更取一章并录汉、魏、晋、宋四代歌词如下:

艾如张(铙歌第三章)

(汉曲)	(魏曲)
艾而张罗,夷於何。	获吕布,
行成之,四时和。	戮陈宫。
山出黄雀亦有罗,	艾夷鲸鲵,
雀以高飞奈雀何?	驱骋群雄。
为此倚欲,	囊括天下,
谁肯礋室。	运掌中。

(晋曲)	(宋曲)
征辽东,	几令吾呼历舍居执来随
敌失据。	咄武子邪令乌衔针相风
威灵迈日域,	其右其右
渊既授首,	几令吾呼群议破葫执来随
群逆破胆,	吾咄武子邪令乌令乌令
咸震怖。	膔入海相风及后
朔北响应,	几令吾呼无公赫吾执来
海表景附。	随吐吾武子邪令乌与公
武功赫赫,德云布。	赫吾娓立诸布诸布

同一调谱,而魏辞最短,仅二十一字;汉、晋辞皆三十五字;宋辞则多至八十字。可见所添之字,皆声辞相杂之结果。试想《卿云歌》仅十六字,今用为国歌,所用音符有多少个呢?若将音符逐一写作"上工尺一合六凡"等字而与歌辞相杂,如何能读?《宋志》中极有限之"古词",缘此而失其文义者又不少,真可惜极了。

汉乐府辞谱俱全、流传最久者为《铙歌》,亦名《鼓吹曲》,实军乐也。凡二十二曲,内四曲佚其辞。今将其曲名、次第,及魏晋依谱所造新歌列表如下:

铙歌二十二曲

(汉)

1 朱鹭	5 雝离
2 思悲翁	6 战城南
3 艾如张	7 巫山高
4 上之回	8 上陵

9 将进酒   16 临马台

10 君马黄   17 远如期

11 芳树   18 石留

12 有所思   19 务成 ⎱

13 雉子班   20 玄云 ⎰ 此四曲歌辞佚

14 圣人出   21 黄爵行

15 上邪   22 钓竿

（魏）

1 初之平   7 屠柳城

2 战荥阳   8 平南荆

3 获吕布   9 平关中

4 克官渡   10 应帝期

5 旧邦   11 雍熙

6 定武功   12 太和 魏仅用十二曲

（晋）

1 灵之祥   12 承运期（当上邪）

2 宣受命   13 全灵运（当君马黄）

3 征辽东   14 于穆我皇（当雉子班）

4 宣辅政   15 仲春振旅（当圣人出）

5 时运多难   16 夏苗田

6 景龙飞   17 仲秋狝田

7 平玉衡   18 从天运

8 百揆   19 唐尧

9 因时运   20 玄云

10 惟庸蜀（当有所思） 21 伯益

11 天序   22 钓竿

以上曲调名称,在文学上本无甚关系,因《铙歌》在乐府中最为重要,故稍详其历史沿革。

魏晋以后《铙歌》,乃由"帮闲文学家"按旧谱制新辞,一味恭惟皇帝,读起来令人肉麻,更无文学上价值。汉《铙歌》则不然,其歌辞皆属"街陌谣讴",大概是社会上本已流行的唱曲,再经音乐家审定制谱,所以能流传久远。很可惜声辞相混不能解读者过半。内中几首,虽间有三五讹字,然大体尚可读,今录之如下:

战城南(第六曲)

战城南,死郭北,野死不葬乌可食。

为我谓乌:"且为客豪。野死谅不葬,腐肉安能去子逃?"

水深激激,蒲苇冥冥。枭骑战斗死;驽马裴回鸣。

梁筑室,何以南?梁何北?(**此九字似有讹**)禾黍而获君何食,愿为忠臣安可得!

思子良臣,良臣诚可思。朝行出攻,莫不夜归。

此诗代表一般人民厌恶战争的心理,好处在倾泻胸臆,绝不含蓄。用这种歌词作军乐,就后人眼光看起来,很像有点奇怪。但当时只是用人人爱唱的,像并没有什么拣择和忌讳。这首歌写军中实感,虽过于悲愤,亦含有马革裹尸的雄音。

上陵(第八曲)

上陵何美美,下津风以寒。问客从何来,言从水中央。

桂树为君船,青丝为君笮,木兰为君棹,黄金错其间。

沧海之雀赤翅鸿,白雁随。山林乍开乍合,曾不知日月明。

醴泉之水,光泽何蔚蔚。芝为车,龙为马,览遨游,四海外。

甘露初二年,芝生铜池中,仙人下来饮,延寿千万岁。

这首诗差不多没有韵,但细读仍觉音节浑成,意境有点像《离骚》《远游》。

君马黄(第十曲)
君马黄,臣马苍。二马同逐臣马良。
易之有骓蔡有赭。(此句不能解)
美人归以南,驾车驰马,美人伤我心。
佳人归以北,驾车驰马,佳人安终极。

此首像纯是童谣,意义在可解不可解之间,但拙得有味。

有所思(第十二曲)
有所思,乃在大海南。何用问遗君,双珠瑇瑁簪。——
用玉绍缭之。闻君有他心,拉杂摧烧之。
摧烧之,当风扬其灰。从今以往,勿复相思。
相思与君绝。鸡鸣狗吠,兄嫂当知之。(此句不甚可解)
妃呼狶,秋风肃肃晨风飔,东方须臾高知之。(末句不审有无讹脱)

这一首恋歌,正是"温柔敦厚""怨而不怒"的反面,赌咒发誓,斩钉截铁,正见得一往情深。后代决无此奇作,专门诗家越发不能道其只字。

上邪(第十五曲)
上邪,(此二字不可解,或是感叹辞,和"妃呼狶"一样。)我欲与君相知,长命无绝衰。

山无陵,江水为竭,冬雷震震,夏雨雪,天地合,乃敢与君绝。

又是一首情感热到沸度的恋歌,意境、格调、句法、字法,无一不奇特。

临高台(第十六曲)

临高台以轩,下有清水清且寒。江有香草目以兰,黄鹄高飞离哉翻。关弓射鹄,令我主寿万年。

汉《铙歌》十八首中,比较的可以成诵的就算这六首了。其余或仅几句可解,或全首都不可解,真是可惜。

《铙歌》成于汉代何时,今难确考。据《晋中兴书》则谓武帝时已有。(《乐府诗集》引。)我们虽不敢断定,但认为西汉作品,大概还不甚错,惟未必全部都出武帝时耳。(《上陵》篇有"甘露初二年"语,恐是宣帝时作。)他那种古貌、古心、古香、古泽,和别的乐府确有不同。我们既认许多乐府是东汉末年作,这十八首的时代当然要提前估算。

此外,乐府曲调名经郑樵依据《伎录》《古今乐录》等书及宋、晋两《志》分类列目如下:

汉鞞舞歌五曲 ⎰ 关中有贤女
　　　　　　⎱ 章和二年中
　　　　　　　乐久长
　　　　　　　四方皇
　　　　　　　殿前生桂树

汉代燕享所用，其辞至魏初已亡，魏晋皆依旧谱作新歌。

$$
\text{拂舞歌五曲}\begin{cases}\text{白鸠}\\\text{济济}\\\text{独漉}\\\text{碣石}\\\text{淮南王}\end{cases}
$$

汉歌五曲，魏武帝更分碣石为四，共八曲。

$$
\text{鼓角横吹十五曲}\begin{cases}\text{黄鹤吟}\quad\text{洛阳道}\quad\text{骢马}\\\text{陇头吟}\quad\text{长安道}\quad\text{雨雪}\\\text{望行人}\quad\text{豪侠行}\quad\text{刘生}\\\text{折杨柳}\quad\text{梅花落}\quad\text{古剑行}\\\text{关山月}\quad\text{紫骝马}\quad\text{洛阳公子行}\end{cases}
$$

$$
\text{胡角横吹十曲}\begin{cases}\text{黄鹄}\quad\text{入塞}\\\text{陇头}\quad\text{折杨柳}\\\text{出关}\quad\text{黄覃子}\\\text{入关}\quad\text{赤之杨}\\\text{出塞}\quad\text{望行人}\end{cases}
$$

《晋志》云："胡角者，本以应胡笳之声，后渐用之横吹。张博望（骞）入西域，传其法于西京，惟得《摩诃兜勒》一曲。李延年因胡曲更造新声二十八解。乘舆以为武乐，后汉以给边将。和帝时，万人将军得之。魏晋以来，二十八解不复具存。用者有《黄鹄》《陇头》……《赤之杨》《望行人》十曲。"《乐府解题》云："后又有《关山月》《洛阳道》《长安道》《梅花落》《紫骝马》《骢马》《雨雪》《刘生》八曲,合十八曲。"(《乐府诗集》引)据此,则鼓角、胡角,实同一乐,乃从西域传来,李延年采以制谱者。外国音乐之输入,实自此始。郑樵将鼓角、胡角分为二,似未谛审。但延年之二十八解,非惟歌辞多佚,即调名亦半已无传。樵所录合二十五曲,除去重复四曲,余二十一曲;又除魏晋后新增八曲,余十三曲。然则延年旧曲名失考者,尚十五曲也。

江南行	短歌行	艳歌何尝行
度关山	燕歌行	步出夏东门行
长歌行	秋胡行	野田黄雀行
薤露	苦寒行	满歌行
蒿里	董逃行	棹歌行
鸡鸣	塘上行	雁门太守行
对酒	善哉行	白头吟
乌生八九子	东门行	气出唱
平陵乐	西门行	精列
陌上桑	煌煌京洛行	东光

相和歌三十曲

上三十曲,郑樵云:"汉旧歌。"

相和歌吟叹四曲 { 大雅吟　楚妃叹
　　　　　　　 王昭君　王子乔

相和歌四弦一曲——蜀国四弦

上二项,郑樵云:"据张永《元嘉技录》。"

相和歌平调七曲	长歌行	君子行
	短歌行	燕歌行
		从军行
	猛虎行	鞠歌行

相和歌清调六曲	苦寒行	相逢狭路间
	豫章行	塘上行
	董逃行	秋胡行

相和歌瑟调三十八曲		
善哉行	孤儿行	门有车马客行
陇西行	大墙上蒿行	墙上难为趋行
折杨柳	野田黄雀行	日重光行
西门行	钓竿行	月重轮行
东门行	临高台行	蜀道难
东西门行	长安城西行	棹歌行
却东西门行	武舍之中行	有所思行
顺东西门行	雁门太守行	蒲坂行
饮马长城窟行	艳歌何尝行	采梨橘行
上留田行	艳歌福钟行	白杨行
新城安乐官行	艳歌双鸿行	胡无人行
妇病行	煌煌京洛行	青龙行
	帝王所居行	公无渡河行

相和歌楚调五曲	白头吟
	泰山吟
	梁甫吟
	东武吟
	怨歌行

上四项，郑樵云："据王僧虔《伎录》。"

大曲十五曲
- 东门行—东门
- 折杨柳行—西山
- 艳歌罗敷行—罗敷
- 西门行—西门
- 折杨柳行—默默
- 煌煌京洛行—园桃
- 艳歌何尝行—白鹄
- 步山夏门行—碣石
- 艳歌何尝行—何尝
- 野田黄雀行—置酒
- 满歌行—相乐
- 步出夏门行—夏门
- 棹歌行—布大化
- 雁门太守行—洛阳令
- 白头吟

上一项，郑樵不言所本。今案：盖采《宋书·乐志》。

白纻歌一曲——白纻歌

清商曲七曲
- 子夜——即白纻
- 前溪
- 乌衣啼
- 石城乐
- 莫愁乐
- 襄阳乐
- 王昭君

上一项，郑樵不言所本。今案：盖采吴兢《乐府古题要解》也。

清商附三十三曲
- 白雪
- 公莫舞
- 巴渝
- 明之君
- 铎舞
- 白鸠
- 白纻
- 子夜
- 吴声四时歌
- 前溪
- 欢闻歌
- 团扇郎
- 懊侬
- 长史变
- 丁督护
- 读曲
- 乌夜啼
- 估客乐
- 石城乐
- 莫愁
- 襄阳
- 乌夜飞
- 杨叛儿
- 雅歌
- 骁壶
- 常林欢
- 三洲
- 采桑度
- 玉树后庭花
- 堂堂
- 泛龙舟
- 春江花月夜

上一项，郑樵不言所本。今案：盖采杜佑《通典》。清商在唐武后时犹存六十三曲，至佑时则仅此三十三曲也。《唐书·乐志》亦采佑说。

夷乐四十一曲

- 西凉五曲
- 龟兹二十曲
- 天竺二曲
- 康国四曲
- 疏勒三曲
- 安国三曲
- 高丽二曲
- 礼毕二曲

琴操五十七曲（曲名不录）

遗声四百十八曲（曲名不录）

遗声者，郑樵谓本有节奏而后乃失之也，以比古之逸诗。但所列四百十八曲之曲名，率多魏晋六朝人五言诗，并非乐府。

郑樵所搜录者如此。其后郭茂倩虽稍有分合，然大体皆与樵同。内曲名重复互见者虽甚多，然搜辑之勤，我们对他总该表谢意。然樵有大错误者一点，在把"清商"与"相和"混为一谈，均于相和歌三十曲以外，复列相和平调、清调、瑟调、楚调四种。而清商则仅列七曲，附三十三曲，皆南朝新歌。一若汉魏只有相和，别无清商者。殊不知惟清商为有清、平、瑟三调，（楚调是别出的，是否为清商未可知。）而相和则未闻有之。凡樵据王僧虔《伎录》所录之五十一曲，皆清商也。《宋书·乐志》（以下省称《宋志》）云："相和，汉旧歌也，丝竹更相和，执节者歌。本十七曲，朱生、宋识、列和等合之为十三曲。"此十三曲《宋志》全录：1《气出唱》，2《精列》，3《江南》，4《度关山》，5《东光乎》，6《十五》，

7《薤露》,8《蒿里》,9《对酒》,10《鸡鸣》,11《乌生八九子》,12《平陵》,13《陌上桑》。魏明帝时所传相和歌止此,并无三十曲之说也。至于清商,则杜佑《通典》云:"清商三调,并汉氏以来旧典,歌章古调与魏三祖所作者皆备于史籍。"佑所谓史籍,即指《宋志》也,《宋志》录完相和十三曲之后,另一行云:"清商三调歌诗,荀勖撰,旧词施用者。"此下即分列平调六曲,清调六曲,瑟调八曲,则此三调皆属于清商甚明。王僧虔所录,平调增一曲,瑟调增三十曲。僧虔与沈约同时,所增者约盖亦见,但作史有别裁,不能全录,但录荀勖造谱之二十曲耳。而郑樵读《宋志》时,似将"清商三调荀勖撰"一行滑眼漏掉,漫然把《宋书》卷二十一所录诸歌,全都归入相和,造出"相和平调"等名目。于是本来仅有十三曲的相和,无端增出几十曲来;本有几十曲的清商,除吴声七曲外,汉魏歌辞一首都没有。樵亦自知不可通,于是复曲为之说,谓:"汉时所谓清商者,但尚其音耳,晋宋间始尚辞。观吴兢所纂七曲,皆晋宋间曲也。"殊不知清商三调,本惟其音不惟其辞。《魏书·乐志》载陈仲孺奏云:"瑟调以角为主,清调以商为主,平调以宫为主。"其性质如宋乐府之有南吕宫、仙吕宫、大石调、小石调等,本属有声无辞;其被之以辞,则衍为若干曲,有《陌上桑》《相逢》《善哉》……诸名,则犹宋乐府各宫调中有《菩萨蛮》《浪淘沙》……诸曲。郑樵说:"汉但尚音。"实则晋宋何尝不是尚音?他说:"晋宋尚辞。"实则晋宋间辞倒逐渐散亡了。《宋志》载王僧虔奏云:"今之清商,实犹铜雀。魏氏三祖,风流可怀。京洛相高,江左九重,而情变听改,稍复零落。十数年间,亡者将半。……"这便是清商汉魏间有辞,而晋宋间散佚之明证。郑樵的话,刚刚说倒了。大抵替清商割地,始自吴兢,而郑樵、郭茂倩沿其误。今据王僧虔、沈约所记载,复还其旧。又《宋志》于三调之外,复有所谓"大曲"及"楚调",其性质如何虽难确考,既王僧虔以类相次,则宜并属清商。至《通典》所载清商诸曲,则专就唐时现存者言。清商在南朝递有增加,至唐时则远代之汉、魏曲尽亡,存者仅近代之梁、陈曲耳。今依鄙见别造乐府类别表如下（见下页）。

各种乐府除《房中》《郊祀》辞谱同时并制,《郊祀》多出当时著名文学家手笔外,自《铙歌》以下,皆《宋志》所谓"采自街陌谣讴",所谓"始皆徒歌,既而被诸弦管"。故欲观两汉平民文学,必以乐府为其渊海。《房中》《郊祀》《铙歌》,前已具录,下方所录,断自鼓角横吹以下。

下方所录,全采《乐府诗集》之标题"古辞"者。"古辞"之名,起于《宋志》,后之录乐府者皆袭之。《宋志》定"古辞"界说,谓:"并汉世街陌谣讴。"惟《乐府诗集》所录古辞,多于《宋志》一两倍,未必尽出汉代。今以意别择,其确知为魏晋后作品者不录;

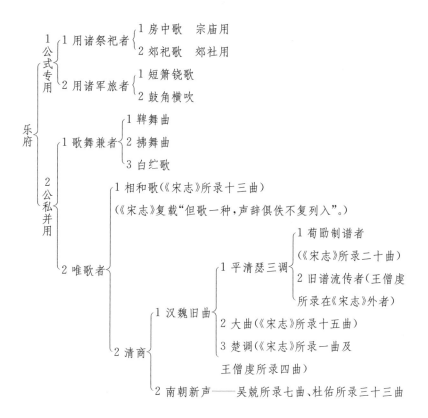

界在疑似间者姑录之，仍以鄙见间加考证焉。

陇头（横吹）

陇头流水，流离四下。念吾一身，飘然旷野。

朝发欣城，暮宿陇头。寒不能语，舌卷入喉。

陇头流水，鸣声幽咽。遥望秦川，心肝断绝。

上一篇，《乐府诗集》编入《梁鼓角横吹曲》中，然《乐府古题要解》称汉横二十八曲，魏晋间存者十曲，《陇头》在焉。此间矫健朴茂，虽未必便出李延年，要是汉人作品。

出塞（横吹）

候骑出甘泉，奔命入居延。旗作浮云影，阵如明月弦。

汉横吹二十八曲，据《晋书·乐志》言当时存者仅有《黄鹄》《陇头》《出关》《入关》《出塞》《入塞》《折杨柳》《黄覃子》《赤之杨》《望行人》十曲，今存者只此一曲。歌辞尚好，但对偶声病颇谨严，颇疑是齐梁后作品，最早亦不过晚汉人拟作。若谓出李延年，我断不敢信。

紫骝马（横吹）

十五从军征，八十始得归。道逢乡里人，家中有阿谁？遥望是君家，松柏冢累累。兔从狗窦入，雉从梁上飞。中庭生旅谷，井上生旅葵。烹谷持作饭，采葵持作羹。羹饭一时熟，不知贻阿谁。出门东向望，泪落沾我衣。

《紫骝马》这调也是胡角横吹，但属后人所加，不见李延年廿八曲之内。(《乐府解题》说。)何时所加,却无可考了。此歌《乐府诗集》载在《梁胡角横吹》项下,全首之前尚有八句,又引《古今乐录》云:"《十五从军征》以下是古辞。"然则非梁时作品明矣。依我看,全首风格朴茂,可以认为汉作。至其词之沉痛,又在杜老《三别》之上,不用我赞美了。

箜篌引(相和六引之一)

崔豹《古今注》云:"《箜篌引》者,朝鲜津卒霍里子高妻丽玉所作也。子高晨起刺船,有一白首狂夫被发提壶,乱流而渡。其妻随而止之,不及,遂堕河而死。于是援箜篌而歌曰:'公无渡河……'声甚凄惨,曲终亦投河死。子高还以语丽玉,丽玉伤之,乃引箜篌而写其声。"

公无渡河,公竟渡河。堕河而死,将奈公何!

这歌不用一点词藻,也不著半个哀痛悲怆字面,仅仅十六个字,而沉痛至此,真绝世妙文。

江南曲(一名《江南可采莲》)(相和)

江南可采莲,莲叶何田田。鱼戏莲叶间。

鱼戏莲叶东,鱼戏莲叶西,鱼戏莲叶南,鱼戏莲叶北。

这歌像是相和歌中最古者,所以各书论及相和歌历史,便首举之。歌辞也不见什么特别好处,但质朴得有趣。

薤露、蒿里(相和)

崔豹《古今注》云:"《薤露》《蒿里》,并丧歌也。本出田横门人。横自杀,门人伤之,为作悲歌。言人命奄忽,如薤上之露易晞灭也,亦谓人死魂魄归于蒿里。至汉武帝时,李延年分为二曲,《薤露》送王公贵人,《蒿里》送士大夫庶人。使挽柩者歌之,亦谓之挽歌。"

薤上露,何易晞。露晞明朝更复落,人死一去何时归!

蒿里谁家地,聚散魂魄无贤愚。(《乐府诗集》云:"蒿里,山名,在泰山南。")鬼伯一何相催促,人民不得少踟蹰。

此二歌是否必出田横门人虽不可知,要当在李延年以前,实汉歌中最古者。

鸡鸣(一名《鸡鸣高树巅》)(相和)

鸡鸣高树巅,狗吠深宫中。荡子何所之,天下方太平。刑法非有贷,柔协正乱名。(一解)

黄金为君门,璧玉为轩阑。堂上双尊酒,作使邯郸倡。刘王碧青甓,复出郭门王。(案:此二句似有讹字。)(二解)

舍后有方池,池中双鸳鸯。鸳鸯七十二,罗列自成行。鸣声何啾啾,闻我殿东厢。(三解)

兄弟四五人,皆为侍中郎。五日一时来,观者满路傍。黄金络马头,颍颍何煌煌。(四解)

桃生露井上,李树生桃傍。虫来啮桃根,李树代桃僵。树木身相代,兄弟还相忘。(五解)

上歌旧不分解,今分作五解,每解六句,各解似皆独立,文义不相连属。又间有全句和别的歌大同小异者,殆当时乐人喜唱之语,故不嫌犯复。汉魏六朝乐府多如此。

乌生(一名《乌生八九子》,一名《乌生十五子》)(相和)

乌生八九子,端坐秦氏桂树间。(案:乌而云端坐,用语奇特。)
嘖!我!(案:此歌连用"嘖我"二字凡五处,颇难解。窃疑"我"即
"哦",与"嘖"字同为感叹辞,重叠叹之。)秦氏家有游荡子,工用睢
阳强,苏合弹。(案:强当为弓之异名。)左手持强,弹两丸出入乌东
西。嘖!我!一丸即发中乌身,乌死,魂魄飞扬上天。阿母生乌子
时,乃在南山岩石间。嘖!我!人民安如乌子处,蹊径窈窕安从通。

白鹿乃在上林西苑中,射工尚复得白鹿脯。嘖!我!黄鹄摩
天极高飞,后宫尚复得烹煮之。鲤鱼乃在洛水深渊中,钓钩尚得鲤
鱼口。

嘖!我!人民生各各有寿命,死生何须复道前后。

此歌大旨言世路险巇,祸机四伏,难可避免。因睹乌子而触发,故
详叙其事而述所感,复推想到白鹿、黄鹄、鲤鱼作陪以广其意。末二句
点出实感。

平陵东(相和)

《古今注》云:"《平陵东》,汉翟义门人所作。"《乐府解题》云:
"义,丞相方进之少子。为东郡太守,以王莽方篡汉,举兵诛之。不
克,见害。门人作歌以怨之也。"

平陵东,松柏桐,不知何人劫义公。

劫义公,在高堂下,交钱百万两走马。

两走马,亦诚难,顾见追吏心中恻。

心中恻,血出漉,归告我家卖黄犊。

陌上桑三解(一名《日出东南隅》,一名《艳歌行》)(大曲)

《古今注》言罗敷邯郸人,为千乘王仁妻,不知何据。《孔雀东
南飞》亦有罗敷名。盖当时用以代表好女子,其事实可不必深

考也。

日出东南隅,照我秦氏楼。秦氏有好女,自名为罗敷。罗敷憙蚕桑,采桑城南隅。青丝为笼系,桂枝为笼钩。头上倭堕髻,耳中明月珠。缃绮为下裙,紫绮为上襦。行者见罗敷,下担捋髭须。少年见罗敷,脱帽著帩头。耕者忘其犁,锄者忘其锄。归来相怒怨,但坐观罗敷。(一解)

使君从南来,五马立踟蹰。使君遣吏往,问"是谁家姝?""秦氏有好女,自名为罗敷。""罗敷年几何?""二十尚不足,十五颇有余。"使君谢罗敷:"宁可共载不?"罗敷前致辞:"使君一何愚!使君自有妇,罗敷自有夫。"(二解)

"东方千余骑,夫婿居上头。何用识夫婿?白马从骊驹。青丝系马尾,黄金络马头。腰中鹿卢剑,可直千万余。十五府小史,二十朝大夫。三十侍中郎,四十专城居。为人洁白皙,鬑鬑颇有须。盈盈公府步,冉冉府中趋。坐中数千人,皆言夫婿殊。"(三解)

《乐府诗集》原注云:"三解前有艳,歌曲后有趋。"案:"艳"与"趋"皆音乐中特别名词。乐府中在末一解之前有"艳",全曲之末有"趋"者不少。

这首歌几乎人人共读,用不着我赞美的批评。我感觉最有趣的是第三解,没头没脑的赞他夫婿,大吹特吹,到末句戛然而止。这种结构,绝非专门诗家的诗所有。晋傅玄有《艳歌行》,将此歌改头换面,末两句作为罗敷告使君语云:"天地正厥位,愿君改其图。"真臭腐得不可向迩。"呜呼!人之度量相越岂不远哉!"

王子乔(相和吟叹)

王子乔,参驾白鹿云中遨。参驾白鹿云中遨。下游来,王子乔。参驾白鹿上至云戏游遨,上建逋阴广里践近高。结仙宫,过谒三台。东游四海五岳,山过蓬莱紫云台。

三王五帝不足令,令我圣朝应太平。养民若子事父明,当究天禄永康宁。

玉女罗坐吹笛箫,嗟行圣人游八极,鸣吐衔福翔殿侧。圣主享万年,悲吟皇帝延寿命。

"相和吟叹曲"凡四曲,(曲目见前表)古辞现存者只此一曲。辞并不佳,且有讹字,因其稀罕,故录之以备历史。

长歌行其一(清商平调)

青青园中葵,朝露待日晞。阳春布德泽,万物生光辉。常恐秋节至,焜黄华叶衰。百川东到海,何时复西归。少壮不努力,老大徒伤悲!

此歌音节谐顺,绝似建安七子诗,与其他汉乐府气格不同。但既相传为古辞,或是晚汉作品耳。

长歌行其二(清商平调)

仙人骑白鹿,发短耳何长。导我上太华,揽芝获赤幢。来到主人门,奉药一玉箱。主人服此药,身体日康强。发一白更黑,延年寿命长。

岧岧山上亭,皎皎云间星。远望使心思,游子恋所生。驱车出北门,遥观洛阳城。凯风吹长棘,夭夭枝叶倾。黄鸟飞相追,咬咬弄音声。伫立望西河,泣下沾罗缨。

此歌《乐府诗集》连写作一首,细绎文义,似确是两首,当是传抄者误会耳。(拆作两首,每首字句与"青青园中葵"那首正相等。)前一首纯属汉乐府音节,后一首已带建安诗风。

猛虎行(清商平调)

饥不从猛虎食,暮不从野雀栖,野雀安无巢,游子为谁骄?

此歌《乐府诗集》不录入正文,惟于魏文帝《猛虎行》之前著一小序引及之。未知其辞是否止于此。

君子行(清商平调)

君子防未然,不处嫌疑间。瓜田不纳履,李下不整冠。嫂叔不亲授,长幼不比肩。劳谦得其柄,和光甚独难。周公下白屋,吐哺不及餐。一沐三握发,后世称圣贤。

此歌全属建安诗风,且亦不见佳。

豫章行(清商清调)

白杨初生时,乃在豫章山。上叶摩青云,下根通黄泉。凉秋八九月,山客持斧斤。我□何皎皎,梯落□□□。根株已断绝,颠倒岩石间。大匠持斧绳,锯墨齐两端。一驱四五里,枝叶自□捐。□□□□□,会为舟船燔。身在洛阳宫,根在豫章山。多谢枝与叶,何时复相连。

吾生百年□,自□□□俱。何意万人巧,使我离根株。(空格皆原阙)

此歌与《乌生八九子》同一意境,气格亦略相类。

董逃行五解(清商清调)

吾欲上谒从高山,山头危屹大难言。遥望五岳端,黄金为阙班璘,但见芝草叶落纷纷。(一解)

百鸟集来如烟,山兽纷纶,麟辟邪。(案:辟邪,獬豸也。)其端鹍鸡声鸣,但见山兽援戏相拘攀。(二解)

小复前行,玉堂未心怀流还。(案:此七字疑有讹夺。)传教出门来,"门外人何求所言?""欲从圣道求得一命延。"(三解)

教敕凡吏受言,"采取神药若木端,白兔长跪捣药,虾蟆丸。(案:谓使兔捣药,虾蟆丸之。丸者搓使成团也。)奉上陛下一玉柈,服此药可得神仙。"(四解)

服尔神药,莫不欢喜。陛下长生老寿,四面肃肃稽首。天神拥护左右,陛下长与天相保守。(五解)

《续汉书·五行志》云:"灵帝中平中,京都歌曰:承乐世,董逃。游四郭,董逃。蒙天恩,董逃。带金紫,董逃。行谢恩,董逃。整车骑,董逃。垂欲发,董逃。与中辞,董逃。出西门,董逃。瞻宫殿,董逃。望京城,董逃。日夜绝,董逃。心摧伤,董逃。"《风俗通》云:"董卓以《董逃》之歌,主为己发,大禁绝之。"《古今注》云:"《董逃歌》,后汉游童所作。终有董卓作乱,卒以逃亡。后人习之为歌章,乐府奏之。"超案:"董逃"二字本有音无义,殆童谣尾声用以凑节拍,如"丁当"耳。董卓心虚迷信,因其同音,认为己谶,如洪宪时禁卖元宵(袁消)也。但我们因此可以推定"上谒高山"之歌出现在董卓后,恐是汉乐府中最晚出的了。

相送行（一名《相逢狭路间》，一名《长安有狭邪》）（清商清调）

相逢狭路间，道隘不容车。不知何年少，夹我问君家。君家诚易知，易知复难忘。黄金为君门，白玉为君堂。堂上置尊酒，作使邯郸倡。中庭生桂树，华灯何煌煌。兄弟两三人，中子为侍郎。五日一来归，道上自生光。黄金络马头，观者盈道傍。入门时左顾，但见双鸳鸯。鸳鸯七十二，罗列自成行。音声何噰噰，鹤鸣东西厢。大妇织绮罗，中妇织流黄。小妇无所为，挟瑟上高堂。丈人且安坐，调丝未遽央。

此歌与《鸡鸣高树巅》多相同之语句，窃疑两首中必有一首为当时伶人所造，采集当时通行歌语而谱以新调。乐府中类此者尚多。

《乐府诗集》别录有《长安有狭邪》古辞一首，其词与此首大同小异，两调本属一调，今不复录。

六朝人用法调袭此歌，改换数字成篇者，不下十数家。荀昶、梁武帝、梁简文帝、庾肩吾、王冏、徐防、张率等，俱见《乐府诗集》，真是文章孽海。辛稼轩词《调寄清平乐》云："茅檐低小，溪畔青青草。醉里吴音相媚好，白发谁家翁媪？大儿锄豆溪东，中儿正织鸡笼。最喜小儿无赖，溪头卧剥莲蓬。"正从这首歌的"三妇"脱胎出来。像这样的模仿，才算有价值呢！

善哉行六解（清商瑟调）

来日大难，口燥唇干。今日相乐，皆当喜欢。（一解）

经历名山，芝草翻翻。仙人王乔，奉药一丸。（二解）

自惜袖短，内（同纳）手知寒。惭无灵辄，以报赵宣。（三解）

月没参横，北斗阑干，亲交在门，饥不及餐。（四解）

欢日常少，戚日苦多。以何忘忧，弹筝酒歌。（五解）

淮南八公，要道不烦。参驾六龙，游戏云端。（六解）

此首在四言乐府中，音节最谐美，和魏武帝的《对酒当歌》颇相类，想时代相去不远。但魏武别有《善哉行》数首，此首必在其前耳。第一解语颇酸恻，生当乱世汲汲顾影的人确有这种感想。

陇西行（一名《步出夏门行》）（清商瑟调）

天上何所有，历历种白榆。桂树夹道生，青龙对道隅。凤凰鸣啾啾，一母将九雏。顾视世间人，为乐甚独殊。好妇出迎客，颜色正敷愉。伸腰再拜跪，问客"平安不"？请客北堂上，坐客毡氍毹。清白各异樽，酒上正华疏。酌酒持与客，客言"主人持"。却略再拜跪，然后持一杯。谈笑未及竟，左顾敕中厨。促令"办粗饭"，慎勿使稽留。废礼送客出，盈盈府中趋。送客亦不远，足不过门枢。取妇得如此，齐姜亦不如。健妇持门户，亦胜一丈夫。

乐府中意境新颖，结构瑰丽，全首无一懈弱之点者，莫如《陌上桑》和这篇。这篇以"陇西"为题，想是写陇西风俗。写的是一位有才干知礼义的主妇，却从天上人"顾视世间"的眼中看出来，写天上话不多，境界却是极美丽闲适。写主妇言语举动，琐琐如画，却无一点堆垛，可谓极技术之能事。

出步前门行（即前调）（清商瑟调）

邪径过空庐，好人常独居。卒得神仙道，上与天相扶。过谒王父母，乃在太山隅。离天四五里，道逢赤松俱。揽舆为我御，将吾上天游。天上何所有，历历种白榆。桂树夹道生，青龙对伏趺。

这首末四句和前首起四句全同，两首不知孰先孰后。当时乐府并不嫌字句抄袭，只要全首组织各有各妙处。

折杨柳行四解（大曲）

默默施行违，厥罚随事来。妹喜杀龙逢，桀放于鸣条。（一解）

祖伊言不用，纣头悬白旄。指鹿用为马，胡亥以丧躯。（二解）

夫差临命绝，乃云负子胥。戎王纳女乐，以亡其由余。（三解）

三夫成市虎，慈母投杼趋。卞和之削足，接舆归草庐。（四解）

此首堆积若干件故事，别是一格，词却不佳。

东门行四解（大曲）

出东门，不顾归。来入门，怅欲悲。盎中无斗储，还视桁上无悬衣。（一解）

拔剑出门去，儿女牵衣啼。他家但愿富贵，贱妾与君共铺糜。（二解）

"共铺糜，上用（以也，因为也。）仓（同苍）浪天故，下为黄口小儿。（言上要对得起苍天，下要替儿女积福。）今时清廉难犯，教言君复自爱莫为非。"（三解）

"今时清廉难犯，教言君复自爱莫为非。行吾，（此二字不可解，疑"吾"读作"乎"感叹辞。）去为迟。（此三字亦不甚可解，疑有讹夺。）平慎行，望君归。"（四解）

此篇写一有气骨的寒士家庭，人格岳岳难犯，爱情却十分浓挚。又是乐府中一别调。

《乐府诗集》于此篇之前尚录有《西门行》古辞一篇,凡六解:"出西门,步念之。今日不作乐,当待何时?……"云。但原书引《古今乐录》谓:"据王僧虔《伎录》,古《西门》一篇今不传。"然则僧虔时该诗已佚矣。《诗集》所录,乃据《乐府解题》者。但该诗辞意浅薄,采《古诗十九首》中"生年不满百"一首添补而成,似非古辞。今从僧虔,不录。

饮马长城窟行(清商瑟调)

青青河畔草,绵绵思远道。远道不可思,夙昔(朝夕也)梦见之。梦见在我旁,忽觉在他乡。他乡各异县,展转不相见。枯桑知天风,海水知天寒。入门各自媚,谁肯相为言? 客从远方来,遗我双鲤鱼。呼儿烹鲤鱼,中有尺素书。长跪读素书,书中竟何如? 上有"加餐食",下有"长相忆"。

此诗《玉台新咏》题为蔡邕作,但《乐府诗集》据《解题》仍题古辞。格调纯类五言诗,想时代定不甚早,邕作之说或可信。

上留田行(清商瑟调)

《古今注》云:"上留田,地名也。人有父母死不字其孤弟者,邻人为其弟作悲歌以风其兄。"

里中有啼儿,似类亲父子。(谓亲父所生之子。)回车问啼儿,慷慨不可止。

底下所录《妇病》《孤儿》两首,以繁语写实感,此首以简语写实感,各极其妙。

妇病行（清商瑟调）

妇病连年累岁，传呼丈人前一言。当言未及得言，不知泪下一何翩翩。"属累君两三孤子，莫我儿饥且寒。有过慎勿笪（音挞）笞，行当折摇思复念之。"（此句疑有误字。）

乱曰：抱时无衣，襦复无里。闭门塞牖舍，孤儿到市。道逢亲交，（疑当作父，下同。）泣坐不能起。对父（原作交，今以意改。）啼泣，泪不可止。我欲不伤悲，不能已。探怀中钱持授父。（原作交，今以意改。）入门见孤儿啼，索其母抱。徘徊空舍中，行复尔耳，弃置勿复道。

病妇临终言："勿令儿饥寒。""乱曰"以下，正写儿饥寒之状。有两三孤子，故稍长者能到市逢亲父，幼者啼索母抱。父始终未归，故旁观者"徘徊空舍"，叹惜"弃置"。

孤儿行（一名《放歌行》）（清商瑟调）

孤儿生，孤儿遇生命独当苦。父母在时，乘坚车坐驷马。父母已去，兄嫂令我行贾。——

南到九江，东到齐与鲁。腊月来归，不敢自言苦。头多虮虱，面目多尘。大兄言办饭，大嫂言视马。上高堂行取殿，（此三字难解，当是谒父母影堂。）下堂，孤儿泪下如雨。

使我朝行汲，暮得水。来归，手为错，足下无菲。（草鞋）怆怆履霜，中多蒺藜。拔断蒺藜，肠肉中怆欲悲。泪下渫渫，清涕累累。

冬无复襦，夏无单衣。

居生不乐，不如早去，下从地下黄泉。

春气动，草萌芽。三月蚕桑，六月收瓜。将是瓜车，来到还家。瓜车反覆，助我者少，啖瓜者多。愿还我蒂，兄与嫂严独且急，归当与校计。

乱曰:里中一何诡诡,愿欲寄尺书将与地下父母,兄嫂难与久居。

这首歌可算中国头一首写实诗,妙处在把琐碎情节委曲描写。内中行汲、收瓜两段特别细叙,深刻情绪自然活现,是写生不二法门。

雁门太守行八解(清商瑟调)

孝和帝在时,洛阳令王君,本自益州广汉蜀民,少行宦,学通五经论。(一解)

明知法令,历世衣冠。从温补洛阳令,治行致贤,拥护百姓,子养万民。(二解)

外行猛政,内怀慈仁,文武备具,料民富贫,移恶子姓,篇著里端。(三解)

伤杀人,比伍同罪对门。禁鳌予八尺,捕轻薄少年。加笞决罪,诣马市论。(四解)

无妄发赋,念在理冤,敕吏正狱,不得苛烦,财用钱三十,买绳礼竿。(五解)

贤哉贤哉,我县王君。臣吏衣冠,奉事皇帝。功曹主簿,皆得其人。(六解)

临部居职,不敢行恩。清身苦体,夙夜劳勤。治有能名,远近所闻。(七解)

天年不遂,早就奄昏。为君作祠,安阳亭西。欲令后世,莫不称传。(八解)

此歌专颂一地方官功德,(所颂为王涣,字稚子,《后汉书》有传,石刻中存有《王稚子阙铭》。)体例与他歌皆异。歌并不佳,但既为汉人作品,仍录之以备一格。

艳歌何尝行四解(一名《飞鹄行》)(大曲)

飞来双白鹄,乃从西北来。十十五五,罗列成行。(一解)

妻卒被病,行不能相随。五里一反顾,六里一徘徊。(二解)

"吾欲衔汝去,口噤不能开。吾欲负汝去,毛羽何摧颓。"
(三解)

乐哉新相知,忧来生别离。踟蹰顾群侣,泪下不自知。(四解)

念与君离别,气结不能言。各各重自爱,远道归还难。妾当守空房,闭门下重关。若生当相见,亡者会黄泉。今日乐相乐,延年万岁期。(原注云:"念与"下为趋。)

此歌著语不多,然伉俪挚爱,表现到十二分。"五里反顾,六里徘徊","吾欲衔汝,吾欲负汝"等句,我们悼亡的人,不能卒读。

此歌分五段,而旧本只云"四解",原注又谓"念与下为趋"。然则末段十句非本文矣。《古今乐录》引王僧虔云:"大曲有艳、有趋、有乱。艳在曲之前,趋与乱在曲之后。亦犹吴声、西曲前有和,后有送也。"(《乐府诗集》引。)案:"趋"或有歌辞在本文中为附庸,或并无歌辞,由乐工临时增人以凑音节。如《日出东南隅》等篇,原注云:"曲后有趋。"而其趋辞无传,想是听乐工自由增入也。本篇前四解皆"艳",为本文;后十句之"趋"则附庸。又最末两句"今日乐相乐,延年万岁期",与全文意义不相联属,殆乐工临时增唱者。乐府中类此者甚多。(《相逢狭路间》之末两句"丈人且安坐,调丝未遽央",性质亦与此同。乐工唱完这一曲,说道还有他曲,请安心等等云耳。"调丝"并不连上句之"挟瑟"而言。)

艳歌何尝行五解（大曲）

何尝快，独无忧。但当饮醇酒，炙肥牛。（一解）

长兄为二千石，中兄被貂裘。（二解）

小弟虽无官爵，鞍马驱驱，往来王侯长者游。（三解）

但当在王侯殿上，快独撑蒲六博，对坐弹棋。（四解）

男儿居世，各当努力，蹙迫日暮，殊不久留。（五解）

少小相触抵，寒苦常相随。忿恚安足诤，吾中道与卿共别离。
约身奉事君，礼节不可亏。上惭沧浪之天，下顾黄口小儿。奈何复
老。心皇皇独悲，谁能知？（原注云：“少小”下为趋，曲前为艳。）

这首亦有很长的“趋”，不在原曲五解中。注所谓“曲前为艳”，疑当
作“前曲”，盖谓“趋”以前之曲皆“艳”耳。这首的“趋”，和前曲不相连
属，当是伶工临时杂凑。“沧浪天”“黄口小儿”等语，明明割裂《东门行》
凑成。

艳歌行（清商瑟调）

《古今乐录》曰：“《艳歌行》非一，有直云《艳歌》，即此《艳歌行》
是也。若《罗敷》《何尝》《双鸿》《福钟》等行，亦皆艳歌。”（《乐府诗
集》引）案：普通大曲，曲前有艳，或末解之前有“艳”。此歌及《罗
敷》《何尝》等四章，殆全曲皆“艳”的音节，故专以“艳歌”名。后人
指衾体为艳歌，误也。

翩翩堂前燕，冬藏夏来见。兄弟两三人，流宕在他县。故衣谁
当补？新衣谁当绽？赖得贤主人，览（同揽）取为我绽。夫婿从门
来，斜柯西北眄。语卿且勿眄，水清石自见。石见何累累，远行不
如归。

此诗结构颇有趣,说的一位作客的人流离在别人家,那家的男人却亦出去作客,末句"远行不如归"总结两客。

艳歌行(清商瑟调)

南山石嵬嵬,松柏何离离。上枝拂青云,中心十数围。洛阳发中梁,松树窃自悲。斧锯截是松,松树东西摧。特作四轮车,载至洛阳宫。观者莫不叹,问是何山材。谁能刻镂此,公输与鲁班。被之用丹漆,薰用苏合香。本是南山松,今为宫殿梁。

此歌与《豫章行》同一命意,但辞不逮彼。

艳歌(清商瑟调)

今日乐相乐,相从步云衢。天公出美酒,河伯出鲤鱼。青龙前铺席,白虎持榼壶。南斗工鼓瑟,北斗吹笙竽。姮娥垂明珰,织女奉瑛琚。苍霞扬东讴,清风流西歈。垂露成帷幄,奔星扶轮舆。

此歌《乐府诗集》不录,据冯惟讷《古诗记》补入。此歌专讲享受自然界之美,颇富于想象也。但以格调论,除首二句外,全首对偶,末四句颇伤雕饰,疑非汉作。姑存之。

白头吟(大曲)

皑如山上雪,皎似云间月。闻君有两意,故来相决绝。
今日斗酒会,明日沟水头。躞蹀御沟上,沟水东西流。
凄凄复凄凄,嫁娶不须啼。愿得一心人,白头不相离。
竹竿何袅袅,鱼尾何簁簁。男儿重意气,何用钱刀为!

《乐府诗集》载"晋乐所奏",此曲凡分五解。首四句为第一解,次四句为第二解,但在解前添"平生共城中,何尝斗酒会"二句,共六句。此下添"郭东亦有樵,郭西亦有樵,两樵相推与,无亲为谁骄"四句,为第三解。"凄凄复凄凄"四句为第四解。"竹竿"以下为第五解。但末又添四句:"龈如马啖萁,川上高士嬉。今日相对乐,延年万岁期。"所添之句殊拙劣,且或与原辞文义不属,此皆乐工增改原文以求合音乐节拍。如元人曲本,明清伶人动多增改也。其所增改,或插入别的歌谣零句,如"郭东亦有樵"四句便是;或乐工自己杂凑,如"平生共城中"二句及末四句便是。乐府中类此者当甚多,后人或因其文义不连属,斥为不通;或又惊奇之以为特别好章法,皆无当也。

此诗《文选》采载,题为卓文君作,二千年来几公认为正确的故实,所以凡论五言诗者,率推枚乘、苏李及此诗为最古之作。卓文君作《白头吟》事,始见于《西京杂记》。《杂记》为晋以后人伪书,久有定论,然则此事确否,已难征信。就算是确,那原辞恐决不是如此。此诗每四句一转韵,音节谐媚,最早也不过东汉末作品,西汉中叶断无此音调。王僧虔《伎录》不著作者姓名,但题古辞,(《乐府诗集》据《古今乐录》引。)然则六朝初年人并不认为文君作也。

怨诗行。(楚调)

天德悠且长,人命一何促。百年未几时,奄若风吹烛。嘉宾难再遇,人命不可续。齐度游四方,各系太山录。人间乐未央,忽然归东岳。当须荡中情,游心恣所欲。

满歌行。(大曲)

为乐未几时,遭时险巇,逢此百罹。伶丁荼毒,愁苦难为。遥望极辰,天晓月移。忧来填心,谁当我知?

戚戚多思虑,耿耿殊不宁。祸福无形,惟念古人,逊位躬耕。

遂我所敢,以兹自宁。自鄙栖栖,守此末荣。暮秋烈风,昔蹈沧海,心不能安。揽衣瞻夜,北斗阑干。星汉照我,去自无他。奉事二亲,劳心可言。穷达天为,智者不愁,多为少忧。安贫乐道,师彼庄周。遗名者贵,子遐同游。往者二贤,名垂千秋。饮酒歌舞,乐复何须。照视日月,日月驰骋。辙轲人间,何有何无。贪财惜费,此一何愚。凿石见火,居代几时。为当欢乐,心得所喜。安神养性,得保迟期。

此歌并不佳,年代似亦不古。

上所录除《铙歌》外,凡横吹曲一首,相和引一首,相和歌七首,相和吟叹曲一首,清商平调四首,清商清调三首,清商瑟调十首,楚调一首,大曲八首,共三十六首。皆两汉古辞曾制谱入乐,而其音节至魏晋时犹传者。(《乐府诗集》每首之下皆注"右魏乐所奏"、"右晋乐所奏"字样。盖本诸《古今乐录》。)

独漉六解(拂舞)

独漉独漉,水深泥浊。泥浊尚可,水深杀我。(一解)
雍雍双雁,游戏田畔。我欲射雁,念子孤散。(二解)
翩翩浮萍,得风摇轻。我心何合,与之同并。(三解)
空帷低床,谁知无人。夜衣锦绣,谁别伪真。(四解)
刀鸣削中,倚床无施。父冤不报,欲活何为。(五解)
猛虎斑斑,游戏山间。虎欲啮人,不避豪贤。(六解)

此《拂舞》五曲之一也。《南齐书·乐志》仅录第一解,云:"晋时《独漉舞歌》六解,此是前一解。"此歌为何时作品难确考。《晋书》云:"《拂舞》出自江左。"而吴兢云:"读其辞,除《白鸠》一曲,余并非吴歌,未知所起。"然则亦汉魏古辞矣。《齐志》复引《伎录》所载曲词云:"求禄求禄,清白不浊。清白尚可,贪污杀我。"未知与此孰先?

淮南王(拂舞)

淮南王,自言尊,百尺高楼与天连。后园凿井银作床,金瓶素绠汲寒浆。

汲寒浆,饮少年。少年窈窕何能贤,扬声悲歌音绝天。

我欲渡河河无梁,愿化黄鹄还故乡。

还故乡,入故里。徘徊故乡,苦身不已。繁舞寄声无不泰,徘徊桑梓游天外。

此亦《拂舞》五曲之一。《古今注》谓:"淮南王安死后,其徒思恋不已而作。"但辞靡意浅,断非西汉作品。或东汉末乐伶所造耳。

此外舞曲歌辞今有者尚有两篇,皆"声辞杂写,不可复辨"。(《古今乐录》语。)其一为《汉铎舞曲》:"昔皇文武邪弥弥舍谁吾时吾行许……咄等邪乌素女有绝其圣乌乌武邪。"凡百八十一字。一为《汉巾舞曲》:"吾不见公莫时吾何婴公来婴姥时吾哺……君去时思来婴吾去时母何何吾吾。"凡三百零三字。在王僧虔、沈约时已如读天书,我们更不用说了。

俳歌(一名《侏儒导》)(散乐)

俳不言不语,呼俳噏所。俳适一起,狼率不止。生拔牛角,摩断肤耳。马无悬蹄,牛无上齿。骆驼无角,奋迅两耳。

此歌见《齐志》,云:"《侏儒导》,舞人自歌之。古辞《俳歌》八曲,此是前一篇,二十二句,今侏儒所歌摘取之也。"作品年代无考,但侏儒演剧,汉武帝时已成行,这首歌辞也像很古。

上两首亦有音乐为节,但已不算正式乐府。

　　蜨蝶行(杂曲)

　　蜨蝶遨游东园,奈何卒逢三月养子燕。接我苜蓿间,持我入紫深宫中,行缠之傅欂栌间。雀来,燕燕子见衔哺来,摇头鼓翼,何斩奴轩。

这歌有些错字,不甚可读。作为被燕子捉去的胡蝶儿口吻,颇有趣。

　　悲歌(杂曲)

　　悲歌可以当泣,远望可以当归。思念故乡,郁郁累累。

　　欲归家无人,欲渡河无船。心思不能言,肠中车轮转。

歌辞一句一字都有郁郁累累气象,乐府中无上妙品。

　　前缓声歌(杂曲)

　　水中之马,必有(此二字无甚意义,或涉下文而衍。)陆地之船。但有意气,不能自前。心非木石荆根株数得覆天,当复思。——(此十四字中似有讹舛。)

　　东流之水,必有西上之鱼。不在大小,但有朝于后来。——(此处当有讹字或脱句。)

　　长笛续短笛,欲今皇帝陛下三千万岁。(末二句伶工作吉语。)

　　东飞伯劳歌(杂曲)

　　东飞伯劳西飞燕,黄姑织女时相见。谁家儿女对门居,开颜发艳照里间。南窗北牖挂月光,罗帷绮帐脂粉香。女儿年岁十五六,窈窕无双颜如玉。三春已暮花从风,空留可怜谁与同。

这首歌是好的,惟音节太谐协,和梁武帝《河中之水》、鲍照《行路难》那一类诗极相近,我很疑是六朝作品。但既相传是古辞,姑录于此。

焦仲卿妻(一名《孔雀东南飞》)(杂曲)

原序云:"汉末建安中,庐江府小吏焦仲卿妻刘氏为仲卿母所遣,自誓不嫁,其家逼之,乃没水而死。仲卿闻之,亦自缢于庭树。时人伤之,而为此辞也。"

孔雀东南飞,五里一徘徊。"十三能织素,十四学裁衣。十五弹箜篌,十六诵诗书。十七为君妇。心中常苦悲。君既为府吏,守节情不移。贱妾留空房,相见常日稀。鸡鸣入机织,夜夜不得息。三日断五匹,大人故嫌迟。非为织作迟,君家妇难为。妾不堪驱使,徒留无所施。便可白公姥,及时相遣归。"

府吏得闻之,堂上启阿母:"儿已薄禄相,幸复得此妇。结发同枕席,黄泉共为友。共事二三年,始尔未为久。女行无偏斜,何意致不厚?"

阿母谓府吏:"何乃太区区!此妇无礼节,举动自专由。吾意久怀忿,汝岂得自由?东家有贤女,自名秦罗敷。可怜体无比,阿母为汝求。便可速遣之,遣之慎莫留。"

府吏长跪告:"伏惟启阿母,今若遣此妇,终老不复取。"阿母得闻之,捶床便大怒:"小子无所畏!何敢助妇语?吾已失恩义,会不相从许。"

府吏默无声,再拜还入户。举言谓新妇,哽咽不能语:"我自不驱卿,逼迫有阿母。卿但暂还家,吾今且报府。不久当归还,还必相迎取。以此下心意,慎勿违吾语。"新妇谓府吏:"勿复重纷纭。

往昔初阳岁，谢家来贵门。奉事循公姥，进止敢自专。昼夜勤作息，伶俜萦苦辛。谓言无罪过，供养卒大恩。仍更被驱遣，何言复来还？妾有绣腰襦，葳蕤自生光。红罗复斗帐，四角垂香囊。箱帘六七十，绿碧青丝绳。物物各自异，种种在其中。人贱物亦鄙，不足迎后人。留待作遗施，于今无会因。时时为安慰，久久莫相忘。"

鸡鸣外欲曙，新妇起严妆。著我绣袷裙，事事四五通。足下蹑丝履，头上玳瑁光。腰若流纨素，耳著明月珰。指如削葱根，口如含朱丹。纤纤作细步，精妙世无双。上堂拜阿母，阿母怒不止。"昔作女儿时，生小出野里。本自无教训，兼愧贵家子。受母钱帛多，不堪母驱使。今日还家去，念母劳家里。"却与小姑别，泪落连珠子："新妇初来时，小姑始扶床。今日被驱遣，小姑如我长。勤心养公姥，好自相扶将。初七及下九，嬉戏莫相忘。"

出门登车去，涕落百余行。府吏马在前，新妇车在后。隐隐何甸甸，俱会大道口。下马入车中，低头共耳语："誓不相隔卿！且暂还家去，吾今且赴府。不久当还归，誓天不相负。"新妇谓府吏："感君区区怀，君既若见录，不久望君来。君当作盘石，妾当作蒲苇。蒲苇纫如丝，盘石无转移。我有亲父兄，性行暴如雷。恐不任我意，逆以煎我怀。"举手长劳劳，二情同依依。

入门上家堂，进退无颜仪。阿母大拊掌："不图子自归。十三教汝织，十四能裁衣。十五弹箜篌，十六知礼仪。十七遣汝嫁，谓言无誓违。汝今无罪过，不迎而自归。"兰芝惭阿母："儿实无罪过。"阿母大悲摧。

还家十余日，县令遣媒来。云有第三郎，窈窕世无双。年始十八九，便言多令才。阿母谓阿女："汝可去应之。"阿女含泪答："兰芝初还时，府吏见丁宁，决誓不别离。今日违情义，恐此事非奇。自可断来信，徐徐更谓之。"阿母白媒人："贫贱有此女，始适还家门。不堪吏人妇，岂合令郎君。幸可广问讯，不得便相许。"媒人去数日，寻遣丞请还。说"有兰家女，承籍有宦官。云有第五郎，娇逸未有婚。遣丞为媒人，主簿通语言。直说太守家，有此令郎君。即欲结大义，故遣来贵门。"阿母谢媒人："女子先有誓，老姥岂敢言？"阿兄得闻之，怅然心中烦。举言谓阿妹："作计何不量？先嫁得府吏，后嫁得郎君。否泰如天地，足以荣汝身。不嫁义郎体，其往欲何云？"兰芝仰头答："理实如兄言。谢家事夫婿，中道还兄门。处分适兄意，那得自任专？虽与府吏要，渠会永无缘。"登即相许和，便可作婚姻。

媒人下床去，诺诺复尔尔。还部白府君："下官奉使命，言谈大有缘。"府君得闻之，心中大欢喜。视历复开书，便利此月内。六合正相应，良吉三十日。今已二十七，卿可去成婚。交语速装束，骆驿如浮云。青雀白鹄舫，四角龙子幡。婀娜随风转，金车玉作轮。踯躅青骢马，流苏金镂鞍。赍钱三百万，皆用青丝穿。杂彩三百匹，交广市鲑珍。从人四五百，郁郁登郡门。

阿母谓阿女："适得府君书，明日来迎汝。何不作衣裳，莫令事不举。"阿女默无声，手巾掩口啼，泪落便如泻。移我琉璃榻，出置窗前下，左手持刀尺，右手执绫罗。朝成绣裌裙，晚成单罗衫。晻晻日欲暝，愁思出门啼。

府吏闻此变，因求假暂归。未至二三里，催藏马悲哀。新妇识马声，蹑履相逢迎。怅然遥相望，知是故人来。举手拍马鞍，嗟叹使心伤："自君别我后，人事不可量。果不如先愿，又非君所详。我有亲父母，逼迫兼弟兄。以我应他人，君还何所望？"府吏谓新妇："贺卿得高迁。盘石方且厚，可以卒千年。蒲苇一时纫，便作旦夕间。卿当日胜贵，吾独向黄泉。"新妇谓府吏："何意出此言！同是被逼迫，君尔妾亦然。黄泉下相见，勿违今日言。"执手分道去，各各还家门。生人作死别，恨恨那可论。念与世间辞，千万不复全。

府吏还家去，上堂拜阿母："今日大风寒，寒风摧树木，严霜结庭兰。儿今日冥冥，令母在后单。故作不良计，勿复怨鬼神。命如南山石，四体康且直。"阿母得闻之，零泪应声落："汝是大家子，仕宦于台阁。慎勿为妇死，贵贱情何薄。东家有贤女，窈窕艳城郭。阿母为汝求，便复在旦夕。"府吏再拜还，长叹空房中。作计乃尔立，转头向户里，渐见愁煎迫。

其日牛马嘶，新妇入青庐。奄奄黄昏后，寂寂人定初。我命绝今日，魂去尸长留。揽裙脱丝履，举身赴青池。府吏闻此事，心知长别离。徘徊庭树下，自挂东南枝。

两家求合葬，合葬华山傍。东西植松柏，左右种梧桐。枝枝相覆盖，叶叶相交通。中有双飞鸟，自名为鸳鸯。仰头相向鸣，夜夜达五更。行人驻足听，寡妇起彷徨。多谢后世人，戒之慎勿忘。

这首诗几于人人共读，用不着我赞美了。刘克庄《后村诗话》疑这诗非汉人作品，他说汉人没有这种长篇叙事诗，应为六朝人拟作。我从前也觉此说新奇，颇表同意。但仔细研究，六朝人总不会有此朴拙笔墨。原序说焦仲卿是建安时人，若此诗作于建安末年，便与魏的黄初紧相衔接。那时候如蔡琰的《悲愤诗》、曹植的《赠白马王彪诗》，都是篇幅很长，然则《孔雀东南飞》也有在那时代成立的可能性。我们还是不翻旧案的好。

此诗与《妇病》《孤儿》两首，同为乐府中写实的作品。但其中有大不同的一点，《妇病》《孤儿》纯属"街陌谣讴"——质而言之，纯是不会做诗的人做的。《孔雀东南飞》却是会做诗的人做的。所以那两首一句一字都是实在状况，这一首就不免有些缘饰造作的话。篇中"妾有绣腰襦"一段，"著我绣袄裙"一段，"青雀白鹄舫"一段，后来评家极力赞美，说他笔力排奡,为全篇生色。这些话我也相对的承认,因为全首一千多字都属谈话体,太干燥了,以文章技术论,不能不有几段铺叙之笔、瑰丽之辞。但可惜这类铺叙,和写实的体裁已起了冲突了,因为所铺叙的富贵气太重,和"小吏"家门不称。又如:"新妇初来时,小姑始扶床。今日被驱遣,小姑如我长。"分明和上文"共事二三年,始尔未为久"两句冲突。小姑那里会长得这样快呢? 又如:"东家有贤女,自名秦罗敷。"分明是借用《日出东南隅》那首诗的典故,怎么"东方千骑、夫婿上头"的罗敷还会在闺中待字,又恰是庐江小吏的"东家"呢? 凡此之类,都是经不起反驳的。文人凭他想象力所及,随意挥洒,原是可以的,笨伯吹毛挑剔,固是"痴人前说不得梦"。但这诗既是写实,此类语句,终不能不说是自乱其例。总之这首诗是诗人之诗,不免为技术而牺牲事实,我们不必为讳。

枯鱼过河泣(杂曲)

枯鱼过河泣,何时悔复及。作书与鲂鱮,相教慎出入。

绝似一首绝句,但音节还近古,或是晚汉作品。

咄唶歌(一名《枣下何纂纂》)(杂曲)

枣下何攒攒,荣华各有时。枣欲初赤时,人从四边来。枣适今日赐,(此字疑有误。)谁当仰视之。

无题(杂曲)

秋风萧萧愁杀人,出亦愁,入亦愁。座中何人,谁不怀忧,令我白头。

胡地多飚风,树木何修修。

离家日趋远,衣带日趋缓。心思不能言,肠中车轮转。

此歌《乐府诗集》不载，据《古诗纪》补入。疑与前所录《悲歌》为同时作品。

上杂曲七首，皆无乐谱传在魏晋间者，郑樵谓之遗声，谓本有谱而后来失却也。但如《孔雀东南飞》等长篇，我们敢决其自始即未尝入乐，何从得有谱来？郑樵主张诗乐合一说太过，致有此偏见耳。"杂曲"之名，郭茂倩所用，今从之。

上所录先后次第，俱依《乐府诗集》。以歌曲之种类相从，凡横吹、相和、大曲、拂舞、散乐、杂曲共□十□首，合诸《房中歌》十七首，《郊祀歌》十九首，《铙歌》十八首，两汉乐府尽于此，大约总数不能逾百首。内中尚有年代可疑或应属六朝作品者若干首，有与五言诗界限不甚分明者若干首。

就篇幅之长短统计，则最短者为《箜篌引》，仅十六字；最长者为《孔雀东南飞》；□千□百□十□字。其余则二十字以上□首，五十字以上□首，百字以上□首，二百字以上□首，五百字以上□首。

就句法之长短统计，则全首三字句□首，全首四字句□首，全首五字句者□首，全首七字句者□首，长短句相杂者□首。

上各篇有作者姓名可考者，惟《郊祀歌》中《青阳》《朱明》《西颢》《玄冥》四首，《汉志》明载为邹阳作。其余十五首为"司马相如等"所造，已不能确指某首属某人。其《饮马长城窟行》则见《蔡邕集》，《玉台新咏》亦指为邕作。此外则作者一无可考。沈约所谓"皆汉世街陌谣讴"，当属实情。故欲观两汉平民文学，必以乐府为总汇。

既无作者姓名，那么，各篇的年代先后自然也无从稽考。若勉强找过标准，则《郊祀歌》我们已知决为汉武帝时作品，《铙歌》假定是武、昭、宣间作品，可拿来作西汉中叶风格的代表。《饮马长城窟》假定是蔡邕作，可拿来作东汉末风格的代表。（还有次节所录曹氏父子各篇也可作这时代的代表。）用这两把尺来将各篇仔细一量，总可以看出些消息，但也不过略知其概罢了，正确的标准到底没有。依我的见地，朴拙的作品，也许东汉时还有；流媚的作品，敢说西汉时必无。

三 建安黄初间有作者主名之乐府

汉乐府除武帝时所造郊祀雅歌外，余皆采自街陌谣讴，作者之名，靡得而指。及建安末，风流文采，盛于邺下，其尤卓荦者称"七子"，（见第三卷）而曹氏父子兄弟——武帝操、文帝丕、陈思王植为之领袖。于是五言诗规模大备，而乐府之作亦极盛。其时则杜夔深通古乐，而左延年善为新声，皆在操幕府。黄初、太和间，则朱生、宋识、列和等以知音奉事宫廷，凡操、丕所作诗歌，率皆被诸弦管，其谱则依汉旧者十之七八，而新创者亦十之二三。但其时诗风已一变，乐府与五言诗几不复可分矣。今取《宋书·乐志》所录操、丕、植诸篇为当时伶官所奏者，择其尤异，录若干首。其《宋志》不载者，虽用乐府旧题，仍归诸次卷。

魏武帝曹操

操，字孟德，沛国谯人。（今亳）汉桓帝永寿元年生，建安二十五年死，年六十六。（公元一五五——二二〇）事迹具史志，不待赘述。操虽以功业显，然学问极博，文翰尤长。自言年二十余筑精舍于谯东五十里，秋夏读书，冬春射猎，若将终身焉。有集□卷，见《隋志》，久佚。明张溥辑为□卷。

短歌行（相和平调）

对酒当歌，人生几何？譬如朝露，去日苦多。

慨当以慷，忧思难忘。何以解忧？惟有杜康。（杜康，古始造酒者。）

青青子衿，悠悠我心。但为君故，沈吟至今。

呦呦鹿鸣,食野之苹。我有嘉宾,鼓瑟吹笙。

明明如月,何时可掇。忧从中来,不可断绝。

越陌度阡,枉用相存。契阔谈宴,心念旧恩。

月明星稀,乌鹊南飞。绕树三匝,何枝可依。

山不厌高,水不厌深。周公吐哺,天下归心。

《宋志》载晋乐所奏,无"呦呦鹿鸣"及"月明星稀"两首,盖《短歌行》仅有六解,删原诗以就音节也。

步出夏门行(即《陇西行》)(相和瑟调)

云行雨步,超越九江之皋。临观异同,心意怀游豫,不知当复何从。经过至我碣石,心惆怅我东海。(《宋志》原注云:"云行至此为艳。"超案:此原诗小序,制谱者谱之,为导引也。)

东临竭石,以观沧海。水何澹澹,山岛竦峙。树木丛生,百草丰茂。秋风萧瑟,洪波涌起。日月之行,若出其中。星汉灿烂,若出其里。幸甚至哉,歌以咏志。(一解)《观沧海》

孟冬十月,北风徘徊。天气肃清,繁霜霏霏。鹍鸡晨鸣,鸿雁南飞。鸷鸟潜藏,熊罴窟栖。钱镈停置,农收积场。逆旅整设,以通贾商。幸甚至哉,歌以咏思。(二解)《冬十月》

乡土不同,河朔隆寒。流澌浮漂,舟船难行。锥不入地,丰藾深奥。水竭不流,冰坚可蹈。士隐者贫,勇侠轻非。心常叹怨,戚戚多悲。幸甚至哉,歌以咏志。(三解)《河朔寒》

神龟虽寿,犹有竟时。腾蛇乘雾,终为土灰。老骥伏枥,志在千里。烈士暮年,壮心不已。盈缩之期,不独在天。养怡之福,可得永年。幸甚至哉,歌以咏志。(四解)《龟虽寿》

每解后"幸甚至哉,歌以咏志"二句,当是入乐时用以凑音节,是否原文所有,不敢断定。(《宋志》尚载魏武《秋胡行》四解,每解末句皆复首句"晨上散关山",末二句云:"歌以言志,晨上散关山。"二解以下同。亦当是添句凑音节,与此同例。)

上两篇在四言诗中,算是韦孟、邹阳以后一大革命。大抵两汉四言,过于矜严,遂乏诗趣,或貌袭《三百篇》,益成陈腐。魏武此两篇,以当时五言的风韵入四言,遂觉生气远出,能于《三百篇》外别树一壁垒。子建五言虽独步一时,至其四言——如《责躬》《应诏》等篇,实远出乃翁下也。可与抗衡者,惟前节所录汉乐府中《来日大难》一篇耳。然吾颇疑彼篇为魏武同时作品,且或在其后。

"东临竭石""神龟虽寿"两章,是作者人格的表现。以"冬春射猎,秋夏读书"之一少年,遭逢时会,戡定祸乱,卒至骑虎难下,取汉而代之,于豪迈英鸷中,常别有感慨怀抱。读此两篇,仿佛见之。

苦寒行六解(相和)

北上太行山,艰哉何巍巍。羊肠坂诘屈,车轮为之摧。(一解)
树木何萧瑟,北风声正悲。熊罴对我蹲,虎豹夹路啼。(二解)
溪谷少人民,雪落何霏霏。延颈长叹息,远行多所怀。(三解)
我心何怫郁,思欲一东归。水深桥梁绝,中路正徘徊。(四解)
迷惑失故路,薄暮无宿栖。行行日已远,人马同时饥。(五解)
担囊行取薪,斧冰持作糜。悲彼东山诗,悠悠使我哀。(六解)

《宋志》每解前二句皆叠写,(北上太行山,艰哉何巍巍! 北上太行山,艰哉何巍巍!)殆入乐时须叠唱一遍乃合节奏也。

此歌盖北征乌桓时所作。

薤露（相和）

惟汉二十世，所任诚不良。沐猴而冠带，知小而谋强。犹豫不敢断，因狩执君王。白虹为贯日，己亦先受殃。贼臣执国柄，杀主灭宇京。荡覆帝基业，宗庙以燔丧。播越西迁移，号泣而且行。瞻彼洛城郭，微子为哀鸣。

蒿里（相和）

关东有义士，兴兵讨群凶。初期会盟津，乃心在咸阳。军合力不齐，踌躇而雁行。势利使人争，嗣还自相戕。淮南弟称号，刻玺于北方。铠甲生虮虱，万姓以死亡。白骨露于野，千里无鸡鸣。生民百遗一，念之断人肠。

上三首皆纯五言诗，被以乐府节奏。魏武五言甚平常，不及子建远矣。

陌上桑（相和）

驾虹霓，乘赤云，登彼九疑历玉门。济天汉，至昆仑，见西王母谒东君。交赤松，及羡门，受要秘道爱精神。食芝英，饮醴泉，拄杖桂枝佩秋兰。绝人事，游浑元，若疾风游欻飘飘。景未移，行数千，寿如南山不忘愆。

此歌句法，绝似《荀子·成相篇》。

试将前节所录《薤露》《蒿里》《陌上桑》三曲对照，可见同一曲调，而句法字数可以相去悬绝。

气出倡（相和）

驾六龙乘风而行，行四海外，路下之八邦。历登高山，临溪谷，乘云而行,行四海外,东到泰山。仙人玉女下来遨游,骖驾六龙饮玉浆。河水尽,不东流。解愁腹,饮玉浆。奉持行,东到蓬莱山。上至天之门玉关,下引见得入,赤松相对,四面顾望,视正惶惶。开王心正兴,其气百道至传告无穷。闭其口,但当爱气,寿万年。东到海,与天连。神仙之道,出窈入冥。常当专之,心恬澹,无所愒欲,闭门坐自守,天与期气。愿得神之人,乘驾云车,骖驾白鹿,上到天之门,来赐神之药。跪受之,敬神齐,当如此,道自来。华阴山自以为大,高百丈,浮云为之盖。仙人欲采,出随风,列之雨。吹我洞箫鼓瑟琴,何闿闿酒与歌戏。今日相乐诚为乐,玉女起,起舞移数时。鼓吹一何嘈嘈。从西北来时,仙道多驾烟,乘云驾龙,郁何茾茾。遨游八极,乃到昆仑之山西王母侧。神仙金止玉亭。来者为谁?赤松、王乔。乃德旋之门,乐共饮食到黄昏。多驾合坐,万岁长,宜子孙。游君山,甚为真,碨磈砟硌,尔自为神。乃到王母台,金阶玉为堂,芝草生殿傍。东西厢,客满堂。主人当行觞,坐者长寿遽何央。长乐甫始宜孙子,常愿主人增年,与相守。

此歌不尽能句读,字句亦有一二处不可解,想是因人乐有添字添句,或传钞更有小讹。录之以备魏武长篇。

《宋志》录魏武歌辞凡十五篇,今未录者九篇,一《精列》,二《度关山》,三《对酒》(以上相和)四《短歌行》,(别一篇)五《秋胡行》二篇,六《塘上行》,(以上平调)七《善哉行》二篇,(以上瑟调)

附其目于此。

魏文帝曹丕

丕,字子桓,操子。灵帝中和三年生,黄初七年死,年四十(公元一八六——二二六)。

秋胡行（清调）

泛泛绿池，中有浮萍。寄身流波，随风靡倾。芙蓉含芳，菡萏垂荣。朝采其实，夕佩其英。采之遗谁？所思在庭。双鱼比目，鸳鸯交颈。有美一人，婉如清扬，知音识曲，善为乐方。

善哉行（瑟调）

上山采薇，薄暮苦饥。溪谷多风，霜露沾衣。（一解）

野雉群雏，猴猿相追。还望故乡，郁何累累。（二解）

高山有崖，林木有枝。忧来无方，人莫之知。（三解）

人生如寄，多忧何为。今我不乐，岁月如驰。（四解）

汤汤川流，中有行舟。随波转薄，有似客游。（五解）

策我良马，被我轻裘。载驰载驱，聊以忘忧。（六解）

此篇笔力不让乃翁。

善哉行（瑟调）

朝日乐相乐，酣饮不如醉。悲弦激新声，长笛吐清气。（一解）

弦歌感人肠，四坐皆欢悦。寥寥高堂上，凉风入我室。（二解）

持满如不盈，有德者皆卒。居子多苦心，所愁不但一。（三解）

谦谦下白屋，吐握不可失。众宾饱满归，主人苦不悉。（四解）

比翼翔云汉，罗者安所羁。冲静得自然，荣华何足为。（五解）

燕歌行七解（平调）

秋风萧瑟天气凉，草木摇落露为霜。（一解）

群燕辞归雁南翔，念君客游多思肠。（二解）

慊慊思归恋故乡，君何淹留滞他乡。（三解）

贱妾茕茕守空房，忧来思君不可忘。（四解）

不觉泪下沾衣裳，援琴鸣弦发清商。（五解）

短歌微吟不能长,明月皎皎照我床。(六解)

星汉西流夜未央,牵牛织女遥相望,尔独何辜限河梁。(七解)

《宋志》所载魏文《燕歌行》二篇,格调相同,今录其一。

七言诗的发达,实际上比五言诗为更早。而初期的七言,大率皆每句押韵。如楚辞的《招魂》,自"魂兮归来入修门些"以下,若每句将"些"删去,便是一七言长篇;如汉《房中歌》之"大海荡荡水何归,高贤愉愉民所怀",汉《郊祀歌·天门》章之"函蒙祉福常若期,寂寥上天知厥时……"以下八句,《景星》章之"空桑琴瑟结信成,四兴递代八风生……"以下十二句,都是每句押韵的七言。不必引别体的《柏梁诗》,方足征七言起于盛汉也。但《招魂》既别有语助辞,《房中》《郊祀》诸歌每章中亦有三四五言相杂,故严格的七言,第一家当推张平子《四愁》,第二家便是魏文这两篇《燕歌》。而《燕歌》格调,尤为唐人七古不祧之祖,在文学史上,永远有他的特殊地位。

上留田(瑟调)

居世一何不同,上留田。富人食稻与梁,上留田。贫子食糟与糠,上留田。贫贱亦何伤,上留田。禄命悬在苍天,上留田。今尔叹息将欲谁怨,上留田。

这首和梁鸿《五噫》及灵帝末《董逃》童谣同一格调。

秋胡行(清调)

朝与佳人期,日夕殊不来。嘉肴不尝酒停杯。寄言飞鸟,告予不能。俯折兰英,仰结桂枝。佳人不在,结之何为?从尔何所之,乃在大海隅。灵若道言,贻尔明珠。企予望之,步立踟蹰。佳人不来,何得斯须。

陌上桑（相和）

弃故乡,离室宅,远从军旅万里客。披荆棘,求阡陌,侧足独窘步,路局笮。虎豹噪动,鸡惊,禽失群,鸣相索。登南山,奈何蹈盘石。树木丛生郁差错,寝蒿草,荫松柏,涕泣雨面沾枕席。伴旅单,稍稍日零落,惆怅窃自怜,相痛惜。

曹植（植小传见第四卷）

野田黄雀行（《宋志》原注云："箜篌引亦用此曲。"）（相和）

置酒高殿上,亲友从我游。中厨办丰膳,烹羊宰肥牛。秦筝何慷慨,齐瑟和且柔。（一解）

阳阿奏奇舞,京洛出名讴。乐饮过三爵,缓带倾庶羞。主称千金寿,宾奉万年酬。（二解）

久要不可忘,薄终义所尤。谦谦君子德,磬折欲何求。盛时不可再,百年忽我遒。（三解）

惊风飘白日,光景驰西流。生存华屋处,零落归山丘。先民谁不死,知命复何忧。（四解）

本集"惊风飘白日"两句在"盛时不再来"两句之上。

明月（楚调）

明月照高楼,流光正徘徊。上有愁思妇,悲叹有余哀。（一解）

借问叹者谁,自云（集作云是）客子妻。夫（集作君）行逾十载,贱妾常独栖。（二解）

念君过于渴,思君剧于饥。（集无此二句）君为高山柏,（集作

"君若清路尘")妾为(集作若)浊水泥。(三解)

北风行萧萧,烈烈入吾耳。心中念故人,泪堕不能止。(集无此四句)(四解)

浮沈各异路,(集作"势")会合当何(集作"何时")谐。愿作东北风,吹我入君怀。(集作"愿为西南风,长逝入君怀。")(五解)

君怀常(集作"良")不开,贱妾当何依。恩情中道绝,流止任东西。(集无此二句)(六解)

我欲竟此曲,此曲悲且长。今日乐相乐,别后莫相忘。(集无此四句)(七解)

上一首据《宋书·乐志》钞录,而以本集校注其下。本集与《文选》《玉台新咏》皆同,其为原文无疑。《宋志》本添出十二句,改字八处,所添都是狗尾续貂,所改都是点金成铁。如"清路尘""浊水泥","一浮一沈",永远碰不著头,真是妙语。改为"高山柏",已经索然无味,中间插上"北风萧萧"四句,把文气隔断,下文"浮沈"二字,便成了没头没脑。"愿为西南风,长逝入君怀"。意思是要把自己变成风,自由自在的一飞就飞到你怀里。改为"吹我入君怀",自己变了风,又自己吹自己,成何说话?至于篇末添那六句,毫无意义,更不待言了。这都是因为伶工要凑合歌调的节拍,把美妙的作品来削趾适屦。正如《西厢记》《牡丹亭》被唱曲的改得一塌糊涂。汉魏乐府中,像这样的谅来很不少,可惜不能逐篇的原文而校之耳。后来评注家,碰著字句不通的地方,强为解释;碰着语气不连属的地方,说他章法奇妙。真是梦呓!怕这些话误人不浅,所以不嫌累赘,详校这一首为例。

曹子建(植)用乐府旧调名所做的诗,还有二十余首,但实际上和他别的五言诗一点分别也没有。所以我在这里只录《宋志》所载两篇做个结束,其余还放在第四卷"建安七子诗"那章,庶子建诗风的全豹较容易看出。读者勿责我自乱其例。

陈琳

　　琳，字孔璋，广陵人。琳初为袁绍记室，为绍草檄讨曹操，备极丑诋。绍败，复事操，仍掌书记。其文极优美。诗现存者仅下列之一首。

　　饮马长城窟行(瑟调)

　　饮马长城窟，水寒伤马骨。往谓长城吏：慎莫稽留太原卒。官作自有程，举筑谐汝声。男儿宁当格斗死，何能怫郁筑长城！长城何连连，连连三千里。边城多健少，内舍多寡妇。作书与内舍：便嫁莫留住。善事新姑章，时时念我故夫子。报书往边地：君今出语一何鄙！身在祸难中，何为稽留他家子？生男慎莫举，生女哺用脯。君独不见长城下，骸骨相撑拄。结发行事君，慊慊心意关。明知边地苦，贱妾何能久自全。

　　此一首纯然汉人音节，窃疑此为《饮马长城窟》本调，前节所录"青青河畔草"一首，或反是继起之作。辞沉痛决绝，杜甫《兵车行》不独仿其意境、音节，并用其语句。

周秦时代之美文

第一章 《诗经》之篇数及其结集

我们最古的文学宝典——《诗经》,由三部分作品结集而成:一曰"风",二曰"雅",三曰"颂"。《风》居全部过半数,《雅》约居三分之一,《颂》不及六分之一。汉初相传之卷数篇数如下:[1]

---

[1] 毛诗卷数篇数及篇第与三家诗异同考

《汉书·艺文志》云:"《诗经》二十八卷,鲁、齐、韩三家。"又云:"《毛诗故训传》三十卷。"今所传者则《毛诗》三十卷,以十五《国风》为十五卷,《小雅》七卷,《大雅》《周颂》各三卷,《鲁、商颂》各一卷。三家诗则《邶》《鄘》《卫》共一卷,《国风》仅十三卷,合为二十八卷也。案:《左传·襄二十九年》记吴公子札聘鲁观乐,为之歌《邶》《鄘》《卫》,曰"美哉渊乎,吾闻康叔武公之德如是,是其卫风乎?"以《邶》《鄘》并为《卫风》,是古说三国不分之明证。故《汉书·地理志》亦为"邶、鄘、卫三国之诗,相与同风。"可见此为两汉经师相传通说。今试取《毛传》所析出之邶、鄘两国诗细读之,到处皆卫国史绩、事实,无从分析。析一为三,毛氏之陋耳。

又十五《国风》之次第,今本一《周南》,二《召南》,三《邶》,四《鄘》,五《卫》,六《王》,七《郑》,八《齐》,九《魏》,十《唐》,十一《秦》,十二《陈》,十三《桧》,十四《曹》,十五《豳》。郑玄《诗谱》则合《周》《召》为一,合《邶》《鄘》《卫》为一,而《桧》在《郑》前,《王》在《豳》后,盖亦三家之旧。

又《召南》之《采蘩》《采苹》编次本相连,毛本则以《草虫》间之。《周颂》之《桓》本在《赉》后,毛本倒置。《小雅》之《采薇》《出车》皆宣王时诗,毛本则以次于文王时。此皆篇第之宜改正者。

又《诗》本仅三百五篇,而毛本篇目则有百一十一篇,其异同盖起于六《笙诗》——《南陔》《白华》《华黍》《由庚》《崇丘》《由仪》——之存佚问题。《毛传》于此六篇云: (转下页)

梁启超古典文学论著

卷一　周南十一篇

卷二　召南十四篇

卷三　邶、鄘、卫风三十九篇

卷四　邻风四篇

卷五　郑风二十一篇

卷六　齐风十一篇

卷七　魏风七篇

卷八　唐风十二篇

卷九　秦风十篇

卷十　陈风十篇

卷十一　曹风四篇

卷十二　豳风七篇

卷十三　王风十篇

卷十四至二十　小雅七十四篇

卷二十一至二十三　大雅三十一篇

卷二十四至二十六　周颂三十一篇

卷二十七　鲁颂四篇

卷二十八　商颂五篇

　　　　上风六十篇

　　　　雅百五篇

　　　　颂四十篇

（接上页）"有其义而亡其辞。"其意似谓本有其文而后乃亡佚者，故以编入"鹿鸣之什""白华之什"，遂为三百十一篇。后此晋束皙作《补亡诗》，即沿此误。殊不知《笙诗》本有谱无辞，孔子以前即已如此。（郑樵《乐略》辨之最明。）《汉书·艺文志》云："孔子纯取周诗，上取殷，下取鲁，凡三百五篇。"龚遂谓昌邑王曰："大王诵《诗》三百五篇。"王式曰："臣以三百五篇谏。"凡汉人所述，皆言三百五篇，无言三百十一篇者。足见毛说之不可信。

凡三百五篇

这三百零五首诗,把不同时不同地之许多人的作品编为一集,体裁颇类后此之《文选》《玉台新咏》等。然则编辑成书者究属何人? 实为我们急欲知道之一问题。可惜这问题遍考古书到底不能有确实的答案。

后世盛传孔子删《诗》《书》之说,此说起于司马迁的《孔子世家》,他说:"古者诗三千余篇,孔子去其重,(重,复也。)取可施于礼义者……三百五篇。"依他说,这是孔子六十四岁自卫返鲁以后的事。这话若真,则是孔子把许多古诗加一番选择,十汰其九,勒成今本,绝似手选《文选》的昭明太子了。但细查事实,大有可疑。孔子设教,不始晚年,而"子所雅言",《诗》实居首,若果晚而删定,则未删以前,孔门所诵习,应为三千余首之旧本,何以《论语》一则曰"诗三百一言以蔽之……",再则曰"诵诗三百……虽多亦奚以为"呢,凡说到《诗》皆举三百之数呢? 况孔子以前人征引诗文者甚多,大抵不出今本之外,魏源尝列举《国语》引诗三十一条,不见今本者仅一条;《左传》引诗二百十七条,不见今本者仅十条。(内左丘明自引及述孔子所引者四条,今佚者两条。列国公卿所引百〇一条,今佚者五条。列国歌诗赠答七十条,今佚者三条。)彼《左》《国》两书所记引诗之人,其先孔子生或数十年或数百年,何故引来引去总不出今本范围之外? 因此可见三百篇之渐为定本,在春秋时久已盛行,绝非孔子所能去取加减。删诗之说,实出汉儒附会,欲尊孔子而反以诬之耳。(看魏源《诗古微》卷一《夫子正乐论》中篇。)

然则这部书到底编自何人,定自何时呢? 据《周官》《礼记》诸书所说,周王室有大师、太史、大司乐等官,专管采诗、陈诗、教诗之职。《诗经》中一部分为周代全盛时的官定本,殆无可疑。但《三百篇》大半出于衰周,其东迁以后作品且将及半,最迟者乃至在春秋襄、昭之际,其时周王已久成虚位,是否还有权力及余裕做这种划一的文化事业,实属疑问。若勉强臆测,或者鲁史官因周京旧本随时增益以成今本。《左传》

记吴季札适鲁观乐,为之遍歌各诗,其名目次第与今本略同,像给我们透几分消息。但此外别无有力的证据,终不敢断其必然。古代最有价值的作品,大半找不出主名,与其穿凿,毋宁阙疑罢了。

附:释"四诗"名义

相传有一副对子:"三才天地人。"以为再不会有人对的,后来有人对个:"四诗风雅颂。"公认为古今绝对三件东西而占有四个数码,恐怕谁也不能说是合理罢?"四诗"变成"三诗"起自何时?《史记·孔子世家》说:"《关雎》之乱以为《风》始,《鹿鸣》为《小雅》始,《文王》为《大雅》始,《清庙》为《颂》始。"把大、小《雅》分而为二以凑足四数。伪《毛序》因袭其说,又把风雅颂赋比兴列为六义,越发闹得支离。其实《诗经》分明摆著四个名字,有《周》《召》二"南",有《邶》至《豳》十三"风",有小、大二"雅",有《周》《鲁》《商》三"颂"。后人一定把"南"踢开,硬编在"风"里头,因为和四数不合,又把"雅"劈而为二,这是何苦来呢?

我以为"南""风""雅""颂"是四种诗体。四体的异同,是要从音乐节奏上才分得出来。后世乐谱失传,无从分别,于是望文生义,造出许多牵强的解释,乃至连四诗的数目也毁掉了一个,真是怪事。今请把我所搜集的证据——虽然很贫薄——重新释其名义如下。

一 释 南

伪《毛序》说:"南,言王化自北而南也。"朱熹因此说了许多"南国被文王之化",煞是可笑。二《南》是否文王时代的诗,已经是问题。(三家诗都说不是。)就算是文王德化大行,亦只能说自西而东,那里会自北而南? 就令自北而南,也没有把"南"字做诗名的道理。明是卫宏不得其解,胡说乱诌罢了。《诗·鼓钟》篇:"以雅以南。""南"与"雅"对举,"雅"

既为诗之一体,"南"自然也是诗之一体。《礼记·文王世子》说:"胥鼓南。"《左传》说:"象箾南籥。"都是一种音乐的名,都是指这一种诗歌。

这种诗歌何以名为"南"?颇难臆断。据《鼓钟》篇《毛传》说:"南方乐曰南。"或因此得名亦未可知。但此说纵令不错,也不能当南北的"南"字解,因为这个"南"字本是译音。《周礼》"旄人"郑注、《公羊·昭二十五年》何注皆作"南方之乐曰任。"与北方之"昧",西方之"侏离"并举。"南"、"任"同音,恐是一字两译。因此我又连带想到两个字,汉魏乐府有所谓"盐"者——如《昔昔盐》《黄帝盐》《乌鹊盐》《突厥盐》之类,六朝唐乐府及宋词有所谓"艳"者——如《三妇艳》《罗敷艳》《鞍子艳》之类,皆诗词中一体之专名。"南"、"任"、"盐"、"艳"同音,或者其间有多少连络关系也未可定。但没有得充分证据以前,我还不敢武断。总之"南"是一种音乐,音乐之何以得名,本来许多是无从考据的。

这种音乐和《雅》《颂》不同之点在那里呢?乐谱既已失传,我们自无从悬断,但从古书中也可以想象一二。据《仪礼·乡饮酒礼》《燕礼》所载的音乐程序单,都是于工歌间歌笙奏之后,最末一套名曰"合乐"。合乐所歌是《周南》的《关雎》《葛覃》《卷耳》,《召南》的《鹊巢》《采蘩》《采苹》。《论语》亦说:"《关雎》之乱,洋洋乎盈耳哉。"凡曲终所歌,名曰"乱"。把这些资料综合起来,"南"或者是一种合唱的音乐,到乐终时才唱。唱者并不限于乐工,满场都齐声助兴,所以把孔老先生喜欢得手舞足蹈,说道"洋洋乎盈耳"了。

二 释 风

伪《毛序》说:"风,风也,教也。风以动之,教以化之。"又说:"上以风化下,下以风刺上。主文而谲谏,言之者无罪闻,闻之者足以戒,故曰风。"又说:"以一国之事系一人之本,谓之风。"据他的意思,则风有两义：一是讽刺之义，一是风俗之义。两义截然不相蒙，何以一首诗或一类诗中能兼备两种资格？《毛序》专以"美刺"解《诗》，把《诗》的真性情完全丧掉，都因这文字魔而来。依我看"风"即"讽"字。（古书"风"读作"讽"者甚多，不可枚举。）但要训"讽诵"之"讽"，不是训"讽刺"之"讽"。《周礼》大司乐注："倍文曰讽。"瞽矇疏引作："背文曰风。"然则背诵文词，实"风"之本义。

从《邶风》的《柏舟》到《豳风》的《狼跋》这几十篇诗，为什么叫做"风"呢？我想，《南》《雅》《颂》都是用音乐合起来唱的，《风》是只能讽诵的，所以举他的特色，名这一体诗为"风"。《汉书·艺文志》："不歌而诵谓之赋。""风""赋"一音之转，或者原是一字也未可定。《仪礼》《周礼》《礼记》里头所举入乐的诗，没有一篇在十三《风》内的；《左传》记当时士大夫宴享之断章赋诗，却十有九在十三《风》内。可见这一体诗是"不歌而诵"的。

或问曰：《左传》季札观乐，遍歌各国《风》，《乐记》说："爱者宜歌商，温良而能断者宜歌齐。"《齐》即十三《风》之一，何以见得"风"不能歌呢？答曰：季札观乐一篇，本来可疑，前人多已说过，但姑且不论。歌本来也有两种，一是合乐之歌，二是徒歌。《说文》："谣，徒歌也。"《左传·僖五年》传疏："徒歌谓之谣，言无乐而空歌，其声逍遥然也。""风"即谣类，宜于徒歌。《诗·北山》："或出入风议。"郑笺云："风，犹放也。"《论衡·明雩》篇引《论语》"风乎舞雩"，释之曰："风，放歌也。"不受音乐节奏所束缚，自由放歌，则谓之谣，亦谓之风。《风》诗和《南》《雅》《颂》的分别，大概在此。

但这是孔子以前的话，《史记·孔子世家》说："《诗三百篇》，孔子皆弦而歌之，以求合《韶》《武》《雅》《颂》之音。"然则孔子已经把这几十篇风谣都制出谱来。自此以后，《风》诗已经不是"不歌而诵"的赋，也不是"徒歌"的谣了。

三　释　雅

伪《毛序》说："雅者，正也。"这个解释大致不错。但下文又申说几句道："言王政之所由废兴也。政有小大，故有小雅焉，有大雅焉。"从"正"字搭到"政"字上去，把小雅、大雅变成小政、大政，却真不通了。依我看，大、小《雅》所合的音乐，当时谓之正声，故名曰雅。《仪礼·乡饮酒礼》："工歌《鹿鸣》《四牡》《皇皇者华》，笙《南陔》《白华》《华黍》；乃间歌《鱼丽》，笙《由庚》；歌《南有嘉鱼》，笙《崇丘》；歌《南山有台》，笙《由仪》。……工告于乐正曰：'正乐备。'……"《左传》说："歌《彤弓》之三，歌《鹿鸣》之三。"凡此所歌，皆大、小《雅》之篇，说"正乐备"，可见公认这是正声了。

然则正声为什么叫做"雅"呢？"雅"与"夏"古字相通。《荀子·荣辱》篇："越人安越，楚人安楚，君子安雅。"《儒效》篇则云："居楚而楚，居越而越，居夏而夏。"可见"安雅"之"雅"即"夏"字。荀氏《申鉴》、左氏《三都赋》皆云："音有楚夏。"说的是音有楚音、夏音之别。然则风雅之"雅"，其本字当作"夏"无疑。《说文》："夏，中国之人也。"雅音即夏音，犹言中原正声云尔。

四　释　颂

伪《毛序》说："颂者，美盛德之形容。"这话大致是对的，可惜没有引申发明。《说文》："颂，皃也。从页，公声。籀文作额。"皃即面貌，页，人面也，故从之。这字本来读作"容"。《汉书·儒林传》："鲁徐生善为颂。"苏林注："颂貌威仪。"颜师古注："颂，读与容同。"可见"颂"即"容"之本字，指容貌威仪言。

然则《周颂》《商颂》《鲁颂》等诗何故名为"颂"呢？依我看，《南》《雅》皆唯歌，《颂》则以歌而兼舞。《乐记》说："舞，动其容也。"舞之所重在"颂貌威仪"，这一类诗举其所重者以为专名，所以叫做"颂"。

何以见得这类诗是舞诗呢？舞分文武舞，所舞皆在颂中。《礼记·内则》："十三舞勺，成童舞象。"勺和象是什么呢？郑注云："谓先学'勺'，后学'象'。文武之次，勺即《周颂·酌》，（于铄王师章）象即《周颂·维清》，（维清缉熙章）奏象舞也。"是《酌》与《维清》皆舞诗之证。《礼记·文王世子》："登歌清庙，（于穆清庙章）下管象。"郑注："象，周武王伐纣之乐也。以管播其声，又为之舞。"（《明堂位》《祭统》《仲尼燕居》皆有"升歌清庙下管象"语。）玩其文义，似是在堂上歌《清庙》之章，同时在堂下舞《维清》之章而以管为之节。两诗节奏或相应，亦未可知。《礼记·郊特牲》："朱干设锡冕而舞大武。"《明堂位》："朱干玉戚冕而舞大武。""大武"又是什么呢？《周颂》有《武》一章，（于皇武王章）《毛序》云："《武》，舞大武也。"郑笺云："大武，周公作乐所为舞也。"《左氏·宣十二年传》云："武王克商作《武》，其首章曰：'耆定尔功。'（今《武》篇文）其三曰：'铺时绎思，我徂维求定。'（今《赉》篇文。）其六曰：'绥万邦，屡丰年。'（今《桓》篇文。）……"然则大武不止一章，今本《赉》《桓》两篇皆《武》之一部分，且最少还应有三篇才合成全套的大武。那三篇不知是何篇，总之不出《周颂》各篇之外罢了。大武怎样舞法呢？《乐记》说："大武，先鼓以警戒，三步以见方；再始以著往，复乱以饬归。"又说："总干而山立，武王之事也。发扬蹈厉，太公之志也。武乱皆坐，周、召之治也。"又说："夫《武》，始而北出，再成而灭商，三成而南，四成而南国是疆，五成而分周公左、召公右，六成复缀以崇天子。"以上几段把大武的"舞颂"——即"舞容"大概传出了。可见三《颂》之诗，都是古代跳舞的音乐，与《雅》《南》之唯歌者有异，与《风》之不歌而诵者更异也。

总而论之，"风"是民谣，"南""雅"是乐府歌辞，"颂"是跳舞乐或剧本。因为各自成体不能相混，所以全部《诗经》分为这四类。这样解"四诗"，像是很妥当。

我这种解释，惟"释颂"一项本诸阮元《揅经室集》而小有异同，其余都是自己以意揣度的，或者古人曾说过亦未可知。说得对不对，还盼望好古之士下批评。

第二章 《诗经》的年代

凡认真读书的人，每读一部书，总要求得他正确的年代。《诗三百篇》，既非一时一人所作，想逐篇求得作者时代，本属绝对的不可能。但最低限的要求，也想知道全部《诗经》在历史上所占的时间从某时起到某时止。专就这一点论，我敢大胆答复道：《诗经》没有周以前的诗，里头最古的作品不能过公元前 1185 年之前，最晚的作品不能过公元前585 年以后，头尾所跨历史的时间约 600 年。（按：原稿至此止）

汉魏时代之美文

第一章　建安以前汉诗

西汉文辞,率宗质实。散文方面,有万古不朽的史界杰作,如《史记》;有华实并茂的哲学书,如《淮南子》。至于韵文方面,则惟以铺叙的赋为其特产;其诗歌之属,除民谣外,其章句现存时代灼然可信者,惟第二卷所录淮南小山《招隐士》一篇及第三卷所录下列诸篇:

房中歌十七章

郊祀歌十九章

铙歌十八章

高帝歌二篇

戚夫人歌一篇

赵王友歌一篇

朱虚侯歌一篇

武帝歌三篇四章

李延年歌一篇

乌孙公主歌一篇

李陵别苏武歌一篇

燕王旦及华容夫人歌各一篇

燕王旦歌一篇（未录）

广川王去歌二篇（录一）

杨恽歌一篇

世所传四皓《采芝歌》、武帝《秋风辞》及《落叶哀蝉曲》、淮南王安《八公操》、东方朔《诫子诗》、昭帝歌二首、霍去病歌二首，来历皆不分明，吾未敢轻信。

上诸篇，除《铙歌》外，都有作者主名，但其人却都非诗家。除《房中》《郊祀》两歌外，都不是会做诗的人做的，都不是有心去做诗的。换一句话说，虽然在文学上有相当的价值，却并不是文学家的文学。此外正正经经做的诗，说也可怜，只有韦孟、韦玄成一家祖孙所做的四首。今录其一以见当时诗品：

韦孟讽谏诗（《汉书·韦贤传》："孟，鲁国邹人也。家本彭城。为楚元王傅，傅子夷王及孙王戊。戊荒淫不道，孟作诗讽谏。后遂去位，徙家于邹。又作一篇。孟卒于邹。"案：孟生卒年史不载，约当汉高祖时。公元前二〇六）

肃肃我祖，国自豕韦。黼衣朱绂，四牡龙旂。彤弓斯征，抚宁遐荒。总齐群邦，以翼大商。迭彼大彭，勋绩惟光。至于有周，历世会同。王赧听赞，实绝我邦。

我邦既绝，厥政斯逸。赏罚之行，非繇王室。庶尹群后，靡扶靡卫。五服崩离，宗周以坠。我祖斯微，迁于彭城。在予小子，勤诶厥生。阸此嫚秦，耒耜斯耕。悠悠嫚秦，上天不宁。乃眷南顾，授汉于京。

于赫有汉，四方是征。靡遵不怀，万国逌平。乃命厥弟，建侯于楚。俾我小臣，惟傅是辅。

矜矜元王，恭俭静一。惠此黎民，纳彼辅弼。享国渐世，垂烈于后。乃及夷王，克奉厥绪。咨命不永，惟王统祀。左右陪臣，斯惟皇士。

如何我王，不思守保。不惟履冰，以继祖考。邦事是废，逸游是娱。犬马悠悠，是放是驱。务彼鸟兽，忽此稼苗。烝民以匮，我王以媮。所弘匪德，所亲匪俊。惟囿是恢，惟谀是信。瞻瞻谀夫，谔谔黄发。如何我王，曾不是察。既藐下臣，追欲纵逸。嫚彼显祖，轻此削黜。

嗟嗟我王，汉之睦亲。曾不夙夜，以休令闻。穆穆天子，照临下土。明明群司，执宪靡顾。正殿由近，殆其怙兹。嗟嗟我王，曷不斯思。

匪思匪监，嗣其罔则。弥弥其逸，岌岌其国。致冰匪霜，致坠匪嫚。瞻惟我王，时靡不练。兴国救颠，轨违悔过。追思黄发，秦穆以霸。岁月其徂，年其逮耇。于赫君子，庶显于后。我王如何，曾不斯览。黄发不近，胡不时鉴。

孟尚有"徙家于邹"后所作一首，体格和这首一样。他的六世孙玄成（元帝时丞相）的两首，一首自劾，一首戒子孙，体格也和孟所作一样。因为我不觉得他的好处，都不录了。（韦孟的两首是否绝对可信，还不敢说。《汉书》云："或曰：'其子孙好事，述先人之志而作。'"据此，怕四首都是玄成作的，因为气息体格完全相同。）这些诗完全摹仿《三百篇》，一点没有变化，而徒得其糟粕，很像明七子摹仿"盛唐"的样子，颇觉可厌。但我们不能怪他，西汉时所谓诗人之诗，恐怕都是如此。

纯粹的诗，在西汉我们是不能多见了。只有些和诗相类的作品，还可以引来比照参考。如司马相如《封禅文》里头插有一首颂，其辞如下：

自我天覆，云之油油。甘露时雨，厥壤可游。滋液渗漉，何生不育。嘉谷六穗，我稷曷蓄。匪惟雨之，又润泽之。匪惟遍之，我氾布护之。万物熙熙，怀而慕之。名山显位，望君之来。君兮君兮，侯不迈哉。……

把这首颂和《郊祀歌》里头的"邹子乐"四章——《青阳》《朱明》《西颢》《玄冥》来同韦孟的诗参互着看，可想见西汉盛时——武帝前后，文学家矜心作意做的诗，都是以摹仿《三百篇》为能事。不过邹阳、司马相如聪明些，摹仿得活泼一点；韦孟厚重些，摹仿得呆滞一点。总而言之，西汉文学家用心作的诗，全摹仿《三百篇》。那些非文学专家的人——如高祖、武帝至杨恽等——随手做的歌谣，便用当时通行的《楚辞》腔调。讲到创作，可以说完全没有。

我既作这等主张，当然牵涉到一个大问题，即五言诗发生的时代问题。要解决这个问题，便有下列几首诗的时代最要仔细研究。

第一，《史记正义》所载虞姬和项羽歌一首。

第二，《玉台新咏》所载枚乘诗九首。（一《西北有高楼》，二《东城高且长》，三《行行重行行》，四《涉江采芙蓉》，五《青青河畔草》，六《兰若生春阳》，七《庭中有奇树》，八《迢迢牵牛星》，九《明月何皎皎》。）

第三，《文选》所载苏武诗四首，李陵与苏武诗三首。（《玉台》同）

第四，近代选家所载卓文君《白头吟》一首。

第五，《文选》所载班婕妤《怨歌行》一首。（《玉台》作《怨诗》。）

倘若这几首诗作者主名不错，那么，五言诗在秦汉之交已经发生，到汉景帝、武帝时已经十分成熟了。但这几首诗可疑之点，其实甚多。内中最易判明者为第一项。所谓虞姬和歌者，原文云："汉兵已略地，四面楚歌声。大王意气尽，贱妾何聊生。"一望而知为唐以后的打油近体诗，连六朝人也不至有这等乏句，何况汉初？这诗始见于张守节《史记正义》，据云出《楚汉春秋》。《楚汉春秋》久佚，唐时所传已属赝本，节引之，徒见其陋耳。而王应麟《困学纪闻》乃推为五言之祖，可谓无识。此诗之伪，近人多能知之，不俟多辨。

次则第四项也容易解决。所谓卓文君《白头吟》者，《宋书·乐志》中有其文，题曰"古辞"。（原文见卷三）凡《宋志》所谓"古辞"者，皆"汉世街陌谣讴"。沈约既自著其例，然则此诗在约时并无作者主名可知。《玉台新咏》亦无作者主名，且并不名为《白头吟》，仅用首句标题云"皑如山上雪"。《太平御览》《乐府诗集》亦皆云"古辞"，并无卓文君之说。卓文君作《白头吟》，始见于伪《西京杂记》，但亦仅记其事，未著其词。至宋末黄鹤注杜诗，始以《杂记》傅会《宋志》，指此诗为卓作。明冯惟纳《古诗纪》因之。此后盲盲相引，几成定案。然冯舒《诗纪匡谬》已明辨之矣。

第二项所谓枚乘古诗九首，其八首皆在《文选》《古诗十九首》中，并无作者主名。钟嵘亦不认枚乘曾有此作品，刘勰虽引当时传说，然亦仅作怀疑语。（钟、刘原语俱详下文。）至徐陵辑《玉台新咏》乃贸然竟题枚作，以冠全编之首。陵时代后于钟、刘及昭明太子，谅未必有什么确证为他们所未见。我们与其信《玉台》，不如稍取谨慎态度信《文选》及钟、刘等。

第五项所谓班婕妤《怨歌行》，《文选》《玉台》同载，似无甚疑窦。但刘勰已疑之，《文选》李善注引《歌录》则云："《怨歌行》，古词。"然则此诗是否确有作者主名，久已成问题了。

剩下第三项的苏李诗，《文选》《玉台》都认为真的，钟嵘亦无甚异议，惟刘勰对他作怀疑之词。后世则苏轼公然攻击之，谓为后人拟作，然附和者少。但我们最当注意者，相传苏李诗并不止《文选》所载七首，还有十首见于《古文苑》《初学记》《艺文类聚》等书。所以这问题颇复杂不易解决，当在下文录本诗时更详论之。

以上所论，是关于这五家之诗各别可疑的资料。除虞姬一家伪迹太显，不劳辨证外，其余都有虚心商榷之必要。我以为对于这些问题，要求一个总解决。什么叫做总解决？就是五言诗发生时代问题。再直捷点说，是西汉曾否有五言诗的问题。

对于这问题最持谨慎态度者，莫如刘勰《文心雕龙》。他说："汉初四言，韦孟首唱，匡谏之义，继轨周人。孝武爱文，柏梁列韵。严马之徒，属辞无方。至成帝品录三百余篇，朝章国采，亦云周备。而辞人遗翰，莫见五言。所以李陵、班婕妤见疑于后代也。"彦和（勰字）之意以为西汉有四言诗，如韦孟《讽谏》；有七言诗，如《柏梁联句》；有长短杂言，如严助、司马相如诸遗什，独至五言，则成帝时命刘向总校《诗赋略》——即今《汉书·艺文志》所载"歌诗二十八家三百一十四篇"里头却没有一首，因此世俗所传李陵、班婕妤……那几首五言作品，不能不令人动疑了。彦和所发问题如此，他虽没有下斩截的判断，然其疑西汉无五言之意，已隐跃言外。我以为因刘向品录不及，便指为无，原未免过于武断，反驳的人也可以说道："韦孟四言，《汉志》亦并未著录，难道也说是假吗？"话虽如此说，但枚乘、苏、李若有这种好诗，刘向似不容不见，见了似不容不著录。彦和所挑剔，最少也令主张西汉有五言之人消极的失却根据了。但仅靠这一点，还不能解决这问题。我们应做的工作，是要审查彦和所谓"辞人遗翰，莫见五言"这句话的正确程度何如。

一般人的幻觉，大概以为诗的发达，先有四言，次有五言，次有七言。其实不然。除《三百篇》的四言和《楚辞》的长短句其发达次第为人所共见外，若专拿五言和七言比较，七言的历史，实远在五言之前。今试列举战国至西汉中叶七言或类似七言之作。

其一，《楚辞·招魂》篇："魂兮归来入修门些"以下，若将每句"些"字删去，便是一首极长的七言诗。《大招》篇每句删去"只"字亦然。

其二，《荀子·成相篇》："请成相，世之殃，愚暗愚暗堕贤良。……"

梁启超古典文学论著

用两句三言、一句七言组成一小段音节，全篇皆如此，也可以说是有一定规则的长短句，也可以截出每小段之第三句为纯粹的七言。

其三，秦始皇时史游作《急就章》："急就奇觚与众异，罗列诸物名姓字。分别部居不杂厕，用日约少殊快意。……"全篇俨然一首七古，后此西汉字书皆仿其体。又后来《黄庭经》之类，亦从此出。这类作品，虽没有文学上价值，但专就七言韵语的历史论，却不能把他们除外。（纬书中亦最多七言句。如："玄立制命帝卯行"，[《孝经援神契》]如"太易变教民不倦"[《乾凿度》]之类。纬书大率战国秦汉间儒生方士所作。）

其四，《易水》《垓下》《大风》诸歌或并"兮"字计算，或将"兮"字删除，皆成七言。例如："威加海内归故乡，安得猛士守四方。"（此等句法，《楚辞》中已多有。例如《九辩》的"悲忧穷戚兮独处廓，有美一人兮心不怿，去乡离家兮来远客。……"若将"兮"字省去，便是七言。但其中有五个字中夹一"兮"字者，却不能照办。例如："蕙肴蒸兮兰藉，奠桂酒兮椒浆。"若将"兮"字删去，"蕙肴蒸兰藉，奠桂酒椒浆"，便不是五言句法。"有美人兮心不怿，去乡离家来远客"，却恰是七言句法。）

其五，汉高祖时《房中歌》："大海荡荡水所归，大贤愉愉民所怀。"纯粹的七言。

其六，武帝时《郊祀歌·天门》章："函蒙祉福常若期……"以下八句，《景星》章"空桑琴瑟结信成……"以下十二句，都是纯粹的七言。

其七，《柏梁台诗》真假尚难确定，若真，当然是很完整的七言了。

据以上所论列，则自战国到西汉，七言作品连绵不绝。以后逐渐稀少，惟张平子《四愁》、魏文帝《燕歌行》独传。建安七子诗风盛行之后，七言几乎绝响。直至鲍照、庾信，始复兴长短句的歌行，入唐而极盛。七言发展变迁之历史大略如此。推原其所以发展较早之由，盖缘秦汉间诗歌皆从《楚辞》蜕嬗而来，音节舒促相近，即如"风萧萧兮易水寒，壮士一去兮不复还"，形式上纯祖《楚辞》，而上句合一"兮"字，下句去一

"兮"字，皆成七言。由《楚辞》渡到七言，其势实比五言为顺也。

以上这段话，说得离题太远了。现在要归结到五言发展的历史。

刘彦和又云："按《召南·行露》，肇始半歌；孺子《沧浪》，亦有全曲。《暇豫》优歌，远见春秋；《邪径》童谣，近在成世。阅时取证，则五言久矣。"我以为若觅一二断句作证，则可引者原不止此。专就《诗经》论，如"胡为乎泥中""谁谓雀无角""无使尨也吠""期我乎桑中""洞酌彼行潦""宛在水中央""或尽瘁事国"……此类句子很不少。乃至《左传》引逸诗："昔吾有先正，其言明且清。"《论语》记《接舆歌》："往者不可谏，来者犹可追。"都不能不算是五言句法的远祖。却是全首完整的五言诗，在汉以前到底找不出一首来。

汉代第一首五言诗，当推戚夫人歌：

> 子为王，母为虏。终日舂薄暮，常与死为伍。相离三千里，当谁使告汝。

这首歌虽有两句三言相间，大体总算是五言了。我们若肯认《大风歌》为七言之祖，也可以认这歌为五言之祖。但是除了这歌四句以外，别的却就难找了。倘若把苏、李、枚、卓那几首剔出，简直可以说，从高祖到武帝八九十年间，除戚夫人那四句外更无第二首五言。最当注意者，《房中》《郊祀》两歌共三十六章，内中三言、四言、六言、七言都有，独无五言。勉强找，算找出四句："幡比翅回集，贰双飞常羊。""假青风轧忽，激长至重觞。"（《郊祀歌·天门》章）这四句夹杂在三言、六言、七言中间，音节异常佶屈，和所传枚乘、苏、李诸作截然不同。

第二首五言是那首呢？《铙歌》十八章中《上陵》章云：

> 上陵何美美，下津风以寒。问客从何来，言从水中央。桂树为

君船，青丝为君笮，木兰为君棹，黄金错其间。沧海之雀赤翅鸿，白雁随。山林乍开乍合，曾不知日月明。醴泉之水，光泽何蔚蔚。芝为车，龙为马，览遨游，四海外。甘露初二年，芝生铜池中。仙人下来饮，延寿千万岁。

这首歌虽有三、四、六言插入，但五言为多，我们姑且勉强认为五言。《铙歌》作品年代难确考，依我看，并不是一时作成的。惟这首有"甘露初二年"一句，认为宣帝时作品，当无大错。然则在枚乘、苏、李后五六十年了。他的格调音节之朴僿拙劣如此。

第三首的五言是那首呢？《汉书·五行志》载成帝时童谣云：

邪径败良田，谗口乱善人。桂树华不实，黄爵巢其颠。昔为人所羡，今为人所怜。

这一首真算纯粹的五言了，彦和所谓"《邪径》童谣，近在成世"即指此。其音节谐畅，和后来的五言诗几无甚分别，但虽作于成帝时，已是西汉之末了。

西汉二百年间五言诗，其时代确凿可信绝无问题者，只有这三首。内中两首还是长短句相杂，其纯粹的一首又是童谣。然则彦和"词人遗翰，莫见五言"之语，并不为过了。

我们试在这种资料之下来解决苏、李、枚、卓诸诗的时代问题。凡辨别古人作品之真伪及其年代，有两种方法，一曰考证的，二曰直觉的。考证的者，将该作品本身和周围之实质的资料搜集齐备，看他字句间有无可疑之点，他的来历出处如何，前人对于他的观察如何等等。参伍错综而下判断。直觉的者，专从作品本身字法、句法、章法之体裁结构及其神韵气息上观察，拿来和同时代确实的作品比较，推定其是否产于此时代。譬诸侦探案件，考证的方法是搜齐人证、物证，步步踏实，毫不杂以主观；直觉的方法则如利用野蛮人或狗之特别嗅觉去侦查奇案，虽像是很杳茫很危险，但有时亦收奇效。文学美术作品，往往以直觉的鉴别为最有力。例如碑帖字画等类，内行家可以一望而知为某时代作品、某人手笔，丝毫不容假借。文体亦然。东晋晚出之伪《古文尚书》，就令将传授上及其他种种罅漏阁在一边不提，专以文字论，已可断其决非三代以上文也。《文选》所载李陵《答苏武书》，别无他种作伪实证，而识者早公认其为六朝人语。凡此之类，皆用直觉的鉴别，似武断而实非武断也。西汉承战国之后——除少数作者摹仿《三百篇》作四言诗外——全部文学家之精力，皆务蜕变《楚辞》以作赋。就实质论，则铺叙多比兴少；就形式论，则多用自由伸缩之长短句，而未有每句之一定字数。乃若"行行重行行""皑如山上雪""携手上河梁"……诸篇，在实质方面，则陈旨婉曲，寄兴深微；在形式方面，则虽非如魏晋之讲究对偶，齐梁后之拘束声病，然而句法、调法皆略有一定，音节谐畅流丽。凡此，皆与西汉其他作品绝不相类。我们用历史家的眼光忠实观察，以为：西汉景、武之间未必能发生这种诗风、这种诗体，倘使已经发生，便当继续盛行，又不应中断二三百年，到建安、黄初间始再振其绪。所以我对于五言诗发生时代这个问题，兼用考证的、直觉的两种方法仔细研究，要下一个极大胆的结论曰：五言诗起于东汉中叶，和建安七子时代相隔不远。——"行行重行行"等九首决非枚乘作，"皑如山上雪"决非卓文君所作，"骨肉缘枝叶""良时不再至"等七首决非苏武、李陵作。"新裂齐纨素"是否班婕妤作，尚在未定之列。今具录诸作，先分别考定其时代，再评论其价值。

《文选》所录《古诗十九首》附一首：

　　章未有△符者，《玉台新咏》所指为枚乘作。有▲符者，《文心雕龙》所指为傅毅作。有 * 符者,陆机有拟作。

行行重行行,与君生别离。相去万余里,各在天一涯。道里阻且长,会面安可知。胡马依北风,越鸟巢南枝。相去日已远,衣带日以缓。浮云蔽白日,游子不顾返。思君令人老,岁月忽已晚。弃捐莫复道,努力加餐饭。△ *

青青河畔草,郁郁园中柳。盈盈楼上女,皎皎当窗牖。娥娥红粉妆,纤纤出素手。昔为倡家女,今为荡子妇。荡子行不归,空床难独守。△ *

青青陵上柏,磊磊涧中石。人生天地间,忽如远行客。斗酒相娱乐,聊厚不为薄。驱车策驽马,游戏宛与洛。洛中何郁郁,冠带自相索。长衢罗夹巷,王侯多第宅。两宫遥相望,双阙百余尺。极宴娱心意,戚戚何所迫。

今日良宴会,欢乐难具陈。弹筝奋逸响,新声妙入神。令德唱高言,识曲听其真。齐心同所愿,含意俱未申。人生寄一世,奄忽若飙尘。何不策高足,先据要路津。无为守穷贱,轗轲长苦辛。 *

西北有高楼,上与浮云齐。交疏结绮窗,(李善注:"疏,刻穿之也。"盖窗棂之类。)阿阁三重阶。上有弦歌声,音响一何哀。谁能为此曲,无乃杞梁妻。清商随风发,中曲正徘徊。一弹再三叹,慷慨有余哀。不惜歌者苦,但伤知音稀。愿为双鸣鹤,奋翅起高飞。△ *

涉江采芙蓉,兰泽多芳草。采之欲遗谁,所思在远道。还顾望旧乡,长路漫浩浩。同心而离居,忧伤以终老。△ *

明月皎夜光,促织鸣东壁。玉衡指孟冬,(李注:玉衡,北斗第五星也。)众星何历历。白露沾野草,时节忽复易。秋蝉鸣树间,玄鸟逝安适。昔我同门友,高举振六翮。不念携手好,弃我如遗迹。南箕北有斗,牵牛不负轭。(《诗》云"维南有箕,不可以簸扬;维北

汉魏时代之美文

有斗,不可以挹酒浆。睆彼牵牛,不以服箱。"借众星以喻有名无实也,此引用之,故下云"虚名复何益。")良无磐石固,虚名复何益。

冉冉孤生竹,结报泰山阿。与君为新婚,兔丝附女萝。兔丝生有时,夫妇会有宜。千里远结婚,悠悠隔山陂。思君令人老,轩车来何迟。伤彼蕙兰花,含英扬光辉。过时而不采,将随秋草萎。君亮执高节,贱妾亦何为。▲

庭中有奇树,绿叶发华滋。攀条折其荣,将以遗所思。馨香盈怀袖,路远莫致之。此物何足贵,但感别经时。△*

迢迢牵牛星,皎皎河汉女。纤纤擢素手,札札弄机杼。终日不成章,泣涕零如雨。河汉清且浅,相去复几许。盈盈一水间,脉脉不得语。△*

回车驾言迈,悠悠涉长道。四顾何茫茫,东风摇百草。所遇无故物,焉得不速老。盛衰各有时,立身苦不早。人生非金石,岂能长寿考。奄忽随物化,荣名以为宝。

东城高且长,逶迤自相属。回风动地起,秋草萋以绿。四时更变化,岁暮一何速。晨风怀苦心,蟋蟀伤局促。(《晨风》《蟋蟀》皆《诗经》篇名。)荡涤放情志,何为自结束。燕赵多佳人,美者颜如玉。被服罗裳衣,当户理清曲。音响一何悲,弦急知柱促。驰情整中带,(李注:"中带,中衣带也。")沈吟聊踯躅。愿为双飞燕,衔泥巢君屋。△*

驱车上东门,(李注引《河南郡图经》云:"东有三门,最北头曰上东门。"盖纪洛阳城阙也。)遥望郭北墓。白杨何萧萧,松柏夹广路。下有陈死人,杳杳即长暮。(即趋也,就也。《楚辞》:"去白日之昭昭,袭长夜之悠悠。")潜寐黄泉下,千载永不寤。浩浩阴阳移,年命如朝露。人生忽如寄,寿无金石固。万岁更相送,圣贤莫能度。服食求神仙,多为药所误。不如饮美酒,被服

112

纨与素。

去者日以疏,来者日以亲。出郭门直视,但见丘与坟。古墓犁为田,松柏摧为薪。白杨多悲风,萧萧愁杀人。思还故里闾,欲归道无因。

生年不满百,常怀千岁忧。昼短苦夜长,何不秉烛游。为乐当及时,何能待来兹。愚者爱惜费,但为后世嗤。仙人王子乔,难可与等期。

凛凛岁云暮,蝼蛄夕鸣悲。凉风率已厉,游子寒无衣。锦衾遗洛浦,同袍与我违。独宿累长夜,梦想见容辉。良人惟古欢,枉驾惠前绥。(**绥,引车之缰绳也。**)愿得常巧笑,携手同车归。既来不须臾,又不处重闱。亮无晨风翼,(《尔雅》:"晨风,鹯也。**亮,同谅。**")焉能凌风飞。眄睐以适意,引领遥相睎。徙倚怀感伤,垂涕沾双扉。

孟冬寒气至,北风何惨栗。愁多知夜长,仰观众星列。三五明月满,四五蟾兔缺。客从远方来,遗我一书札。上言长相思,下言久离别。置书怀袖中,三岁字不灭。一心抱区区,惧君不识察。

客从远方来,遗我一端绮。相去万余里,故人心尚尔。文采双鸳鸯,裁为合欢被。著以长相思,缘以结不解。(**李注引《仪礼》郑注云:"著,谓充之以絮也。"又引《礼记》郑注云:"缘,饰边也。"**)以胶投漆中,谁能别离此。

明月何皎皎,照我罗床帏。忧愁不能寐,揽衣起徘徊。客行虽云乐,不如早旋归。出户独彷徨,愁思当告谁。引领还入房,泪下沾裳衣。△*

兰若生春阳,涉冬犹盛滋。愿言追昔爱,情款感四时。美人在云端,天路隔无期。夜光照玄阴,长叹恋所思。谁谓我无忧,积念发狂痴。△*

上二十首，除最末一首外，皆见《文选》，不题撰人名氏，惟题"古诗"。《玉台新咏》则九首题枚乘杂诗，（一《西北有高楼》，二《东城高且长》，三《行行重行行》，四《涉江采芙蓉》，五《青青河畔草》，六《兰若生春阳》，七《庭中有奇树》，八《迢迢牵牛星》，九《明月何皎皎》。）余七首不录。《文心雕龙》则云："古诗佳丽，或称枚叔。其《孤竹》一篇（冉冉孤生竹）则傅毅之词。"是对于枚乘之说，付诸存疑，而割出一首以属傅毅。《诗品》则分为二类，其一陆机所曾拟之十四首，认为时代最古，（今存者仅十二首。一《行行重行行》，二《今日良宴会》，三《迢迢牵牛星》，四《涉江采芙蓉》，五《青青河畔草》，六《明月何皎皎》，七《兰若生春阳》，八《青青陵上柏》，九《东城高且长》，十《西北有高楼》，十一《庭中有奇树》，十二《明月皎夜光》。《玉台》所谓枚乘九首全在其中，余二首已佚，不知属何题。）其余"去者日以疏"等四十五首，（钟未列其目，惟十九首中《客从远方来》一首在内，复举有《橘柚垂华实》一首，余四十三首不知何指。）则谓"疑是建安中曹（植）、王（粲）所制"。昭明（《文选》选者萧统）、彦和（《文心雕龙》著者刘勰）、仲伟（《诗品》著者钟嵘）、孝穆（《玉台新咏》选者徐陵）同是梁人，而所传之异同如此，可见这一票古诗之作者和时代在六朝时久已成问题了。其所拟议之作者，最古者枚乘，西汉初人；次则傅毅，东汉初人，距枚乘百余年；最近者曹、王，汉魏间人，距傅毅又百余年，距枚乘且三百年。

我以为要解决这一票诗时代，须先认一个假定，即《古诗十九首》这票东西，虽不是一个人所作，却是一个时代——先后不过数十年间所作，断不会西汉初人有几首，东汉初人有几首，东汉末人又有几首。因为这十几首诗，体格、韵味都大略相同，确是一时代诗风之表现。凡诗风之为物，未有阅数十年百年而不变者，如后此建安、黄初之与元嘉、永明；元嘉、永明之与梁、陈宫体；乃至唐代初、盛、中、晚之递嬗，宋代"西昆""江西"之代兴，凡此通例，不遑枚举。两汉历四百年，万不会从景、

114

武到灵、献，诗风始终同一。《十九首》既风格首首相近，其出现时代，当然不能距离太远。读者若肯承认我这个前提，我们才可以有点边际来讨论他的出现时代了。

汉制避讳极严，犯者罪至死。惟东汉对于西汉诸帝则不讳。惠帝讳盈，而十九首中有"盈盈楼上女""馨香盈怀袖"等句，非西汉作品甚明。此其一。"游戏宛与洛，洛中何郁郁。……长衢罗夹巷，王侯多第宅。两宫遥相望，相阙百余尺。"明写洛阳之繁盛，西汉决无此景象。"驱车上东门，遥望郭北墓。"上东门为洛城门，郭北即北邙，显然东京人语。此其二。此就作品本身觅证，其应属东汉不应属西汉，殆已灼然无疑。然东汉历祚，亦垂二百年，究竟当属何时耶？此则在作品本身上无从得证，只能以各时代别的作品旁证推论。刘彦和以《冉冉孤生竹》一首为傅毅作，依我的观察，西汉成帝时，五言已萌芽，傅毅时候，也未尝无发生《十九首》之可能性。但以同时班固《咏史》一篇相较，风格全别，（固诗见后）其他亦更无相类之作，则东汉之期——明、章之间，似尚未有此体。安、顺、桓、灵以后，张衡、秦嘉、蔡邕、郦炎、赵壹、孔融，各有五言作品传世，音节日趋谐畅，格律日趋严整，其时五言体制已经通行，造诣已经纯熟，非常杰作，理合应时出现。我据此中消息以估定《十九首》之年代，大概在公元一二〇至一七〇约五十年间，比建安、黄初略先一期，而紧相衔接。所以风格和建安体格相近，而其中一部分钟仲伟且疑为曹、王所制也。我所估定若不甚错，那么，《十九首》一派的诗风，并非西汉初期瞥然一现，中间戛然中绝；而建安体亦并非近无所承，突然产生。按诸历史进化的原则，四方八面都说得通了。

《十九首》在文学史上所占的地位，或与《三百篇》《离骚》相埒，稍有文学常识的人都能知道，无待我赞美了。对于他最古的批评，则刘彦和谓："结体散文，直而不野，宛转附物，怊怅切情。"钟仲伟谓："文温以丽，意悲而远，惊心动魄，一字千金。"对于他的价值，差不多发挥尽致了。

汉魏时代之美文

我为帮助读者兴味起见,且再把他仔细解剖一下。

《十九首》第一点特色在善用比兴。比兴本为"诗六义"之二,《三百篇》所恒用,《国风》中尤什居七八。降及《楚辞》,"美人芳草",几舍比兴无他技焉。汉人尚质,西京尤甚,其作品大率赋体多而比兴少。长篇之赋,专事铺叙无论矣,即间有诗歌,也多半是径情直遂的倾泻实感。到《十九首》才把《国风》《楚辞》的技术翻新来用,专务"附物切情"。胡马越鸟、陵柏涧石、江芙泽兰、孤竹女萝,随手寄兴,辄增妩媚。至如"迢迢牵牛星"一章,纯借牛女作象征,没有一字实写自己情感,而情感已活跃句下。此种作法,和周公的《鸱鸮》一样,实文学界最高超的技术。(汉初作品如高祖之《鸿鹄歌》、刘章之《耕田歌》尚有此种境界,后来便很少了。)

论者或以含蓄蕴藉为诗之唯一作法固属太偏,然含蓄蕴藉,最少应为诗的要素之一,此则无论何国何时代之诗家所不能否认也。《十九首》之价值,全在意内言外,使人心醉。其真意所在,苟非确知其"本事",则无从索解;但就令不解,而优饫涵讽,已移我情。即如"迢迢牵牛星"一章,不是凭空替牛郎织女发感慨,自无待言,最少也是借来写男女恋爱;再进一步,是否专写恋爱,抑或更别有寄托而借恋爱作影子,非问作诗的人不能知道了。虽不知道,然而读起来可以养成我们温厚的情感,引发我们优美的趣味,比兴体的价值全在此。这种诗风,到《十九首》才大成。后来唐人名作,率皆如此。宋则盛行于词界,诗界渐少了。

《十九首》虽不讲究"声病",然而格律、音节,略有定程,大率四句为一解,每一解转一意(如"行行重行行"至"各在天一涯"为一解;"道路阻且长"至"越鸟巢南枝"为一解;"相去日以远"至"游子不顾返"为一解;"思君令人老"至"努力加餐饭"为一解。)其用字平仄相间,按诸王渔洋《古诗声调谱》,殆十有九不可移易。试拿来和当时的歌谣、乐府比较,虽名之为汉代的律诗,亦无不可。此种诗格,盖自西汉末五言萌芽之后,经历多少年,才到这纯熟谐美的境界。后此五言诗,虽内容实质屡变,而格调形式,总不能出其范围。

从内容实质上研究《十九首》,则厌世思想之浓厚——现世享乐主义之讴歌,最为其特色。《三百篇》中之变风、变雅,虽忧生念乱之辞不少,至如《山枢》之"且以喜乐,且以永日,宛其死矣,他人入室",此等论调,实不多见。大抵太平之世,诗思安和,丧乱之余,诗思惨厉。《三百篇》中代表此两种气象的作品,所在多有。然而社会更有将乱未乱之一境,表面上歌舞欢娱,骨子里已祸机四伏,全社会人汲汲顾影,莫或为百年之计,而但思偷一日之安。在这种时代背景之下,厌世的哲学、文学便会应运而生。依前文所推论,《十九首》为东汉安、顺、桓、灵间作品,若所测不谬,那么,正是将乱未乱、极沉闷极不安的时代了。当时思想界,则西汉之平实严正的经术,已渐不足以维持社会,而佛教的人生观已乘虚而入。(桓、灵间安世高、支娄迦谶二人所译出佛经已数十部。)下文所录仲长统一诗,最足表示此中消息。(看第□叶)《十九首》正孕育于此等社会状况之下,故厌世的色彩极浓。"人生天地间,忽如远行客。""万岁更相送,圣贤莫能度。""所遇无故物,焉得不速老。""生年不满百,常怀千岁忧。"此种思想,在汉人文学中,除贾谊《鵩鸟赋》外,似未经人道。《鵩鸟赋》不过个人特别性格、特别境遇所产物,《十九首》则全社会氛围所产别物,故感人深浅不同。《十九首》非一人所作,其中如"奄忽随物化,荣名以为宝"之类,一面浸染厌世思想,一面仍保持儒家哲学平实态度者,虽间有一二,其大部分则皆如《山枢》之"且以喜乐,且以永日",以现世享乐为其结论,《青青陵上柏》《今日良宴会》《东城高且长》《驱车上东门》《去者日以疏》《生年不满百》诸篇其最著也。他们的人生观出发点虽在老庄哲学,其归宿点则与《列子·杨朱》篇同一论调。不独荣华富贵、功业名誉无所留恋,乃至"谷神不死""长生久视"等观念亦破弃无余。"服食求神仙,多为药所误。不如饮美酒,被服纨与素。"

"愚者爱惜费，但为后世嗤。仙人王子乔，难可与等期。"真算把这种颓废思想尽情揭穿。他的文辞既"惊心动魄，一字千金"，故所诠写的思想，也给后人以极大印象。千余年来中国文学，都带悲观消极的气象，《十九首》的作者怕不能不负点责任哩！

《十九首》之考证批评略竟，今当以次论列所谓苏、李诗者。

《文选》所录李少卿与苏武诗三首。（李陵，字少卿，广之孙。为骑都尉。武帝天汉中将步卒五千人击匈奴，转战失利，遂降虏。单于以女妻之，立为右校王。在匈奴二十余年卒。）良时不再至，离别在须臾。屏营衢路侧，执手野踟蹰。仰视浮云驰，奄忽互相逾。风波一失所，各在天一隅。长当从此别，且复立斯须。欲因晨风发，（李注云："晨风，早风也。"超案：李说误，晨风，鸟名也。）送子以贱躯。

嘉会难再遇，三载为千秋。临河濯长缨，念子怅悠悠。远望怨风至，对酒不能酬。行人怀往路，何以慰我愁。独有盈觞酒，与子结绸缪。

携手上河梁，游子暮何之。徘徊蹊路侧，恨恨不能辞。行人难久留，各言长相思。安知非日月，弦望自有时。（李注云："弦，月半之名也。其形一旁曲，一旁直，若张弓弛弦也。望，月满之名也。日在东，月在西，遥相望也。"超案：诗意谓虽一别无相见期，独冀如日月之由弦而望，有短时间得遥遥相对也。）努力崇明德，皓首以为期。

又苏子卿诗四首（苏武，字子卿，京兆人。天汉二年以中郎将使匈奴，十九年不屈节。会昭帝与匈奴和，得归国。宣帝神爵二年卒，年八十余。）

骨肉缘枝叶，结交亦相因。四海皆兄弟，谁为行路人。况我连枝树，与子同一身。昔为鸳与鸯，今为参与辰。昔者长相近，邈若胡与秦。惟念当乖离，恩情日以新。鹿鸣思野草，可以喻嘉宾。我有一樽酒，欲以赠远人。愿子留斟酌，叙此平生亲。

黄鹄一远别，千里顾徘徊。胡马失其群，思心常依依。何况双飞龙，羽翼临当乖。幸有弦歌曲，可以喻中怀。请为游子吟，泠泠一何悲。丝竹厉清声，慷慨有余哀。长歌正激烈，中心怆以摧。欲展清商曲，念子不得归。俯仰内伤心，泪下不可挥。愿为双黄鹄，送子俱远飞。

结发为夫妻，恩爱两不疑。欢娱在今夕，燕婉及良时。征夫怀往路，起视夜何其。参辰皆已没，去去从此辞。行役在战场，相见未有期。握手一长叹，泪为生别滋。努力爱春华，莫忘欢乐时。生当复归来，死当长相思。

烛烛晨明月，馥馥秋兰芳。芬馨良夜发，随风闻我堂。征夫怀远路，游子恋故乡。寒冬十二月，晨起践严霜。俯观江汉流，仰视浮云翔。良友远别离，各在天一方。山海隔中州，相去悠且长。嘉会难再遇，欢乐殊未央。愿君崇令德，随时爱景光。

上七首中，《玉台新咏》惟录《结发为夫妻》一首，余不录。而《艺文类聚》及《古文苑》所载复有十首：

李陵录别诗八首

有鸟西南飞，熠熠似苍鹰。朝发天北隅，暮闻日南陵。欲寄一言去，托之笺彩缯。因风附轻翼，以遗（**遗当作遣**）心蕴蒸。鸟辞路悠长，羽翼不能胜。意欲从鸟逝，驽马不可乘。

烁烁三星列，拳拳月初生。寒凉应节至，蟋蟀夜悲鸣。晨风动乔木，枝叶日夜零。游子暮思归，塞耳不能听。远望正萧条，百里无人声。豺狼鸣后园，虎豹步客庭。远处天一隅，苦困独零丁。亲人随风散，历历如流星。三苹离不结，思心独屏营。愿得萱草枝，以解饥渴情。

寂寂君子坐，奕奕合众芳。温声何穆穆，因风动馨香。清言振东序，良时着西庠。乃命丝竹音，列席无高唱。怨意何慷慨，清歌正激扬。长哀发华屋，四坐莫不伤。

晨风鸣北林，熠熠东南飞。愿言所相思，日暮不垂帷。明月照高楼，想见余光辉。玄鸟夜过庭，仿佛能复飞。褰裳路踟蹰，彷徨不能归。浮云日千里，安知我心怨。思得琼树枝，以解长渴饥。

涉彼南山隅，送子淇水阳。尔行西南游，我独东北翔。辕马顾悲鸣，五步一彷徨。双凫相背飞，相远日已长。远望云中路，想见来圭璋。万里遥相思，何益心独伤。随时爱景耀，愿言莫相忘。

钟子歌南音，仲尼欲归与。戎马悲边鸣，游子恋故庐。阳鸟归飞云，蛟龙乐潜居。人生一世间，贵与愿同俱。身无四凶罪，何为天一隅。与其苦筋力，必欲荣薄躯。不如及清时，策名于天衢。

凤凰鸣高冈，有翼不好飞。安知凤凰德，贵其来见稀。……（阙）
红尘蔽天地，白日何冥冥。……（阙）
苏武答别诗二首

童童孤生柳，寄根河水泥。连翩游客子，于冬服凉衣。去家千里余，一身常渴饥。寒夜立清庭，仰瞻天汉湄。寒风吹我骨，严霜切我肌。忧心常惨戚，晨风为我悲。瑶光游何速，行愿支荷迟。仰视云间星，忽若割长帷。低头还自怜，盛年行已衰。依依恋明世，怆怆难久怀。

双凫俱北飞，一凫独南翔。子当留斯馆，我当归故乡。一别如秦胡，会见何讵央。怆恨切中怀，不觉泪沾衣。愿子长努力，言笑莫相忘。

《艺文类聚》为隋唐间欧阳询所著。《古文苑》为唐人所辑，失辑者姓名，其书以《文选》所不录者为范围，盖唐时所传苏李诗，除《文选》七首外，复有此十二首也。明冯惟讷《古诗纪》则以前七首为原作，后十二首为后人拟作。后十二首中李陵八首之末两首，《古文苑》仅录首次联，下注"阙"字，盖唐时已佚其后半。而明杨慎《升庵诗话》则有其末首之全文，云："见《修文殿御览》。"其文如下：

> 红尘蔽天地，白日何冥冥。微音盛杀气，凄风从此兴。招摇西北指，天汉东南倾。嗟尔穹庐子，独行如履冰。短褐中无绪，带断续以绳。泻水置瓶中，为辨淄与渑。巢父不洗耳，后世有何称。

关于苏李诗的资料之全部如此。

《文心雕龙》云："……所以李陵、班婕妤见疑于后代。"可见这几首诗的真伪问题，盖起自六朝以前了。近代昌言其伪者，则始自苏东坡。他说："刘子玄（知几）辨《文选》所载李陵《与苏武书》非西汉文，盖齐梁间文士拟作者也。吾因悟陵与苏武赠答五言，亦后人所拟。"又说："李陵书，苏武五言，皆伪，而萧统不能辨。"（章樵《古文苑注》引）但东坡未能指出其作伪实据，故不足以夺历史上相沿之信仰。间有祖其说者，或摘"独有盈觞酒"之"盈"字犯惠帝讳，或摘"俯观江汉流""山海隔中州""送子淇水阳""携手上河梁"等句与塞外地理不合，或摘"行役在战场""一别如秦胡""骨肉缘枝叶""结发为夫妻"等句为与陵、武情事不合。斯皆然矣，然为之辩护者亦自有说。如谓各诗未必皆作于塞外，谓陵诗未必皆赠武，武诗未必皆赠陵。则许多矛盾之点也可以勉强解释过去。所以仅靠这些末节，还不能判定此公案。

我是绝对不承认这几首诗为李陵、苏武作的。我所持的理由：第一，则汉武帝时决无此种诗体，具如前文所论。此诸诗与《十九首》体格

121

略同,而谐协尤过之。如"良时不再至,离别在须臾",如"长当从此别,且复立斯须",如"骨肉缘枝叶",如"努力崇明德"……其平仄几全拘齐梁声病,故其时代又当在《十九首》之后。第二,赠答诗起于建安七子,两汉词翰,除秦嘉《赠妇》外更无第二首,然时已属汉末。至朋友相赠,则除此数章外更不一见。盖古代之诗,本以自写性情,不用为应酬之具。建安时,文士盛集邺下,声气相竞,始有投报。苏李之世,绝对的不容有此。第三,苏武于所传诸诗外别无他诗,固无从知其诗风为何如。至于李陵则《汉书·苏武传》尚载有他一首歌,其辞云:"径万里兮度沙漠,为君将兮奋匈奴。路穷绝兮矢刃摧,士众灭兮名已隤。老母已死,虽欲报恩将安归!"纯是武人质直粗笨口吻,几乎没有文学上价值。凡一个人前后作品,相差总不会太远,何况同时所作。作"径万里兮度沙漠……"的人,忽然会写出"风波一失所,各在天一隅",会写出"安知非日月,弦望自有时"? 我们无论如何,断不能相信。我据这三种理由,所以对于东坡所提出的抗议深表赞同。

然则这几首诗是后人有意作伪吗? 又未必然。石崇集中有《王昭君辞》一首,李贺集中《庾肩吾还自会稽歌》一首,都是本无此诗,而作者悬揣前人心事替他补作的。幸亏石、李二人对于这两首诗各有一篇小序声明系代作,不然被一位冒冒失失的选家,将那两首迳题为昭君作、肩吾作,又不知把多少人引入迷途了。李陵这个人,本来不算什么大人物,文学史上更不会有他的位置,徒以司马迁因他获罪,《报任安书》里头有一大段替他抱不平,引起后人对于他格外的表同情。于是好事者流,有人替他拟一篇《答苏武书》倾吐胸中块垒;(《答苏武书》之为拟作,刘知几《史通》辨之已明,现在几为学界所公认了。)又有人因他送苏武归国时本有一首歌明见《汉书》,而那首歌实在做得不见高妙,因此重新替他拟作一两首,来完成这段佳话;后来又有人觉得李陵既有诗送苏武,苏武也不可无诗送李陵,于是又替苏武也作几首。在作者原是自己闹着顽,并非有意伪托。自昭明太子编入《文选》,迳题苏、李之名,却令千余年来堕入云雾了。

然则什么人拟作呢? 我们虽没有法子找出作者主名,大概总是建安七子那班人,而各首又非成于一人之手。各诗气格,朴茂淡远,决非晋宋以后人手笔,而汉桓、灵以前,又像不会有替人捉刀的风气。建安七子既创开赠答之风,自然容易联想到替古人赠答。他们又喜欢共拈一题,数人比赛着做,(看第三章第□叶)或者谈论之间,觉得苏李言别是一种绝好诗材,因此拈为课题,各人分拟,所以拟出的共有几首之多,各首语意多相重复,而诗的好坏亦大相悬绝。

还有该注意的一点,《文选》所录七首之中,李陵的比苏武强多了。《文心雕龙》只言:“李陵、班婕妤见疑于累代。”不提苏武。《诗品》也只有李陵,并无苏武。(《诗品》叙论里头有“子卿双凫”一语,似是指苏武之《双凫俱北飞》一首。但彼文历举曹子建至谢惠连十二家,皆以年代为次。“子卿双凫”句,在“阮籍咏怀”句之下,“叔夜双变”句之上。则子卿宜为魏人,非汉之苏武也。窃疑魏别有一人字子卿者,今所传苏武诗六首皆其所作,自后人以诸诗全归诸武,并其人之姓名亦不传矣。此说别无他证,不敢妄主张,姑提出俟后之好古者。)因此我颇疑拟李陵的几首,是早已流行,刘勰、钟嵘对他都很重视;拟苏武的那几首,或者是较晚的时代续拟,因此批评家不甚认他的价值,但最迟的也不过魏晋间作品罢了。

至于《升庵诗话》所载“红尘蔽天地”的全首,古书中绝未曾见。杨升庵自谓出于《修文御览》,但《修文御览》早佚,升庵何从得见? 升庵最好造假典骗人,这首诗之靠不住,冯已苍《诗纪匡谬》早已辩明了。

各诗的价值,要分别言之。拟李陵的《良时不再至》和《携手上河梁》两首,真算送别诗的千古绝唱。“仰视浮云驰,奄忽互相逾。风波一失所,各在天一隅。长当从此别,且复立斯须。”意深刻而语飞动,真是得未曾有。"行人难久留，各言长相思。安知非日月，弦望自有时。"把极热烈的情感像放在熏炉中用灰盖住，永远保持温度，真极技术之能事。钟仲伟谓："王粲之诗，源出李陵。"依我看，这两首的气味，绝似仲宣《七哀》，或者迳是仲宣拟作亦未可知。此外则拟苏武的《结发为夫妻》一首甚曲折微婉，拟李陵的《有鸟西南飞》一首劲气直达。其余则"自郐以下"了。（钟仲伟举《二凫俱北飞》一首，此首最切合苏李情事，但浅薄寡味。）

《十九首》和苏李的两大公案既大略解决，最后更附带说说班婕妤的问题。

《文选》所录班婕妤《怨歌行》。（班况之女，少有才学。成帝选入宫，以为婕妤。后为赵飞燕所谮，黜废，居长信宫。）

> 新裂齐纨素，鲜洁如霜雪。裁为合欢扇，团圆似明月。出入君怀袖，动摇微风发。常恐秋节至，凉风夺炎热。弃捐箧笥中，恩情中道绝。

此诗纯用比兴，托意微婉，在古诗中固为上乘。婕妤为成帝时人，以当时童谣中"邪径良田"的体制对照，则亦有产生此类诗之可能性。但《文选》李注引《歌录》但称为"古词"，而刘勰亦谓其"见疑于后代"，然则是否出婕妤手，在六朝时本有问题，恐亦是后人代拟耳。

钟仲伟云："自王、杨、枚、马之徒，词赋竞爽，而吟咏无闻。从李都尉迄班婕妤将百年间，有妇人焉，一人而已。《诗》人之风，顿已缺丧。东京二百载中，惟有班固《咏史》，质木无文。降及建安……彬彬之盛，大备于时。"仲伟不信枚乘及苏武，故西汉只数李、班两家，叹其寥落，又颇以东汉二百年斯道中绝为慨。我以为凡一体新文学之出现，其影响必及于社会，断不会仅有一两个人孤丁丁的独弹独唱；又不会没有人继续仿摹，隔二百多年才突然复活转来。所以宁采刘彦和怀疑的态度，把所传西汉五言作品都重新估定时代，庶几历史之谜，渐渐可以解答了。

以上将西汉传疑的作品都已说过，以下论东汉确有主名之作品。

东汉初期诗，流传仍极少。最著闻者如马援《武溪》之吟，梁鸿《五噫》之什，（见卷三叶）皆从《离骚》一转手，虽词韵极美，而体格无变。第一首五言诗，则史学大家班固之《咏史》。（固，小传见第二卷。）

　　　三王德弥薄，惟后用肉刑。太仓令有罪，就逮长安城。自恨身无子，困急独茕茕。小女痛父言，死者不可生。上书诣阙下，思古歌鸡鸣。忧心摧折裂，晨风扬激声。圣汉孝文帝，恻然感至情。百男何愦愦，不如一缇萦。

我们若将《十九首》、苏李诗等重新估定年代之后，这首便算有史以来最古的五言诗了。试拿来和晚汉作品比较，真可笑已极。钟嵘批评他"质直无文"，一点都不冤枉。班孟坚并不是"无文"的人，且勿论他的史笔超群绝伦，即以《两都赋》而论，固当有不朽的价值，赋末所附那五首四言、七言诗也并不坏，何以这首《咏史》独稚弱到如此？可见大辂椎轮，势难工妙。孟坚首创五言，便值得在文学史上一大纪念，进一步求工，却要让后人了。至于《十九首》中《冉冉孤生竹》一首，若果如刘勰说的为傅毅所作，那便与班固同时，但我仍未敢信。

东汉中叶，在诗界稍占位置的人曰张衡。衡字平子，南阳西鄂人。安帝时征拜郎中，再迁太史令。顺帝阳嘉中迁侍中。为宦官所谗，出为河间王相。永和四年卒。衡为汉代大科学家，深于历学，著有《灵宪》一卷，《浑天仪》一卷，又会测算地震，著有地动仪，惜皆已佚。他的文学以赋著名，所作《两京赋》，费十年功夫乃成。他的诗现存三首，除四言《怨诗》一首没有什么特别外，余两首都在文学史上很有关系。

同声歌

邂逅承际会,得充君后房。情好新交接,恐栗若探汤。不才勉自竭,贱妾职所当。绸缪立中馈,奉礼助蒸尝。思为莞蒻席,在下蔽匡床。愿为罗衾帱,在上卫风霜,洒扫清枕席,鞮芬以狄香。重户结金扃,高下华灯光。衣解金粉御,列图陈枕张。(**此句疑有误字**)素女为我师,仪态盈万方。众夫所希见,天老教轩皇。乐莫斯夜乐,没齿焉可忘。

四愁诗

《文选》有序云:张衡不乐久处机密,阳嘉中出为河间相。时国王骄奢,不遵法度,又多豪右并兼之家。衡下车,治威严,能内察属县,奸滑行巧劫,皆密知名,下吏收捕,尽服擒。诸豪侠游客,悉惶惧逃出境,郡中大治。争讼息,狱无系囚。时天下渐弊,郁郁不得志,为《四愁》诗。屈原以美人为君子,以珍宝为仁义,以水深雪芬为小人,思以道术相报,贻于时君,而惧谗邪不得以通。其辞曰:

我所思兮在大山,欲往从之梁父艰。侧身东望涕沾翰。美人赠我金错刀,何以报之英琼瑶。路远莫致倚逍遥,何为怀忧心烦劳。

我所思兮在桂林,欲往从之湘水深。侧身南望涕沾襟。美人赠我金琅玕,何以报之双玉盘。路远莫致倚惆怅,何为怀忧心烦劳。

我所思兮在汉阳,欲往从之陇阪长。侧身西望涕沾裳。美人赠我貂襜褕,何以报之明月珠。路远莫致倚踟蹰,何为怀忧心烦纡。

我所思兮在雁门,欲往从之雪纷纷。侧身北望涕沾巾。美人赠我锦绣段,何以报之青玉案。路远莫致倚增叹,何为怀忧心烦惋。

五言诗除孟坚《咏史》外，平子的《同声歌》便算第二件古董了。孟坚那首，只能谓之五言有韵的文，不能谓之诗；平子这首，才算有诗的气味。进化路径，历历可指。玩语意当是初迁侍中时所作，自述初承恩遇感激图报之意。全首用比体，在五言尤为首创。（此诗若作赋体读之，认为男女新婚爱恋之词，便索然寡味。平子现存三诗，皆全用比兴。《怨诗》《四愁》皆有序明言之，此首亦应尔。）

《四愁》诗最有盛名，他用美人芳草托兴，是《楚辞》意境；一唱三叹，词句不嫌复沓，是《国风》格调。然而形式上却全不袭《国风》，不袭《楚辞》，所以有创作的价值。昔人谓《柏梁诗》为七言之祖。《柏梁》为真为伪，本属问题，就算是真，也没有文学上价值。纯粹的七言，总应推《四愁》首唱了。（晋傅玄有《拟四愁诗》，自序云："张平子作《四愁诗》，体小而俗，七言类也。……"超谓平子不俗，休奕拟之乃俗耳。凡绝调皆不许人拟。）

著《楚辞章句》的王逸——字叔师，南郡宜城人，安帝时。——也是一首七言诗，名为《琴思楚歌》：

盛阴修夜何难晓，思念纠戾肠摧绕，时节晚莫年齿老。冬夏更运去若颓，寒来暑往难逐追，形容减少颜色亏。时忽晻晻若鹜驰，意中私喜施用为，内无所恃失本义。志愿不得心肝沸，忧怀感结重欲噫，岁月已尽去奄忽。亡官失禄去家室，思想君命幸复位，久处无成卒放牵。

叔师注《楚辞·九章》《九辩》《远游》等篇，全用此等句法，若将每句末"也"字删去，便成若干首七言。（例如《远游》注之"哀众嫉妒迫胁贤，高翔避世求道真，质性鄙陋无所因。将何引援而升云，逢遇暗主触谗佞，思虑烦冤无告陈。……"《九辩》注之"修德见过愁惧惶，孤立特止居一方,常念弗解内结藏。偕违邑里之他邦,去郢南征济沅湘。……"注文用韵,起于《易经》各爻家之象辞,叔师效之,而一律裁为七言。)《琴思》一章,疑亦某篇之注,后人摘以为诗耳。韵味当然不及《四愁》,但可见当时竞创新体也。

桓、灵之间,音节谐美、格律严正的五言诗体完全成立。作品流传名氏可指者数家,曰秦嘉及嘉妻徐淑,曰郦炎,曰赵壹,曰蔡邕,及邕女琰。秦嘉《留郡赠妇》诗二首:(嘉字士会,陇西人。桓帝时,为郡上计掾。)

人生譬朝露,居世多屯蹇。忧难常早至,欢会常苦晚。念当奉时役,去尔日遥远。遣车迎子还,空往空复返。省书情凄怆,临食不能饭。独坐空房中,谁与相劝勉。长夜不能眠,伏枕独辗转。忧来如寻环,匪席不可卷。

皇灵无私亲,为善荷天禄。伤我与尔身,少小罹茕独。既得结大义,欢乐苦不足。念当远离别,思念叙款曲。河广无舟梁,道近隔邱陆。临路怀惆怅,中驾正踯躅。浮云起高山,悲风激深谷。良马不回鞍,轻车不转毂。针药可屡进,愁思难为数。贞士笃终始,恩义不可属。

肃肃仆夫征,锵锵扬和铃。清晨当引迈,束带待鸡鸣。顾看空室中,仿佛想姿形。一别怀万恨,起坐为不宁。何用叙我心,遗思致款诚。宝钗可耀首,明镜可鉴形。芳香去垢秽,素琴有清声。诗人感木瓜,乃欲答瑶琼。愧彼赠我厚,惭此往物轻。虽知未足报,贵用叙我情。

徐淑答秦嘉诗

妾身兮不令,婴疾兮来归。沈滞兮家门,历时兮不差。旷废兮侍觐,情敬兮有违。君今兮奉命,远适兮京师。悠悠兮离别,无因兮叙怀。瞻望兮踊跃,伫立兮徘徊。思君兮感结,梦想兮容晖。君发兮引迈,去我兮日乖。恨无兮羽翼,高飞兮相追。长吟兮永叹,泪下兮沾衣。

嘉诗《玉台新咏》有序,盖嘉为郡上计京师,其妻寝疾还家,不获面别,故赠此诗。《诗品》云:"夫妻事既可伤,文亦凄怨。为五言者不过数家,而妇人居二。徐淑叙别之作,亚于《团扇》矣。"案:赠答诗始此。

郦炎诗二首(炎,字文胜,范阳人。当灵帝时。)

大道夷且长,窘路狭且促。修翼无卑栖,远趾不步局。舒吾凌霄羽,奋此千里足。超迈绝尘驱,倏忽谁能逐。贤愚岂常类,禀性在清浊。富贵有人籍,贫贱无天禄。通塞苟由己,志士不相卜。陈平敖里社,韩信钓河曲。终居天下宰,食此万钟禄。德音流千载,功名重山岳。

灵芝生河洲,动摇因洪波。兰荣一何晚,严霜瘁其柯。哀哉二芳草,不植泰山阿。文质道所贵,遭时用有嘉。绛灌临衡宰,谓谊崇浮华。贤才抑不用,远投荆南沙。抱玉乘龙骥,不逢乐与和。安得孔仲尼,为世陈四科。

赵壹诗二首(壹,字元叔,汉阳西县人。灵帝光和元年,举郡上计,公府十辟不就。)

河清不可俟,人命不可延。顺风激靡草,富贵者称贤。文籍虽满腹,不如一囊钱。伊优北堂上,肮脏倚门边。

执家多所宜,欬唾自成珠。被褐怀金玉,兰蕙化为刍。贤者虽独悟,所困在群愚。且各守尔分,勿复空驰驱。哀哉复哀哉,此是命矣夫。

二家诗皆不韵,姑录之以见当时诗风之一种云尔。其在建安七子

129

以前,确然能以诗名家者当推蔡邕父子。

蔡邕,字伯喈,陈留圉人。灵帝建宁中,拜郎中,校书东观。董卓为司空,辟之,迁尚书侍中。献帝初平三年(一九二)王允诛卓,邕亦遇害。邕有良史才,在东观续《汉书》未成。其著书有《月令章句》十二卷,《独断》二卷,集二十卷。文章书法,皆绝妙一时。诗则有《玉台新咏》所载《饮马长城窟》一首:

> 青青河畔草,绵绵思远道。远道不可思,宿昔梦见之。梦见在我旁,忽觉在他乡。他乡各异县,展转不相见。枯桑知天风,海水知天寒。入门各自媚,谁肯相为言。客从远方来,遗我双鲤鱼。呼童烹鲤鱼,中有尺素书。长跪读素书,书中竟何如。上有"加餐食",下有"长相忆"。

此诗《文选》不著作者姓名,惟《玉台》则题邕作。我们并非轻信《玉台》,但以进化法则论,五言诗自东汉初叶发生以后,经历班固、张衡、秦嘉几个阶段,到蔡邕时才算真成熟,固宜有此圆满美妙之作品。伯喈文才掩映一世,其女文姬之诗,载在《后汉书》,精工如彼,则伯喈必能诗可知。故孝穆以此诗归伯喈,我们乐予承认。不惟如此,此诗与《十九首》音节气韵极相近,我还疑《十九首》中有伯喈作品在内,不过别无他证,不便主张罢了。伯喈能书之名,震铄千古,然今汉碑中,无一种能定为蔡书,而后人则每种皆揣测为蔡书。我对于蔡诗,也抱同一的观念哩。

邕女琰,字文姬。博学有才辩。适河东卫仲道。夫亡无子,归宁于家。献帝兴平元二年间,天下丧乱,姬为胡骑所获,没于南匈奴。在胡中十二年,生二子。曹操痛邕无嗣,乃遣使者以金璧赎之归,重嫁陈留董祀。归后感伤乱离,追怀悲愤,作诗二章:

130

汉季失权柄，董卓乱天常。志欲图篡弑，先害诸贤良。逼迫迁旧邦，拥主以自强。海内兴义师，欲共讨不祥。卓众来东下，金甲耀日光。平土人脆弱，来兵皆胡羌。猎野围城邑，所向悉破亡。斩截无孑遗，尸骸相撑拒。马边悬男头，马后载妇女。长驱西入关，回路险且阻。还顾邈冥冥，肝脾为烂腐。所略有万计，不得令屯聚。或有骨肉俱，欲言不敢语。失意几微间，辄言"弊降虏，要当以亭刃，我曹不活汝。"岂复惜性命，不堪其詈骂。或便加捶杖，毒痛参并下。旦则号泣行，夜则悲吟坐。欲死不能得，欲生无一可。彼苍者何辜，乃遭此厄祸。边荒与华异，人俗少义理。处所多霜雪，胡风春夏起。翩翩吹我衣，肃肃入我耳。感时念父母，哀叹无穷已。有客从外来，闻之常欢喜。迎问其消息，辄复非乡里。邂逅徼时愿，骨肉来迎己。己得自解免，当复弃儿子。天属缀人心，念别无会期。存亡永乖隔，不忍与之辞。儿前抱我颈，问母"欲何之？人言母当去，岂复有还时。阿母常仁恻，今何更不慈？我尚未成人，奈何不顾思。"见此崩五内，恍惚生狂痴。号泣手抚摩，当发复回疑。兼有同时辈，相送告离别。慕我独得归，哀叫声摧裂。马为立踟蹰，车为不转辙。观者皆歔欷，行路亦呜咽。去去割情恋，遄征日遐迈。悠悠三千里，何时复交会。念我出腹子，胸臆为摧败。既至家人尽，又复无中外。城郭为山林，庭宇生荆艾。白骨不知谁，从横莫覆盖。出门无人声，豺狼号且吠。茕茕对孤景，怛咤糜肝肺。登高远眺望，魂神忽飞逝。奄若寿命尽，旁人相宽大。为复强视息，虽生何聊赖。托命于新人，竭心自勖厉。流离成鄙贱，常恐复捐废。人生几何时，怀忧终年岁。

嗟薄祜兮遭世患，宗族殄兮门户单。身执略兮入西关，历险阻兮之羌蛮。山谷眇兮路漫漫，眷东顾兮但悲叹。冥当寝兮不能安，饥当食兮不能餐。常流涕兮眦不干，薄志节兮念死难。虽苟活兮无形颜，惟彼方兮远阳精。阴气凝兮雪夏零，沙漠壅兮尘冥冥。有草木兮春不荣，人似禽兮食臭腥。言兜离兮状窈停，岁聿暮兮时迈征。夜悠长兮禁门扃，不能寐兮起屏营。登胡殿兮临广庭，玄云合兮翳月星。北风厉兮肃泠泠，胡笳动兮边马鸣。孤雁归兮声嘤嘤，乐人兴兮弹琴筝。音相和兮悲且清，心吐思兮胸愤盈。欲舒气兮恐彼惊，含哀咽兮涕沾颈。家既迎兮当归宁，临长路兮捐所生。儿呼母兮啼失声，我掩耳兮不忍听。追持我兮走茕茕，顿复起兮毁颜形。还顾之兮破人情，心怛绝兮死复生。

两诗并见《后汉书》。或疑第二首为后人拟作，范蔚宗未经别择，误行收录。此说我颇赞同。因为两诗所写，同一事实，同一情绪，绝无做两首之必要。第二首虽亦不恶，但比起第一首来却差得多了。第一首则真千古绝调。当时作家，皆善用比兴，独此诗纯为赋体，将实事实感，赤裸裸铺叙抒写，不加一毫藻饰，而缠绵往复，把读者引到与作者同一情感。我想二千年来的诗，除这首和杜工部《北征》外，再没有第三首了。这首诗与《十九首》及建安七子诸作，体势韵味都不一样，这是因文姬身世所经历，特别与人不同，所以能发此异彩，与时代风尚无关。要之五言诗到蔡氏父女，算完全成熟。后此虽有变化，但大体总不能出其范围了。

（附言）俗传有所谓（胡笳十八拍）者，亦题蔡文姬作。今录其头尾两拍如下：

我生之初尚无为，我生之后汉祚衰。天不仁兮降乱离，地不仁兮使我逢此时。干戈日寻兮道路危，民卒流亡兮共哀悲。烟尘蔽野兮胡虏盛，志意乖兮节义亏。对殊俗兮非我宜，遭恶辱兮当告谁。笳一会兮琴一拍，心愤怨兮无人知。第一拍胡笳本自出胡中,缘琴翻出音律同。十八拍兮曲难终,响有余兮思无穷。是知丝竹微妙兮均造化之功,哀乐各随人心兮有变则通。胡与汉兮异域殊风,天与地隔兮子西母东。苦我怨气兮浩于长空,六合虽广兮受之应不容。第十八拍

此十八首音节靡弱,意境凡近,与《后汉书》所载五言诗截然不类,其非出文姬手无疑。唐刘商《胡笳曲序》云:"……文姬卷芦叶为吹笳,奏哀怨之音,后董生以琴写胡笳声为十八拍,今之《胡笳弄》是也。"李肇《国史补》云:"唐有董庭兰,善沈声祝声,盖大小胡笳云。"然则十八拍之音节,乃姓董者所创,其人为唐时人,名庭兰,而歌辞又当在节拍之后,去文姬时远矣。作者亦非有心冒充文姬,只是借他的事,代他拟作,无识的选家,硬要把他送给文姬,却成了真伪问题。此本不足深辩,因恐浅学误认,故述其来历如上。

以上所述,皆建安以前五言诗。(蔡琰一首在建安后,因邕作顺次附录。)五言在历史上发展的路径,大略可见了。此外,四言诗在这时代,也起一种变化。 读仲长统——字公理,山阳高平人。尝以尚书郎参曹操军事。建安二十四年(219)卒。——的《述志》二首,最能见此中消息:

飞鸟遗迹,蝉蜕亡壳。腾蛇弃鳞,神龙丧角。至人能变,达士拔俗。乘云无辔,骋风无足。垂露成帏,张霄成幄。沆瀣当餐,九阳代烛。恒星艳珠,朝霞润玉。六合之内,恣心所欲。人事可遗,何为局促。

大道虽夷,见几者寡。任意无非,适物无可。古来缭绕,委曲如琐。百虑何为,至要在我。寄愁天上,埋忧地下。叛乱五经,灭弃风雅。百家杂碎,请用从火。抗志山栖,游心海左。元气为舟,微风为柁。翱翔太清,纵意容冶。

公理是晚汉一位思想家，他所著的《昌言》十二卷，和王充的《论衡》、王符的《潜夫论》有同等价值，可惜除《后汉书》所摘录那几篇外，其余都亡佚了。他的诗也只存这两首，但这两首在四言诗里头是有特别地位的。自韦孟以下三百多年的四言诗，都是摹仿《三百篇》皮毛，陈腐质木得可厌。这两首诗命意、结体、选词，都自出机杼，完全和《三百篇》两样，与曹孟德《对酒》《观沧海》诸篇，同为四言诗一大革命，这是技术上的特色。至于实质方面，他能代表那时候思想界沈寂不安的状况。他对于传统学术，一切怀疑，一切表示不满，虽不能自有建设，然而努力破坏。读他第二首，可以知魏晋间清谈派哲学的来龙去脉。

此外作者姓名虽存，而时代事迹失考之诗尚有两首：

　　辛延年的羽林郎

昔有霍家奴，姓冯名子都。依倚将军势，调笑酒家胡。胡姬年十五，春日独当炉。长裙连理带，广袖合欢襦。头上蓝田玉，耳后大秦珠。两鬟何窈窕，一世良所无。一鬟五百万，两鬟千万余。不意金吾子，娉婷过我庐。银鞍何煜爚，翠盖空踟蹰。就我求清酒，丝竹提玉壶。就我求珍肴，金盘脍鲤鱼。贻我青铜镜，结我红罗裙。不惜红罗裂，何论轻贱躯。男儿爱后妇，女子重前夫。人生有新故，贵贱不相渝。多谢金吾子，私爱徒区区。

　　宋子候的董娇娆诗

洛阳城东路，桃李生路旁。花花自相对，叶叶自相当。春风东北起，花叶正低昂。不知谁家子，提笼行采桑。纤手折其枝，花落何飘扬。请谢彼姝子，何为见损伤。高秋八九月，白露变为霜。终年会飘堕，安得久馨香。秋时有零落，春月复芬芳。何如盛年去，（丁福保云："如"，宋刻《玉台》作"时"，诸本亦皆作"时"，惟《艺文类聚》作"如"。案：此四句本言花落仍可重开，不如人之盛年一去即遭捐弃，而从前之欢爱俱忘，乃一篇立言寄慨之本旨。如作"时"字，则此句并不可解，全篇文义俱阂矣。今从《艺文类聚》改正。）欢爱两相忘。吾欲竟此曲，此曲愁人肠。归来酌美酒，挟琴上高堂。

上两诗作者虽不能得其时代，细审气格，当是桓、灵间作品。辛诗言"大秦珠"，当在安敦通使之后。宋诗言"洛阳城"，当在迁邺以前。

其余失名之首，除前卷所录各乐府外，尚有以下各首：

上山采靡芜，下山逢故夫。长跪问故夫，新人复何如。新人虽言好，未若故人姝。颜色类相似，手爪不相如。新人从门入，故人从阁去。新人工织缣，故人工织素。织缣日一匹，织素五丈余。将缣来比素，新人不如故。

四坐且莫喧，愿听歌一言。请说铜炉器，崔嵬象南山。上枝似松柏，下根据铜盘。雕文各异类，离娄自相联。谁能为此器，公输与鲁班。朱火然其中，青烟扬其间。从风入君怀，四坐莫不欢。香风难久居，空令蕙草残。

悲与亲友别，气结不能言。赠子以自爱，道远会见难。人生无几时，颠沛在其间。念子弃我去，新心有所欢。结志青云上，何时得来还。

穆穆青风至，吹我罗衣裙。青袍似春草，长条随风舒。朝登津梁山，褰裳望所思。安得抱柱信，皎日以为期。

橘柚垂华实，乃在深山侧。闻君好我甘，窃独自雕饰。委身玉盘中，历年冀见食。芳菲不相投，青黄忽改色。人倪欲我知，因君为羽翼。

十五从军征，八十始得归。道逢乡里人，家中有阿谁。遥望是君家，松柏冢累累。兔从狗窦入，雉从梁上飞。中庭生旅谷，井上生旅葵。烹谷持作饭，采葵持作羹。羹饭一时熟，不知贻阿谁。出门东向望，泪落沾我衣。

新树兰蕙葩，杂用杜蘅草。终朝采其华，日暮不盈抱。采之欲遗谁，所思在远道。馨香易销歇，繁华会枯槁。恨望何所言，临风送怀抱。

步出城东门，遥望江南路。前日风雪中，故人从此去。我欲渡河水，河水深无梁。愿为双黄鹄，高飞还故乡。

钟仲伟评品古诗，于陆士衡曾经拟作之十四首外，（题已见前）别指《去者日以疏》等四十五首疑为建安中曹、王所制，而《橘柚垂华实》一首与焉，其余不知何指。大约此八首皆应在内，《十九首》中亦有七八首在内，然所缺尚多。乐府歌辞中之《鸡鸣高树颠》《日出东南隅》《青青园中葵》《君子防未然》《相逢狭路间》《天上何所有》《默默施行违》《飞来双白鹄》《翩翩堂前燕》《今日乐相乐》《皑如山上雪》《天德悠且长》《昭昭素明月》《蒲生我池中》诸篇或亦皆在内。乐府与诗，本无界限，特诗之曾经傅以音符、被之弦管者，斯谓之乐府耳。此诸诗迳指为曹、王制，固未必然；但恐多是建安作品。其较早者亦不过上溯桓、灵而止。

汉末五言诗有篇幅极短，绝类后此之绝句者数首。录如下：

采葵莫伤根，伤根葵不生。结交莫羞贫，羞贫友不成。

甘瓜抱苦蒂，美枣生荆棘。利傍有倚刀，贪人还自贼。

薰砧今何在，（薰砧，砆也，借射夫字。）山上复有山。（射出字）何当大刀头，（刀头有环，借射还字。）破镜飞上天。（月上下弦时如破镜为半，言此当归时也。）

日暮秋云阴，江水清且深。何用通音信，莲花玳瑁簪。

菟丝从长风，根茎无断绝。无情尚不离，有情安可别。

南山一树桂，上有双鸳鸯。千年长交颈，欢庆不相忘。

高田种小麦，终久不成穗。男儿在他乡，焉得不憔悴。

兰草自然香，生于大道旁。腰镰八九月，俱在束薪中。

枯鱼过河泣，何时悔复及。作书与鲂鲗，相教慎出入。

　　大抵晚汉之诗（此指广义的诗，连乐府包在内。）可分二大派：第一派，音节谐美，寄兴深微，词旨含蓄，其源出于《国风》《十九首》及拟苏、李诗等皆属之。第二派，音节倔强，意境俶诡，笔力横恣，其源出于《离骚》《招魂》，乐府中之大部分皆属之。两派虽途径不同，而皆用比兴体为多。其用赋体者，则蔡文姬一诗属第一派，《孤儿行》《焦仲卿妻诗》等属第二派。要而言之，晚汉诗虽未能尽诗的境界，然而后代许多做诗的路子，已在那时候开发出来了。

　　传世的汉诗本来不多，除正史各传及《文选》与《玉台新咏》所录外，则《艺文类聚》《初学记》《古文苑》《乐府诗集》各有录载。明末冯惟讷《古诗纪》、清初李因笃《汉诗评》，集其大成。近人丁福保因冯《纪》之旧，辑为《全汉诗》五卷，总算完备了。然而真伪杂糅，时代错连，则诸家皆所不免。今据丁辑分其种类，综其首数，列表如下。

附：全汉诗种类篇数及其作者年代真伪表

（葛天民）

叙　例

一、兹表之作，缵述先师，凡厥体制，咸遵遗意。

一、兹表命名，虽由己撰，凡厥意义，俱准原书。

一、诗歌乐府，厘为三类，悉准原书，无或稍违。

一、先师作表，欲本丁辑，萧规曹随，今亦从之。

一、诗歌篇名，一准原书，歧异之处，略加诠释。

一、诗歌谣谚,丁辑各以类聚,先师讲述,体制少有出入。今准师说,旁参己意,小有不同,读者自知,无关宏旨,故不附注。

一、诗歌谣谚,句读各异,略加区分,取便读者。虽非师意,亦无舛失。

一、乐府分类,先师表著甚详,惟汉魏合著一表,而于全汉乐府乖异。因参己意,稍事更张,实事求是,亦无违失。

一、作者真伪,年代先后,悉遵师意,以为序次。间有怀疑,辄著己意,以示区别,匪敢标异。

叙曰:先师梁任公尝著《中国美文及其历史》一书,惟于周秦时代之美文,仅成第一章《诗经之篇数及其结集》与第二章《诗经之年代》。于唐宋时代之美文,则仅成第一章《词之起源》。而于汉魏诗则皆蔚然成帙矣,其第一章《建安以前汉诗》,辨别作者之真伪,详考五、七言诗之起源,皆俱有卓识,足以谳定古代文学史中之悬案;其第二章《两汉歌谣》。其第三卷则为《古歌谣及乐府》,其第一章《周秦以前之歌谣及其真伪》,其第二章《两汉以前歌谣》,其第三章《建安黄初间有作者主名之乐府》,均足以发蒙启覆,开导后学。惟于第一章《建安以前汉诗》之末,欲依丁福保辑之《全汉诗》而作一《全汉诗种类篇数表》,未成而卒。天民不才,昕夕籀诵,爰据丁辑《全汉诗》四百零六篇,附以先师所辑录之《出塞》《紫骝马》《独漉》《艳歌何尝行五解》《鸡鸣》《东飞伯劳歌》六篇,计共四百十二篇,(作者之真伪及其诗之年代,俱详于原书内及本表中,兹不赘述。)谨成《全汉诗种类篇数及其作者年代真伪》一表,共分三类,第一表诗,第二表歌谣及谚语,第三表乐府,大体一准先师。其中小有出入者,如第三表乐府分为二类:第一类词谱均由公制者,为朝廷上文士之文学;第二类词采民谣谱由公制者,乃系采之于民间之歌谣而为乐章者,则为民众之文学。斯则参酌个人之私意而成者也。其是否有无谬误,先师已逝,无由请教,良足悼矣。表成之后,因缀数言,以识涯略。世有达者,理而董之。时维庚午仲夏,西丰葛天民识于北京地安门外之寓庐。

全汉诗种类篇数及其作者年代真伪表第一——诗

年代	真 三言	真 四言	真 五言	真 六言	真 七言	伪 三言	伪 四言	伪 五言	伪 六言	伪 七言	作者主名
西汉								1. 答项王楚歌			虞美人 天民案·先师任公谓虞美人《答项王楚歌》为唐人之打油诗·非项王楚歌。非虞姬作。
		1. 讽谏诗									韦孟
		2. 在邹诗									韦孟
		3. 美严王思诗									应季先
汉										1. 柏梁诗	武帝 天民案·武帝《柏梁台诗》·先师任公疑为非武时作。
		4. 自勉诗									韦玄成
		5. 戒子诗									韦玄成
								2. 怨诗一首			班婕妤 天民案·班婕妤《怨诗》·先师任公以《文选》李注引《歌录》作古辞·不题班婕妤作·故以为非班作。
东			1. 咏史								班固
		6. 述志诗									傅毅
汉							1. 怨诗				王昭君
		7. 怨篇									张衡

（续表）

全汉诗种类篇数及其作者年代真伪表第一——诗

年代	真					伪					作者姓名
	三言	四言	五言	六言	七言	三言	四言	五言	六言	七言	
东汉			2. 同声歌								张衡
		8. 与刘伯宗绝交诗									朱穆
										1. 思琴楚悲歌	王逸
		9. 答客诗									桓生
		10. 客示桓麟诗									桓生
		11. 述香诗二章									秦嘉
		12. 赠妇诗一首									秦嘉
			3. 留郡赠妇诗三首								秦嘉
		13. 答元式诗									蔡邕
		14. 答卜元嗣诗									蔡邕
			4. 《饮马长城窟行入乐府》								蔡邕

140

全汉诗种类篇数及其作者年代真伪表第一——诗

年代	真					伪					作者主名
	三言	四言	五言	六言	七言	三言	四言	五言	六言	七言	
东汉			5. 翠鸟一首								赵壹
			6. 疾邪诗二首								赵壹
			7. 悲愤诗二首(第二首骚体)								蔡琰 案·蔡琰《悲愤诗》第二首先师任公以为后人伪托·非蔡琰作。 天民
		15. 述志诗二首									仲长统
			8. 杂诗二首								孔融
			9. 临终诗						1. 六言诗三首		孔融
		16. 离合郡姓名字诗									孔融
			10. 赠四王冠诗								应玚
			11. 羽林郎								辛延年

（续表）

全汉诗种类篇数及其作者主名真伪表第一——诗

年代	真					伪					作者主名
	三言	四言	五言	六言	七言	三言	四言	五言	六言	七言	
东汉			12. 董娇娆诗								宋子侯
								3. 杂诗九首			枚乘
								4. 古诗一首			傅毅
		17. 古诗一首 18. 古体歌 19. 伤三贞诗 20. 讽巴郡太守诗	13. 古诗十首 14. 古诗四首 15. 古诗三首 16. 古诗一首 17. 茅山父老歌 18. 古诗二首 19. 古诗绝句四首 20. 古歌 21. 古乐府 22. 刺巴郡守诗								以下无作者主名

（续表）

全汉诗种类篇数及其作者年代真伪表第一——诗

年代	真					伪					作者主名
	三言	四言	五言	六言	七言	三言	四言	五言	六言	七言	
东汉	1. 古五杂组诗		23. 思治诗 24. 谯君黄诗		2. 古两头纤纤诗						天民案:《古杂组诗》疑伪。 天民案:《古两头纤纤诗》疑伪。
								5. 诗四首（原作）			苏武 天民案:苏、李诗七首,先师任公疑为建安七子所作。其余十一首以为后世之人作。
								6. 答李陵诗			苏武
								7. 别李陵			苏武
								8. 与苏武诗三首（原作）			李陵
								9. 录别诗八首附一首			李陵

全汉诗种类篇数及其作者年代真伪表第二——歌谣及谚语

年代	歌 真 三言	四言	五言	七言	长短句	骚体	歌 伪 骚体	四言	谣 真 三言	四言	五言	七言	长短句	谚语 真 三言	四言	五言	七言	长短句	作者主名
西						1.垓下歌													项羽
						2.大风歌													高帝
		1.鸿鹄歌																	高帝
								1.采芝操											四皓
								2.紫芝歌											四皓
																		1.楚人谚	无名
																			无名
					1.平坡歌														戚夫人
汉					2.歌一首														赵幽王友
		2.画一歌																	无名
						3.歌一首													朱虚侯章
		3.耕田歌										3.淮南民歌							无名

144

全汉诗种类篇数及其作者年代真伪表第二——歌谣及谚语

年代	歌 真						歌 伪		谣 真					谣 伪					谚语 真					作者主名
	三言	四言	五言	七言	长短句	骚体	四言	骚体	三言	四言	五言	七言	长短句	三言	四言	五言	七言	长短句	三言	四言	五言	七言	长短句	
西汉						4. 八公操																		淮南王安
						5. 瓠子歌二首																		武帝
								1. 秋风辞																无名
					4. 李夫人歌																			武帝
													1. 武帝太初中谣											武帝
						6. 西极天马歌																		武帝
								2. 落叶哀蝉曲																武帝 天民案，《落叶哀蝉曲》先师任公以为六朝作品。
				5. 据地歌																				东方朔

（续表）

全汉诗和类篇数及其作者年代真伪表第二——歌谣及谚语

年代	歌 真 三言	歌 真 四言	歌 真 五言	歌 真 七言	歌 真 长短句	歌 真 骚体	歌 伪 四言	歌 伪 骚体	谣 真 三言	谣 真 四言	谣 真 五言	谣 真 七言	谣 真 长短句	谚语 真 三言	谚语 真 四言	谚语 真 五言	谚语 真 七言	谚语 真 长短句	作者主名
西汉					6. 匈奴歌														无名
								7. 歌一首											乌孙公主
								8. 琴歌二首											司马相如
								9. 琴歌											霍去病
					7. 卫皇后歌														无名
									1. 逐弹丸										无名
												1. 紫宫谣							无名
													1. 路						无名
												1. 引谣							无名
								10. 歌一首											无名
																			李陵
汉	1. 颍川歌	4. 郑白渠歌			8. 歌一首														李延年

（续表）

全汉诗种类篇数及其作者年代真伪表第二——歌谣及谚语

年代	歌 真 三言	歌 真 四言	歌 真 五言	歌 真 七言	歌 真 长短句	歌 真 骚体	歌 伪 四言	歌 伪 骚体	谣 真 三言	谣 真 四言	谣 真 五言	谣 真 七言	谣 真 长短句	谚语 真 三言	谚语 真 四言	谚语 真 五言	谚语 真 七言	谚语 真 长短句	作者主名
西汉						11. 黄鹄歌													昭帝
																			昭帝
								3. 淋池歌											燕刺王旦
						12. 歌一首													广陵属王胥
						13. 歌一首													杨恽
					9. 枹缶歌														广川王去
					10. 歌二首														无名
															1. 东家枣				无名
汉	2. 诸儒为匡衡语	5. 牢石歌																	无名
								4. 归风送远操											赵飞燕

全汉诗种类篇数及其作者年代真伪表第二——歌谣及谚语

年代	歌 真 三言	歌 真 四言	歌 真 五言	歌 真 七言	歌 真 长短句	歌 伪 骚体	歌 伪 四言	谣 伪 骚体	谣 伪 四言	谣 伪 三言	谣 真 三言	谣 真 四言	谣 真 五言	谣 真 七言	谣 真 长短句	谚语 真 三言	谚语 真 四言	谚语 真 五言	谚语 真 七言	谚语 真 长短句	作者主名
西汉				1. 楼护歌	11. 五侯歌 12. 尹赏歌 13. 上郡歌					1. 元帝时童谣			1. 汉成帝时童谣一首		2. 长安谣 3. 汉成帝时童谣一首	2. 诸葛丰 3. 顿如屋	2. 三王 3. 投阁	2. 谷楼	2. 张文 3. 杨伯起	2. 五鹿 3. 邹鲁谚	以下无作者主名。

全汉诗种类篇数及其作者年代真伪表第二——歌谣及谚语

年代	歌 真						歌 伪		谣 真					谚语 真					作者主名
	三言	四言	五言	七言	长短句	骚体	骚体	四言	三言	四言	五言	七言	长短句	三言	四言	五言	七言	长短句	
西汉		1.张君歌	1.凉州歌					5.更始时南阳童谣					4.鸿隙陂童谣 5.王莽末天水童谣	4.杜下莽				4.杜陵游翁	天民案，鸿隙陂童谣，一作王莽时汝南童谣。
东汉					1.武溪深行														马援
																			无名
			1.凉州歌																天民案，《凉州歌》一作《樊晔歌》。
		2.朱晖歌																	无名
汉				1.郭乔卿歌															无名

全汉诗种类篇数及其作者年代真伪表第二——歌谣及谚语

年代	歌 真 三言	歌 真 四言	歌 真 五言	歌 真 七言	歌 真 长短句	歌 真 骚体	歌 伪 四言	歌 伪 骚体	谣 真 三言	谣 真 四言	谣 真 五言	谣 真 七言	谣 真 长短句	谚语 真 三言	谚语 真 四言	谚语 真 五言	谚语 真 七言	谚语 真 长短句	作者姓名
东汉		3.作都夷歌三章		2.童宫歌						1.汉时童谣歌									无名
																			无名
																			白狼王唐菆
																			无名
															1.南阳谚				无名
						1.五噫歌											1.戴侍中		梁鸿
						2.适吴诗													梁鸿
						3.思友诗													梁鸿
						4.郑灵芝歌													班固

（续表）

全汉诗种类篇数及其作者年代真伪表第二——歌谣及谚语

年代	歌 真 三言	歌 真 四言	歌 真 五言	歌 真 七言	歌 真 长短句	歌 真 骚体	歌 伪 四言	歌 伪 骚体	谣 真 三言	谣 真 四言	谣 真 五言	谣 真 七言	谣 真 长短句	谚语 真 三言	谚语 真 四言	谚语 真 五言	谚语 真 七言	谚语 真 长短句	作者主名
东汉				3. 九曲歌															李尤
								5. 四愁诗											张衡
								6. 安封侯诗											崔骃
							1. 胡笳十八拍												蔡琰
					2. 鲍司隶歌														无名
			2. 崔瑗歌																无名
								7. 答秦嘉诗											徐淑
汉	1. 通博南歌 2. 崔实引里语				3. 廉范歌														以下无作者主名。

151

汉魏时代之美文

全汉诗种类篇数及其作者年代真伪表第二——歌谣及谚语

年代	歌								谣					谚语					作者姓名
	真						伪		真					真					
	三言	四言	五言	七言	长短句	骚体	四言	骚体	三言	四言	五言	七言	长短句	三言	四言	五言	七言	长短句	
东汉		4. 喻猛歌 5. 魏郡舆人歌		4. 陈临歌 5. 又 6. 黎阳张公颂 7. 范史云歌					1. 会稽童谣			1. 会稽童谣			2. 江夏黄童 3. 白眉 4. 澄鹦		2. 井大春 3. 刘太常 4. 杨子行 5. 许叔重 6. 冯仲文 7. 鲁国孔氏		

(续表)

全汉诗种类篇数及其作者年代真伪表第二——歌谣及谚语

年代	歌 真					歌 伪	谣 伪		谣 真					谚语 真					作者主名
	三言	四言	五言	七言	长短句	骚体	四言	骚体	三言	四言	五言	七言	长短句	三言	四言	五言	七言	长短句	
东汉		6. 刘君歌	3. 吴资歌 4. 又歌	8. 招商歌					2. 河内谣 3. 顺帝末京都童谣				1. 桓帝时童谣二首 2. 桓帝初京都童谣 3. 桓帝末京都童谣 4. 千安二谣		5. 荀氏八龙 6. 公沙六龙 7. 郭君	1. 缝掖	8. 胡伯始 9. 考城谚 10. 朱伯厚 11. 帐下壮士 12. 缪文雅	1. 大常妻 2. 柳伯骞	灵帝 以下无作者主名。

153

全汉诗种类篇数及其作者年代真伪表第二——歌谣及谚语

年代	歌 真						歌 伪		谣 真					谣 伪	谚语 真					作者主名
	三言	四言	五言	七言	长短句	骚体	四言	骚体	三言	四言	五言	七言	长短句	长短句	三言	四言	五言	七言	长短句	
东汉	8. 洛阳今歌	7. 贾父歌	5. 童逃歌	9. 鸡鸣歌		8. 悲歌一首	9. 歌一首	10. 皇甫嵩歌	4. 桓灵时童谣文抱朴子引一首					4. 灵帝末京都童谣			2. 时人语	13. 许伟君 14. 王君公		少帝唐姬 以下无作者主名。 天民案,《抱朴子》引桓帝时童谣歌一首疑伪。 天民案,《鸡鸣歌》见《乐府诗集》,丁辑不载,先师任公以为东汉作品。

全汉诗种类篇数及其作者年代真伪表第二——歌谣及谚语

年代	歌 真 三言	歌 真 四言	歌 真 五言	歌 真 七言	歌 真 长短句	歌 真 骚体	歌 伪 四言	歌 伪 骚体	谣 真 三言	谣 真 四言	谣 真 五言	谣 真 七言	谣 伪 长短句	谚语 真 三言	谚语 真 四言	谚语 真 五言	谚语 真 七言	谚语 真 长短句	作者主名
东汉		9.爱珍歌 10.高孝甫歌 11.襄阳太守歌			4.陈纪山歌														
汉									5.京兆谣 6.献帝初京都谣 7.兴平中吴中童谣		1.桓灵时荆州民谣 2.京都谣	5.阊阖君谣	5.二郡谣 6.太学中谣五首	1.献帝初童谣 2.建安荆州童谣	8.五门 9.贾伟节 10.作奏	3.相思谚	15.袁文开		

全汉诗种类篇数及其作者年代真伪表第三——乐府

年代	1. 词谱同时均由公制者（文士文学）			2. 词采民谣谱由公制者（民众文学）		作者主名
	1. 宗庙用	2. 郊社用	1. 军旅用	1. 歌舞兼者	2. 普通用	

军旅用：1. 鼓吹曲（饶歌十八章）；2. 横吹曲（附录）

宗庙用：安世房中歌十七章（三言、四言、长短句）

郊社用：郊祀歌十九章（三言、四言、长短句）

歌舞兼者：1. 雅舞（武德舞 四言）；2. 杂舞（1. 拂舞 五言；2. 铎舞；3. 巾舞 长短句）；3. 散乐

普通用：1. 相和歌（1. 相和曲 四言、五言、长短句；2. 吟叹曲 长短句）；2. 唯歌者（2. 清商：1. 平清瑟三调〔1. 平调曲 五言、长短句；2. 清调曲 五言；3. 瑟调曲 四言、五言、长短句〕；2. 大曲 五言、长短句；3. 楚调 五言；4. 侧调 五言）；3. 杂曲（四言、五言、七言、长短句）

作者主名栏：
天民案，先师任公云：《安世》十七章，《殿板》中史又丁辑作十六章，今从之。

天民案，先师任公侧调出于楚调，《伤歌行》为楚调，故另列之。

梁启超古典文学论著

(续表)

全汉诗种种类篇数及其作者年代真伪表第三——乐府

年代	1. 词谱同时均由公制者（文士文学）				2. 词采民谣谱由公制者（民众文学）		作者主名

西汉·汉

1. 词谱同时均由公制者（文士文学）

三言：
1. 安其所第一
2. 丰草第八
3. 雷震第九

四言：
1. 天地第一
2. 日出入第十一
3. 天门第二
4. 景星第十二

长短句 四言：
1. 练时日第一
2. 天马第十
3. 华烨烨第十五
4. 神第十六
5. 朝陇首第十七

长短句 三言：
1. 大海荡荡第六
2. 七始华始第二
3. 我定历数第三
4. 王侯秦德第四

长短句：
1. 大孝备矣第八
2. 齐房第七

长短句（民众文学部分）
1. 朱鹭第一
2. 思悲翁第二
3. 艾如张第三
4. 上之回第四
5. 翁离第五
6. 战城南第六
7. 巫山高第七
8. 上陵第八

长短句 五言：
1. 帝临第一
2. 青阳第二
3. 朱明第三
4. 西颢第四
5. 玄冥第五
6. 惟泰元第六
7. 玄冥第七

作者主名

唐山夫人

天民案，《汉书·乐志》：《青阳》、《朱明》、《西颢》、《玄冥》四章为邹阳阳为邹阳时人先师任公以等作。（景帝时人先师任公以等作为司马相如等作。余为师任公以其延年制谱。李延年制谱。

天民案，《铙歌》十八章，先师任公以为武昭宣间作品。天民案，《陇头人歌谣》丁辑列人歌谣。

全汉诗种类篇数及其作者年代真伪表第三——乐府

年代	1. 词谱同时均由公制者（文士文学）										2. 词采民谣谱由公制者（民众文学）														作者主名
	三言	四言	长短句	三言	四言	长短句	四言	长短句	五言	长短句	长短句	五言	四言	五言	长短句	五言	长短句	五言	长短句	五言	长短句	四言	五言	四言	五言	七言	长短句	
西汉		5.海内有贤才第五 6.郡都荔遂芳第十七 7.冯冯翼襄第十一 8.皑皑即即第十二	7.齐房第十三 8.后皇第十四	6.象载输第十八 7.赤蛟第十九	1.出塞 2.紫骝马	9.将进酒 10.郡有黄 11.芳树 12.有所思 13.雉子班 14.圣人出 15.上邪 16.临高台		1.陇头			1.雍露 2.蒿里																	天民乐，《横吹》三曲，丁辑为汉人作品。《出塞》为齐梁后作品。《紫骝马》虽作于李延年二十八曲之内。而为后人所加。天民格朴茂亦为汉人妆。天民妝，先师任公以《雍露》时代《蒿里》二歌延年在李延年前。

全汉诗种类篇数及其作者年代真伪表第三——乐府

年代	1. 词谱同时均由公制者（文士文学）																				2. 词采民谣谱由公制者（民众文学）											作者主名
	三言	四言	长短句	三言	四言	长短句	四言	五言	四言	长短句	长短句	长短句	四言	五言	长短句	五言	长短句	五言	四言	五言	长短句	五言	长短句	五言	五言	四言	五言	七言	长短句		
西汉	9.嘉荐芳矣第十三 10.皇鸿明第十四 11.孔德之常第十五 12.承帝明德第十六		17.远如期																													

全汉诗种类篇数及其作者年代真伪表第三一乐府

年代	1. 词谱同时均由公制者（文士文学）							2. 词采民谣谱由公制者（民众文学）																	作者主名
	长短句	长短句	四言	三言	长短句	四言	三言	四言	四言	长短句	长短句	长短句	四言	五言	长短句	长短句	五言	长短句	四言	五言	五言	五言	四言	五言	
东汉							1.王子乔	1.武德舞歌诗	1.独漉	1.淮南王篇	1.圣人制礼乐篇	1.公莫舞	1.箜篌引	1.江南 2.鸡鸣	1.乌生 2.平陵东 3.东光	1.王子乔	1.长歌行二首 2.豫章行	1.猛虎行		1.相逢行 2.长安有狭邪行	1.善哉行				东平宪王苍，丁鹌禾载见《独漉》，《独漉》见师教，先师任公以为东汉者作品。 天民案先师任公以《淮南王篇》为东汉末乐乐所造。 天民案《圣人篇》及《公莫舞》年代均疑。

全汉诗种类篇数及其作者年代真伪表第三——乐府

年代	1. 词谱同时均由公制者（文士文学）														2. 词采民谣谱由公制者（民众文学）												作者、主名
	三言	四言	长短句	五言	四言	长短句	长短句	四言	四言	五言	四言	长短句	五言	长短句	五言	五言	长短句	五言	四言	五言	七言	长短句					
东汉													2. 董逃行		1. 陇西行 2. 步出夏门行 3. 上留田行 4. 饮马长城窟行	1. 妇病行 2. 孤儿行 3. 雁门太守行	1. 陌上桑 2. 折杨柳行 3. 艳歌何尝行 4. 艳歌何尝行四解 5. 艳歌行	1. 东门行 2. 艳歌何尝行 3. 陌上桑 4. 艳歌行四解 5. 西门行	1. 怨诗行	1. 伤歌行	1. 古乐府罩辞	1. 悲歌 2. 枯鱼过河泣 3. 咄唱歌 4. 杂歌 5. 古八变歌	1. 东飞伯劳歌	1. 蜨蝶行 2. 前缓声歌 3. 无题 丁作古歌	天民案，《艳歌何尝行》五解，见《乐府诗集》。天民案，《玉台新咏》载伯劳歌为古词，故东汉师公以为东汉末作品。民按，《艳歌何尝行》四解丁辑《玉台新咏》作《双白鹄》。无题丁作古歌。天民案，《白头吟》，先师公以为东汉末作品，未入文苑作。天民案，古歌辞为六朝歌。天民案，《满歌行》疑为东汉末初作。天民案，古诗疑为六朝作品。

全汉诗种类篇数及其作者年代真伪表第三——乐府

2. 词采民谣谱由公制者（民众文学）

1. 词谱同时均由公制者（文士文学）

年代	作者主名	长短句	七言	五言	四言	五言
东汉		4. 歌悲 5. 乐府 6. 古歌 7. 古歌铜雀辞		6. 焦仲卿妻（一作孔雀东南飞） 7. 古歌辞 8. 古诗		6. 艳歌行 7. 鲍如山上雪（一作白头吟） 8. 满歌行

第二章　汉魏乐府及其类似之作品

介在四言诗和五言诗的中间,有一种过渡的新体诗,名为乐府。

严格的乐府,是专指能谱入音乐的诗而言。其历史、曲调种类,及代表作品,次章详述。广义的乐府,也可以说和普通诗没有多大分别,有许多汉魏间的五言乐府和同时代的五言诗很难划分界限标准。所以后此总集选本,一篇而两体互收者很不少。

若勉强要求乐府和五言诗的分别,则:

第一,诗的字数、句法、用韵的所在,都略有一定格式。乐府则绝对的自由。

第二,诗贵含蓄婉转,乐府则多为热烈的直透的表现。

第三,诗必专门文学家乃能工,乐府则一般民众往往有绝妙的作品。

乐府文学之完全成立,当然在两汉时代,但其渊源却甚古——也可以说远在三百篇以前。盖人类情感自然发泄,不知不觉与天籁相应,便构成一种韵调,永远打动人的心弦。千百年后诵之,依然生起簇新的同感。这类文学,凡有文化的民族,无不皆有而且起源极早,吾族也当然不能违此公例。如《卿云歌》《击壤歌》等,我们若认为我国最古的韵文,便可以说他和汉初乐府正同一系统。只可惜年代久远,流传下来的不多罢了。

春秋战国间,短篇的诗歌,从古书上留传的不少。虽时代和作者姓名不全可信,大约认为汉以前作品,还不大差。今将其最有文学价值者录若干首。

宁戚　饭牛歌

南山矸,白石烂。(矸,音岸,峻削貌。)

生不逢尧与舜禅。

短布单衣适至骭,从昏饭牛薄夜半。(骭,膝也。薄,迫也。言直到夜半。)

长夜漫漫何时旦。

这首歌见《淮南子·道应篇》。据说是齐桓公的大臣宁戚本是一位看牛的小子,有一天晚上,趁桓公往郊外迎客,"悲击牛角而疾商歌"。(疾,急速也。商歌,沉痛之音。)桓公听见,知为非常人,命后车载归,授以国政。这类半神话的史迹,本来不大可信,但屈原的《离骚》已经说:"宁戚之讴歌兮,齐桓闻以该辅。"可见这段故事,在战国时久已艳传。这首歌是否出宁戚,虽不敢断言,大约不失为战国前作品。磊落英多之气,活跃在句上。

楚狂歌

凤兮凤兮,何德之衰?

往者不可谏,来者犹可追。

已而已而,今之从政者殆而!

这首歌见于《论语》。说是"楚狂接舆歌而过孔子……"。《论语》这部书大致可信,其为孔子同时作品无疑。[1]

---

〔1〕《庄子·人间世》篇亦载此歌,其文曰:"凤兮凤兮,何如德之衰也! 来世不可待,往世不可追也。天下有道,圣人成焉;天下无道,圣人生焉。方今之时,仅免刑焉。福轻乎羽,莫之知载;祸重乎地,莫之知避。已乎已乎,临人以德;殆乎殆乎,画地而趋(音促)。迷阳迷阳,无伤吾行。吾行却曲,无伤吾足。"此明是从《论语》敷衍出来,但亦足备战国文学之一种。

楚渔父歌

日月昭昭乎寝以驰，

与子期乎芦之漪。（一）

日已夕兮，予心忧悲。月已驰兮，何不渡为？

事寝急兮将奈何？（二）

芦中人，芦中人，岂非穷士乎？（三）

这首歌见《吴越春秋》。据说是楚国的伍子胥避仇出走，后有追兵，走到江边，无船可渡，有位渔翁划着船来，唱第一段两句，叫他躲在芦苇里头，追兵寻不见他，跑了；渔翁又唱第二段，叫他上船；渡过那边岸后，渔翁看见他有饥色，弄东西给他吃，他不敢吃，渔翁又唱第三段……《吴越春秋》这部书是东汉人做的，本来不可深信，但他的资料必有所本，这首歌也许是战国前作品。

浑良夫谍

登此昆吾之墟，

绵绵生之瓜。

余为浑良夫，

叫天无辜。

这首似诗非诗的"谍"见《左传·哀公十七年》。浑良夫是卫国人，帮着当时的卫侯篡国，原许过他免死，到底却宣布他罪状，把他杀了。不久卫侯做梦，看见一个人"被发北面而谍"，谍出这几句饶有诗趣的话来。这种无影无踪的鬼语，本来算不得史料，但文章真佳极了，我们可以认为当时史家——或者就是左丘明的杰作。

越榜人歌

滥兮抃草滥予昌枎泽予昌昌州州沈州焉乎秦胥胥缦予乎昭澶秦逾渗堤随河湖（越语原文）

今夕何夕兮，搴舟中流。

今日何日兮，得与王子同舟。

蒙羞被好兮，不訾诟耻。

心几顽而不绝兮，知得王子。

山有木兮木有枝，

心说君兮君不知。（楚语译文）

这首歌见《说苑·善说》篇。楚国的王子鄂君子晰在越溪泛舟游耍，船家女孩子一面握桨一面拿土腔唱这歌，子晰不懂，叫人用楚国话译出来。古书上翻译的文学作品，当以此歌为最古了。译本全受楚辞格调的影响，也有点后来南朝乐府的风味。

以上所举都是《三百篇》《楚辞》以外，另有体格，和汉初《垓下歌》《大风歌》等极相类。虽其中容有后人润色，不能遽认定他的正确时代。但在汉乐府以前，此体为一般平民文学所常用，殆无可疑。

其见于正史，年代撰人确凿可指，而向来传诵最广者，则有下列诸篇。

易水送别歌

风萧萧兮易水寒，

壮士一去兮不复还！

上歌见《史记·刺客列传》。燕太子丹使荆轲行刺秦始皇，轲临行，他的朋友高渐离在易水上给他饯别，击筑而歌，轲和之，为“变徵”之声，最后又唱这两句,挥手而别。这歌虽仅仅两句,千百年后读起来,当时霜风飒飒、满座白衣冠的情景,宛然在目;所谓"变徵"之声,像还从耳边迸裂。北方文学,得这两句代表,也足够了。

> 项羽垓下歌
> 力拔山兮气盖世,
> 时不利兮骓不逝。
> 骓不逝兮可奈何?
> 虞兮虞兮奈若何!

上歌见《史记·项羽本纪》。项羽打最后的败仗,在垓下地方被汉兵重重围住,这位失败的英雄不肯降,不肯跑,夜间起饮帐中,和他的爱妾虞美人及平日常乘的骏马名骓者诀别,慷慨唱这首短歌。到天亮还冲锋打几个胜仗,便自刎而死。这首短歌,给二千年来许多武士很深的印象。一般人读起来,没有不替他洒同情之泪。在文学上价值之大,和《易水歌》可以相埒。

同时得意失意两面恰相对照的,有汉高祖的《大风歌》:

> 大风起兮云飞扬,
> 威加海内兮归故乡。
> 安得猛士兮守四方。

上歌见《史记·高祖本纪》,高祖既定天下,回到他故乡——沛,把许多故人父老子弟都叫齐来痛饮,酒酣,击筑自歌此章。这首诗文学上价值,虽然比不上《易水》和《垓下》,但也能把高祖的个性完全表出。他还有《鸿鹄歌》如下:

鸿鹄高飞，一举千里。

羽翼已就，横绝四海。

横绝四海，又可奈何？

虽有矰缴，将安所施！

据《史记》说，这首歌是高祖欲立爱姬戚夫人子如意为太子，后不果，戚涕泣，高祖道："为我楚舞，我为若楚歌。"然则此歌也是楚辞流裔。但他的音节，我们无从研究了。

高祖死后，吕后执政，戚夫人被幽永巷，囚服舂米。他的儿子如意时封为赵王，夫人念子，且舂且歌云：

子为王，母为虏。

终日舂薄莫，常与死为伍。

相离三千里，当谁使告汝？

这首歌虽没有多大好处，但也能见出真性情。

西汉文物，自应以武帝在位五十四年中为全盛时代。但纯文学的作品，（其大著述如《淮南子》如《史记》等不在此论。）除几篇堆垛的大赋外，其发掘性情之作，几乎举不出来。（相传枚乘、苏武、李陵、卓文君的五言诗，我都不敢信。说详次章。）流传可诵者，还是和《垓下》《大风》同格调的几首短歌，内中关于李夫人的两首最佳，其一为李延年作：

北方有佳人，绝世而独立。

一顾倾人城，再顾倾人国。

宁不知倾城与倾国，佳人难再得！

其二为武帝自作：

是耶，非耶？立而望之。

翩何姗姗其来迟。

上两歌皆见《汉书·外戚传》，都是为李夫人所作。（《汉书·艺文志》有李夫人及幸贵人歌诗三篇，此两首或即其中之二。）李夫人为协律都尉李延年妹，入宫大见宠幸。前一首延年歌以为媒者；后一首则夫人死后，武帝悼思，令方士摄其魂来，在帐后仿佛见之，退而作歌也。

汉武帝还有脍炙人口的一首诗，后人名之曰《秋风辞》：

秋风起兮白云飞，草木黄落兮雁南归。

兰有秀兮菊有芳，怀佳人兮不能忘。

泛楼船兮济汾河，横中流兮扬素波，箫鼓鸣兮发棹歌。

欢乐极兮哀情多，

少壮几时兮奈老何？

这两首诗见《汉武帝故事》。《武帝故事》这部书是汉时人做的，不甚靠得住。这诗很不坏，但有点柔媚剽滑，没有西汉人朴拙气。我不敢十分相信是武帝作。

还有几首诗，的确是武帝所作，诗虽不佳，录之以见当时体格。

瓠子歌二首（见《史记·河渠书》）

瓠子决兮将奈何？浩浩洋洋兮虑殚为河。

殚为河兮地不得宁，功无已时吾（音鱼）山平。

吾山平兮钜野溢，鱼弗郁兮柏（同迫）冬日。

正道驰兮离常流,蛟龙骋兮放远游。

归旧川兮神哉沛,不封禅兮安知外。

为我谓河伯兮"何不仁?泛滥不止兮愁吾人"。

啮桑浮兮淮泗满,久不返兮水维缓。——其一

河汤汤兮激潺湲,北渡回兮迅流难。

搴长筊兮湛(音沈)美玉,河伯许兮薪不属。

薪不属兮卫人罪,烧萧条兮噫乎何以御水?

隤竹林兮楗石菑,宣房塞兮万福来。——其二

蒲捎天马歌(见《史记·大宛列传》)

天马徕兮从西极,经万里兮归有德。

承灵威兮得外国,涉流沙兮四夷服。

此外还有一首极别致的诗,乃元封三年作柏梁台成,在台上宴会,武帝和君臣每人做一句七个字的诗。后人名为《柏梁诗》:

日月星辰和四时(帝)

骖驾驷马从梁来(梁孝王武)

郡国士马羽林材(大司马)

总领天下诚难治(丞相石庆)

和抚四夷不易哉(大将军卫青)

刀笔之吏臣执之(御史大夫兒宽)

撞钟伐鼓声中诗(太常周建德)

宗室广大日益滋(宗正刘安国)

周卫交戟禁不时(卫尉路博德)

总领从宗柏梁台(光禄勋徐自为)

平理清谳决嫌疑(廷尉杜周)

修饰舆马待驾来（太仆公孙贺）

郡国吏功差次之（大鸿胪壶充国）

乘舆御物主治之（少府王温舒）

陈粟万名扬以箕（大司农张成）

彻道宫下随讨治（执金吾中尉豹）

三辅盗贼天下危（左冯翊盛宣）

盗阻南山为民灾（右扶风李成信）

外家公主不可治（京兆尹）

椒房率更领其材（詹事陈掌）

蛮夷朝贡常舍其（典属国）

柱枅欂栌相支持（大匠）

枇杷橘栗桃李梅（大官令）

走狗逐兔张罘罳（上林令）

啮妃女唇甘如饴（郭舍人）

迫窘诘屈几穷哉（东方朔）

这首诗见于《三秦记》。也有人疑他是假的，但我比较的还相信他真。任昉《文章缘起》推他为七言诗之祖。依我看，七言诗之发达，远在五言之前，并不以此为始。俟第四卷叙五言起原时再详论之。

武帝时，因要控制匈奴，所以特别联络西域的乌孙国，因把江都王建之女细君立为公主，遣嫁乌孙王昆莫。公主嫁后，怀思故国，有歌云：

吾家嫁我兮天一方，远托异国兮乌孙王。
穹庐为室兮旃为墙，以肉为食兮酪为浆。
居常土思兮心内伤，愿为黄鹄兮归故乡。

这首歌将自己情感照直写出,毫无雕饰,与戚夫人歌同算得妇女文学中佳品。

汉昭帝时,燕王旦谋反,为霍光所诛灭。将发觉时,旦忧懑,置酒宫中,会宾客群臣妃妾坐饮,旦自歌云:

> 归空城兮狗不吠鸡不鸣,
>
> 横术(术,道也。)何广广兮,固知国中之无人。

他的爱姬华容夫人歌云:

> 发纷纷兮寘渠,骨藉藉兮亡(同无)居。
>
> 母求死子兮妻求死夫,
>
> 裴回两渠间兮君子独安居?(安居,犹言何处栖身。)

这两首歌沉痛悲惨,在古今诗词中罕见其比,和《易水》《垓下》的哀壮之音却又不同。文学的色泽比汉高祖及戚夫人等所作更强得多。

还有司马迁的外孙杨恽有一首歌云:

> 田彼南山,芜秽不治。种一顷豆,落而为萁。
>
> 人生行乐耳,需富贵何时?

恽本是一位贵公子,失职家居,这首诗满肚牢骚,现于词色。后来因为怨望得罪诛死。

自《大风歌》至此,皆西汉作品。虽未齐备,亦可以见当时诗风之一斑了。综西汉一代,除前卷所录的赋和次章所录的正式乐府外,今所传的西汉诗大率皆此等体格。

《汉书·艺文志》说："自孝武立乐府而采歌谣，于是有代、赵之讴，秦、楚之风。皆感于哀乐，缘事而发。"可见当时之诗，无一不可歌。质言之，则凡诗皆乐府，除乐府无诗也。志中所著录一代歌诗凡二十八家三百一十四篇，其目如下：

高祖歌诗二篇（案：当即《大风》《鸿鹄》两歌。）

泰一杂甘泉寿宫歌诗十四篇

宗庙歌诗五篇

汉兴以来兵所诛灭歌十四篇

出行巡狩及游歌诗十篇

临江王及愁思节士歌诗四篇

李夫人及幸贵人歌诗三篇

诏赐中山靖王子哙及孺子妾冰未央材人歌诗四篇

吴楚汝南歌诗十五篇

燕代讴雁门云中陇西歌诗九篇

邯郸河间歌诗四篇

齐郑歌诗四篇

淮南歌诗四篇

左冯翊秦歌诗三篇

京兆尹秦歌诗五篇

河东蒲反歌诗一篇

黄门倡车忠等歌诗十五篇

杂各有主名歌诗十篇

杂歌诗九篇

洛阳歌诗四篇

河南周歌诗七篇　　　河南周歌诗声曲折七篇

周谣歌诗七十五篇　　　周谣歌诗声曲折七十五篇

诸神歌诗三篇

送迎灵颂歌诗三篇

周歌诗二篇

南郡歌诗五篇

上目录乃西汉末——成帝时刘向所校录，在当时所流传者仅如此——数目恰和《诗经》相差不远。其中大部分，想是由武帝时所立"乐府"采集编成。我们读这目录有当注意者几点。第一，后人所传苏武、李陵、枚乘、卓文君等五言诗一概不见，可知西汉是否有五言诗，大是问题。第二，当时之诗殆无一不可以入乐，其中更有带着乐谱者，如《河南周歌诗》七篇带着《河南周歌诗声曲折》七篇便是。第三，各地方的诗当各有该地方的唱法，所以多冠以地方之名，如汉高祖的《鸿鹄歌》为楚声，杨恽的《南山种豆歌》为秦声，皆见于史。第四，此三百十四篇诗现在流传确实可指者不过十来篇——如《高祖歌》《李夫人歌》等，其余不宜尽佚然。则正式乐府中——《朱鹭》《上邪》《君马黄》等调之"古辞"（看次章）其撰人无考者，内中应有一部分为西汉人作品，可惜不能一一分别指出了。

东汉以后，五言诗渐渐兴起，许多正式乐府的名作，当也是在那时代出现，容在次章再述。但其中还有几首诗，不是五言，不是乐府，而在文学史上确有永久价值者，请在这里顺带一叙。

梁鸿五噫歌

陟彼北邙兮，噫！

顾瞻帝京兮，噫！

宫室崔嵬兮，噫！

民之劬劳兮,噫!

辽辽未央兮,噫!

鸿,字伯鸾,东汉章帝时人,以高隐得名。他和他夫人孟光举案齐眉一事,最为后世所艳称。他遗下的作品只有这五句,然而低回悱恻,一往情深,足抵得一千多字的《离骚》,真是妙文。

张衡四愁诗

旧序云:张衡不乐久处机密,阳嘉中出为河间相。……时天下渐弊,郁郁不得志,为《四愁诗》效屈原。以美人为君子,以珍宝为仁义,以水深雪雾为小人。思以道术相报贻于时君,而惧谗邪不得以通,其辞曰:

我所思兮在太山,欲往从之梁父难。侧身东望涕沾翰。

美人赠我金错刀,何以报之英琼瑶。路远莫致倚逍遥,何为怀忧心烦劳。

我所思兮在桂林,欲往从之湘水深。侧身南望涕沾襟。美人赠我琴琅玕,何以报之双玉盘。路远莫致倚惆怅,何为怀忧心烦伤。

我所思兮在汉阳,欲往从之陇阪长。侧身西望涕沾裳。美人赠我貂襜褕,何以报之明月珠。路远莫致倚踌蹰,何为怀忧心烦纡。

我所思兮在雁门,欲往从之雪雰雰。侧身北望涕沾巾。美人赠我锦绣段,何以报之青玉案。路远莫致倚增叹,何为怀忧心烦惋。

张衡是当时一位大赋家,略传已见前卷,他的赋实在看不出什么好处。至于这四首诗,却是志微而婉,夺胎楚辞而自有他的风格。

苏伯玉妻盘中诗

山树高,鸟鸣悲,泉水深,鲤儿肥。

空仓雀,常苦饥,吏人妇,会夫希。

出门望,见白衣。谓当是,而更非。还入门,心中悲。

北上堂,西入阶。急机绞,杼声催。长叹息,当语谁。

君有行,妾念之。出有日,还无期。结巾带,长相思。

君忘妾,未之知。妾忘君,罪当治。妾有行,宜知之。

黄者金,白者玉。高者山,下者谷。——

姓者苏,字伯玉。人才多,知谋足。家居长安身在蜀,何惜马
蹄归不数。

羊肉千斤酒百斛,令君马肥麦与粟。

今时人,知四足,与其书,不能读,当从中央周四角。

这首诗最初见于何书,我还未考出。惟近人选本,都说是汉诗,其
句法和汉《郊祀歌》辞颇相类,气格亦苍浑深婉,也许是东汉人作。

东汉诗自然不止这几首,因这几首既不是五言诗,又不是有一定腔
调的乐府,纯从西汉体的短歌孳衍出来,所以附录于此。这一体一直到
六朝以后,佳章仍不少,因时代的关系,再在别章附录。

唐宋时代之美文

词之起源

诗歌作长短句，汉魏乐府既有之。至南北朝人作品，其音节与后世之词相近者尤夥。如《咸阳王》《敕勒川》《杨白花》《休洗红》诸篇，其最著也。其每篇句法字数有一定者，则有如梁武帝之《江南弄》：

> 众花杂色满上林。
> 舒芳耀绿垂轻阴。
> 连手踕蹀舞春心。
> 舞春心，
> 临岁腴。
> 中人望，
> 独踟蹰。

据《古今乐录》，此曲为武帝改"西曲"所制，凡七篇：一，《江南弄》；二，《龙笛》；三，《采莲》；四，《凤笙》；五，《采菱》；六，《游女》；七，《朝云》。同时沈约亦作四篇，简文帝亦作三篇，其调皆同一。武帝《采菱》云：

江南稚女珠腕绳。

金翠推首红颜兴。

桂棹容与歌采菱。

歌采菱，

心未怡。

翳罗袖，

望所思。

简文帝《龙笛》云：

金门玉堂临水居。

一顺一笑千万余。

游子去还愿莫疏。

愿莫疏，

意何极。

双鸳鸯，

两相忆。

观此可见凡属于《江南弄》之调，皆以七字三句、三字四句组织成篇。七字三句，句句押韵；三字四句，隔句押韵。第四句——"舞春心"，即覆叠第三句之末三字。如《忆秦娥》调第二句末三字——"秦楼月"也（看本章第某叶）似此严格的一字一句，按谱制调，实与唐末之"倚声"新词无异。

梁武帝复有《上云乐》七曲，自制以代"西曲"者。今录其《桐柏》一曲：

桐柏真，

升帝宾。

戏伊谷，

游洛滨。

参差列凤管，

容与起梁尘。

望不可至，

徘徊谢时人。

　　此七曲句法、字数亦同一，惟内中有两首于首四句之三字句省却一句，是否传钞脱落，不得而知。此外如沈约之《六忆》诗，隋炀帝全依其谱为《夜起朝眠曲》。僧法云之《三洲歌》、徐勉之《送客、迎客曲》，皆有一定字句。此种曲调及作法，其为后来填词鼻祖无疑。故朱弁《曲洧旧闻》谓："词起于唐人，而六代已滥觞也。"但严格的词，非惟六代所无，即中唐以前亦未之见。

　　词究起于何时耶？凡事物之发生、成长皆以渐。一种文学之成立，中间几经蜕变，需时动百数十年，欲画一鸿沟以确指其年代，为事殆不可能。今案宋人论词之起源，盖有三说。其一，晚唐说。陆游云：

　　倚声制词，起于唐之季世。〔1〕

　　其二，中唐说。沈括云：〔2〕

----

〔1〕《渭南文集》卷十四《长短句序》。
〔2〕括字存中，宋熙宁、元丰间人，与苏轼、王安石略同时。

......诗之外又有"和声",则所谓曲也。古乐府皆有声有词,这属书之,如曰"贺贺贺"、"何何何"之类,皆和声也。今管弦中之"缠声",亦其遗法也。唐人乃以词填入曲中不复用"和声"。此格虽云自王涯始,然贞元、元和之间,为之者已多,亦有在涯之前者。[1]

其三,盛唐说。李清照云:[2]

乐府声诗并著,最盛于唐。开元、天宝间,有李八郎者,能歌擅天下。……自后郑、卫之声日炽,流靡之变日烦。已有《菩萨蛮》《春光好》《莎鸡子》《更漏子》《浣溪沙》《梦江南》《渔父》等词,不可遍举。……[3]

上三说若极不相容,其实皆是也。大抵新体的"乐府声诗"当开元、天宝间已盛起。"以词填入曲中",实托始于贞元、元和之际。至严格的"倚声制词",每调字句悉依其谱,则历唐季五代始能以附庸蔚为大国也。

汉魏乐府,什九皆四言或五言古诗;[4]齐梁乐府,什九皆类似绝句的五言四句,[5]皆句法字数篇篇相同,而谱调各别。汉魏之谱,六朝时已渐次沦亡;齐梁之谱,至唐景龙间尚存六十三曲,中叶后仅存三十七曲。[6]音乐随时好而蜕变,本是自然之理。加以唐时武功极盛,与西

---

〔1〕 《梦溪笔谈》卷五。
〔2〕 清照自号易安居士,李格非女,赵明诚妻。生元丰五年(一〇八二),至绍兴四年(一一三四)犹生存。
〔3〕 胡仔《苕溪渔隐丛话》后集卷三十三。
〔4〕 四言如《郊祀歌》中各篇及魏武帝《短歌行》等,五言如《鸡鸣》《乌生》《陌上桑》等。
〔5〕 如《子夜》《欢闻》等。
〔6〕 见《通典》。

北诸种落交通频繁,所谓"胡部乐"者纷纷输入。玄宗以右文之主,御宇四十年,其间各种文化进步皆达最高潮,而音乐尤为其所笃嗜,有名之《霓裳羽衣曲》即其所手制。以故开元、天宝间新声迭起,崔令钦《教坊记》载三百二十四调,其中所有后世词调名不少。但其歌词之有无,不可深考。[1] 郭茂倩《乐府诗集》有"近代曲词"一门,所收皆盛唐以后之新声也。内中八十余调,如《水调》《凉州》《伊州》《石州》《采桑》《思归乐》《破阵乐》《浣沙女》《长命女》《一片子》《醉公子》《甘州》《山鹧鸪》《何满子》《清平调》《回波乐》《大酺乐》《雨霖铃》《竹枝》《杨柳枝》《浪淘沙》《抛毬乐》《忆江南》《调笑》《踏歌》等,或与后此词调名全同,——如《浪淘沙》《忆江南》之类;或为后此词调所本,——如《浣沙女》转为《浣溪沙》,《山鹧鸪》转为《瑞鹧鸪》及《鹧鸪天》,《水调》转为《水调歌头》,《甘州》转为《八声甘州》之类。[2] 内中所载歌辞,虽半属中唐作品,然亦有在盛唐及其以前者。如《回波乐》作者沈佺期、李景伯,《大酺乐》作者杜审言,皆中宗、睿宗时人。《忆岁乐》作者张说,《清平调》作者李白,皆玄宗时人。凡此皆声诗——即词之鼻祖,自初盛唐之间已发生者。(按:原稿至此止)

---

〔1〕 崔令钦年代无考。友人王国维据《唐书·宰相世系表》推定为玄宗时人。

〔2〕 见《乐府诗集》。

中国韵文里头所表现的情感

中国韵文里头所表现的情感

本学期在清华学校讲国史。校中文学社诸生,请为文学的课外讲演,辄拈此题。所讲现未终了,讲义随讲随编,其预定的内容略如下:

一——二　导言

三　奔进的表情法

四——五　回荡的表情法

六　附论新同化之西北民族的表情法

七——八　蕴藉的表情法

九　附论女性文学与女性情感

十　象征派的表情法

十一　浪漫派的表情法

十二　写实派的表情法

十三　文学里头所显的人生观

十四　表情所用文体的比较

以上讲稿皆于著史之暇间日抽余晷草之,其脱略舛谬处,自知不少。——即如第三讲中论奔进的表情法所引《陇头歌》,细思实当改入第四讲中论吞咽式表情法条下。——今因《改造》杂志索稿,匆匆检付,无暇覆勘校改。惟自觉用表情法分类以研究旧文学,确是别饶兴味。前人虽间或论及,但未尝为有系统的研究,不揣愚陋,辄欲从此方面引一端绪。其疏舛之处,极盼海内同嗜加以是正。

校中参考书缺乏,且时日匆促,故所引作品,仅凭记忆所及。读者幸勿责其挂漏。

十一、三、二十五,在清华学校。启超。

一

天下最神圣的莫过于情感。用理解来引导人,顶多能叫人知道那件事应该做,那件事怎样做法;却是被引导的人到底去做不去做,没有什么关系。有时所知的越发多,所做的倒越发少。用情感来激发人,好像磁力吸铁一般,有多大分量的磁,便引多大分量的铁,丝毫容不得躲闪。所以情感这样东西,可以说是一种催眠术,是人类一切动作的原动力。

情感的性质是本能的,但他的力量,能引人到超本能的境界。情感的性质是现在的,但他的力量,能引人到超现在的境界,我们想入到生命之奥,把我的思想行为和我的生命迸合为一,把我的生命和宇宙和众生迸合为一,除却通过情感这一个阃门,别无他路。所以情感是宇宙间一种大秘密。

情感的作用固然是神圣,但他的本质不能说他都是善的都是美的,他也有很恶的方面,他也有很丑的方面。他是盲目的,到处乱碰乱进,好起来好得可爱,坏起来也坏得可怕。所以古来大宗教家、大教育家,都最注意情感的陶养。老实说,是把情感教育放在第一位。情感教育的目的,不外将情感善的美的方面尽量发挥,把那恶的丑的方面渐渐压伏淘汰下去。这种工夫做得一分，便是人类一分的进步。

情感教育最大的利器，就是艺术。音乐、美术、文学这三件法宝，把"情感秘密"的钥匙都掌住了。艺术的权威，是把那霎时间便过去的情感，捉住他令他随时可以再现；是把艺术家自己"个性"的情感，打进别人们的"情阈"里头，在若干期间内占领了"他心"的位置。因为他有恁么大的权威，所以艺术家的责任很重，为功为罪，间不容发。艺术家认清楚自己的地位，就该知道，最要紧的工夫，是要修养自己的情感，极力往高洁纯挚的方面，向上提洁，向里体验。自己腔子里那一团优美的情感养足了，再用美妙的技术把他表现出来，这才不辱没了艺术的价值。

二

我这篇讲演，说的是中国韵文里头所表现的情感。"韵文"是有音节的文字，那范围，从《三百篇》《楚辞》起，连乐府歌谣、古近体诗、填词、曲本乃至骈体文都包在内。（但骈体文征引较少。）我所征引的只凭我记忆力所及，自然不能说完备。但这些资料，不过借来举例，倒不在乎备不备，我想怎么多也够了。我所征引的，都是极普通脍炙人口的作品，绝不搜求隐僻。我想这种作品，最合于作品代表的资格。

我这回所讲的，专注重表现情感的方法，有多少种，那样方法我们中国人用得最多用得最好。至于所表现的情感种类，我也很想研究，但这回不及细讲，只能引起一点端绪。我讲这篇的目的，是希望诸君把我所讲的做基础，拿来和西洋文学比较，看看我们的情感，比人家谁丰富谁寒俭？谁浓挚谁浅薄？谁高远谁卑近？我们文学家表示情感的方法，缺乏的是那几种？先要知道自己民族的短处去补救他，才配说发挥民族的长处，这是我讲演的深意。现在请入本题。

三

向来写情感的，多半是以含蓄蕴藉为原则，像那弹琴的弦外之音，像吃橄榄的那点回甘味儿，是我们中国文学家所最乐道。但是有一类的情感，是要忽然奔进一泻无余的，我们可以给这类文学起一个名，叫做"奔进的表情法"。例如碰着意外的过度的刺激。大叫一声或大哭一场或大跳一阵，在这种时候，含蓄蕴藉，是一点用不着。例如《诗经》：

> 蓼蓼者莪，匪莪伊蒿。哀哀父母，生我劬劳。（《蓼莪》）
> 彼苍者天，歼我良人。如可赎兮，人百其身。（《黄鸟》）

前一章是父母死了，悲痛到极处，"哀哀……劬劳"八个字，连泪带血迸出来。后一章是秦穆公用人来殉葬，看的人哀痛怜悯的情感，迸在这四句里头，成了群众心理的表现。

> 风萧萧兮易水寒，壮士一去兮不复还！

这是荆轲行刺秦始皇临动身时，他的朋友高渐离歌来送他，只用两句话，一点扭捏也没有，却是对于国家、对于朋友的万斛情感，都全盘表出了。

古乐府里头有一首《箜篌引》，不知何人所作。据说是有一个狂夫，当冬天早上，在河边"被发乱流而渡"，他的妻子从后面赶上来要拦他，拦不住，溺死了。他妻子做了一首"引"，是：

> 公无渡河，公竟渡河！堕河而死，将奈公何！

又有一首《陇头歌》，也不知谁人所作，大约是一位身世很可怜的独客。那歌有两叠，是：

陇头流水，流离四下。念吾一身，飘然旷野。
陇头流水，鸣声呜咽。遥望秦川，肝肠断绝。

这些都是用极简单的语句，把极真的情感尽量表出，真所谓"一声河满子，双泪落君前"。你若要多著些话，或是说得委婉些，那么真面目完全丧掉了。

力拔山兮气盖世，时不利兮骓不逝。骓不逝兮可奈何，虞兮虞兮奈若何！（《虞兮歌》）
大风起兮云飞扬，威加海内兮归故乡。安得猛士兮守四方！（《大风歌》）

前一首是项羽在垓下临死时对着他爱姜虞姬唱的，把英雄末路的无限情感都涌现了。后一首是汉高祖做了皇帝过后，回到故乡，对那些父老唱的，一种得意气概尽情流露。

陟彼北芒兮，噫！顾瞻帝京兮，噫！宫阙崔巍兮，噫！民之劬劳兮，噫！辽辽未央兮，噫！（《五噫歌》）

这一首是后汉时梁鸿做的，满肚子伤世忧民的热情，叹了五口大气，尽情发泄，极文章之能事。

上邪！我欲与君相知，长命无绝衰。山无陵，江水为竭，冬雷

震震，夏雨雪，天地合，乃敢与君绝！（《上邪曲》）

这类一泻无余的表情法，所表的什有九是哀痛一路，这首歌却是写爱情。像这样斩钉截铁的赌咒，正表示他们的恋爱到"白热度"。

正式的五、七言诗，用这类表情法的很少，因为多少总受些格律的束缚，不能自由了。要我在各名家诗集里头举例，几乎一个也举不出。（也许是我记不起。）独有表情老手的杜工部，有一首最为怪诞：

> 剑外忽传收蓟北，初闻涕泪满衣裳。却看妻子愁何在，漫卷诗书喜欲狂。白日放歌须纵酒，青春结伴好还乡。即从巴峡穿巫峡，便下襄阳向洛阳。

凡诗写哀痛、愤恨、忧愁、悦乐、爱恋，都还容易；写欢喜真是难，即在长短句和古体里头也不易得。这首诗是近体，个个字受"声病"的束缚，他却做得如此淋漓尽致，那一种手舞足蹈的情形，读了令人发怔。据我看过去的诗没有第二首比得上了。

此外这种表情法，我能举得出的很少。近代人吴梅村，诗格本不算高，但他的集中却有一首，确能用这种表情法。那题目我记不真，像是《送吴季子出塞》。他劈空来怎么几句：

> 人生千里与万里，黯然消魂别而已。君独何为至于此，生非生兮死非死，山非山兮水非水。……

他送的人叫做吴汉槎，是前清康熙间一位名士，因不相干的事充军到黑龙江。许多人替他叫冤，都有诗送他。梅村这首算是最好，好处是把无穷的冤抑，用几句极粗重的话表尽了。

词里头这种表情法也很少，因为词家最讲究缠绵悱恻，也不是写这种情感的好工具。若勉强要我举个例，那么辛稼轩的《菩萨蛮》上半阕：

　　郁孤台下清江水，中间多少行人泪。西北是长安，可怜无数山。……

这首词是在徽、钦二宗北行所经过的地方题壁的。稼轩是比岳飞稍为晚辈的一位爱国军人，带着兵驻在边界，常常想要恢复中原，但那时小朝廷的君臣都不许他。到了这个地方，忽然受很大的刺激，由不得把那满腔热泪都喷出来了。

吴梅村临死的时候，有一首《贺新郎》，也是写这一类的情感。那下半阕是：

　　故人慷慨多奇节，恨当年沉吟不断，草间偷活。艾灸眉头瓜喷鼻，今日须难决绝。早患苦重来千叠，脱屣妻孥非易事，竟一钱不值何须说。……

梅村因为被清廷强奸了当"贰臣"，心里又恨又愧，到临死时才尽情发泄出来，所以很能动人。

曲本写这种情感，应该容易些，但好的也不多。以我所记得的，独《桃花扇》里头，有几段很见力量。那《哭主》一出，写左良玉在黄鹤楼开宴，正饮得热闹时，忽然接到崇祯帝殉国的急报，唱道：

　　高皇帝，在九京，不管亡家破鼎。那如你圣子神孙，反不如飘蓬断梗。十七年忧国如病，呼不应天灵祖灵，调不来亲兵救兵。白练无情，送君王一命。……

191

中国韵文里头所表现的情感

官车出，庙社倾，破碎中原费整。养文臣帷幄无谋，綦武夫疆场不猛。到今日山残水剩，对大江月明浪明，满楼头呼声哭声。这恨怎平，有皇天作证。……

那《沉江》一出，写清兵破了扬州，史可法从围城里跑出，要到南京，听见福王已经投降，哀痛到极，迸出来几句话：

抛下俺断篷船，撇下俺无家犬。呼天叫地千百遍，归无路进又难前。……累死英雄，到此日看江山换主，无可留恋。

唱完了这一段，就跳下水里死了。跟着有一位志士赶来，已经救他不及，便唱道：

……谁知歌罢剩空筵，长江一线，吴头楚尾路三千，尽归别姓。雨翻云变，寒涛东卷，万事付空烟。……

这几段，我小时候读他，不知淌了几多眼泪。别人我不知道，我自己对于满清的革命思想，最少也有一部分受这类文学的影响。他感人最深处，是一个个字，都带着鲜红的血呕出来。虽然比前头所举那几个例说话多些，但在这种文体不得不然，我们也不觉得他话多。

凡这一类，都是情感突变，一烧烧到"白热度"，便一毫不隐瞒，一毫不修饰，照那情感的原样子，迸裂到字句上。我们既承认情感越发真越发神圣，讲真，没有真得过这一类了。这类文学，真是和那作者的生命分劈不开——至少也是当他作出这几句话那一秒钟时候，语句和生命是迸合为一。这种生命，是要亲历其境的人自己创造，别人断乎不能替代。如"壮士不还""公无渡河"等类，大家都容易看出是作者亲历的情

192

感。即如《桃花扇》这几段，也因为作者孔云亭是一位前明遗老，（他里头还有一句说：那晓得我老夫就是戏中之人。）这些沉痛，都是他心坎中原来有的，所以写得能够如此动人。所以这一类我认为情感文中之圣。

这种表现法，十有九是表悲痛，表别的情感，就不大好用。我勉强找，找得《牡丹亭·惊梦》里头：

> 原来是姹紫嫣红开遍，似这般都付与断井颓垣。

这两句的确是属于奔迸表情法这一类。他写情感忽然受了刺激，变换一个方向，将那霎时间的新生命迸现出来。真是能手！

我想，悲痛以外的情感，并不是不能用这种方式去表现。他的诀窍，只是当情感突变时，捉住他"心奥"的那一点，用强调写到最高度。那么，别的情感，何尝不可以如此呢？苏东坡的《水调歌头》，便是一个好例：

> 明月几时有，把酒问青天，不知天上宫阙，今夕是何年？我欲乘风归去，又恐琼楼玉宇，高处不胜寒。……

这全是表现情感一种亢进的状态，忽然得着一个"超现世的"新生命。令我们读起来，不知不觉也跟着到他那新生命的领域去了。这种情感的这种表现法，西洋文学里头恐怕很多，我们中国却太少了。我希望今后的文学家，努力从这方面开拓境界。

四

这一回讲的，我也起他一个名，叫做"回荡的表情法"。是一种极浓厚的情感蟠结在胸中，像春蚕抽丝一般，把他抽出来。这种表情法，看他专从热烈方面尽量发挥，和前一类正相同。所异者，前一类是直线式的表现，这一类是曲线式或多角式的表现。前一类所表的情感，是起在突变时候，性质极为单纯，容不得有别种情感搀杂在里头。这一类所表的情感，是有相当的时间经过，数种情感交错纠结起来，成为网形的性质。人类情感，在这种状态之中者最多，所以文学上所表现，亦以这一类为最多。

这类表情法，在《诗经》中可以举出几个绝好模范。

> 鸱鸮鸱鸮，既取我子，无毁我室。恩斯勤斯，鬻子之闵斯。迨天之未阴雨，彻彼桑土，绸缪牖户。今女下民，或敢侮予？予手拮据，予所捋荼，予所蓄租，予口卒瘏，曰予未有室家。予羽谯谯，予尾翛翛，予室翘翘，风雨所飘摇，予维音哓哓。(《鸱鸮》)

《三百篇》的作者，百分之九十九没有主名，独这一篇因《尚书·金縢》所记，我们确知系出周公手笔，是当管、蔡流言，王业飘摇的时候，作来感悟成王的。他托为一只鸟的话，说经营这小小的一个巢，怎样的担惊恐，怎样的捱辛苦，现在还是怎样的艰难。没有一句动气话，没有一句灰心话，只有极浓极温的情感，像用深深的刀痕刻镂在字句上。那情感的丰富和醇厚，真可以代表"纯中华民族文学"的美点。他那表情方法，是用螺旋式，一层深过一层。

> 弁彼鸒斯，归飞提提。民莫不谷，我独于罹。何辜于天，我罪伊何。心之忧矣，云如之何。踧踧周道，鞠为茂草。我心忧伤，惄焉如捣。假寐永叹，维忧用老。心之忧矣，疢如疾首。维桑与梓，必恭敬止。靡瞻匪父，靡依匪母。不属于毛，不离于里。天之生

194

我，我辰安在。……（《小弁》）

　　这诗共八章，为省时间起见，仅引三章，其实全篇是无一处不好的。这诗也大概寻得出主名，是周幽王宠爱褒姒，把太子废了，太子的师傅代太子做这篇诗来感动幽王，幽王到底不听，周朝不久也被犬戎灭了，算是历史上很有关系的一篇文学。这诗的特色，是把磊磊堆堆蟠郁在心中的情感，像很费力的才吐出来，又像吐出，又像吐不出，吐了又还有。那表情方法，专用"语无伦次"的样子，一句话说过又说，忽然说到这处，忽然又说到那处。用这种方式来表现这种情绪，恐怕再妙没有了。

　　　　彼黍离离，彼稷之苗。行迈靡靡，中心摇摇。知我者谓我心忧，不知我者谓我何求。悠悠苍天，此何人哉！彼黍离离，彼稷之穗。行迈靡靡，中心如醉。知我者谓我心忧，不知我者谓我何求。悠悠苍天，此何人哉！（《黍离》）

　　这首诗依旧说是宗周亡了过后，那些遗民，经过故都凭吊感触做出来，大约是对的。他那一种缠绵悱恻、回肠荡气的情感，不用我指点，诸君只要多读几遍，自然被他魔住了。他的表情法，是胸中有种种甜酸苦辣写不出来的情绪，索性都不写了，只是咬着牙龈长言永叹一番，便觉得一往情深，活现在字句上。

　　　　肃肃鸨翼，集于苞棘。王事靡盬，不能艺黍稷。父母何食？悠悠苍天，曷其有极。（《鸨羽》）
　　　　泛彼柏舟，亦泛其流。耿耿不寐，如有隐忧。微我无酒？以敖以游。我心匪鉴，不可以茹。亦有兄弟，不可以据。薄言往诉，逢彼之怒。我心匪石，不可转也。我心匪席，不可卷也。威仪棣棣，不可选也。忧心悄悄，愠于群小。遘闵既多，受侮不少。静言思之，寤辟有摽。日居月诸，胡迭而微。心之忧矣，如匪浣衣。静言思之，不能奋飞。（《柏舟》）

那《鸨羽》篇，大抵是当时人民被强迫去当公差，把正当职业都担阁了，弄到父母捱饿。那《柏舟》篇，大约是一位女子受了家庭的压迫，有冤无处诉。都是表一种极不自由的情感。他的表情法，和前头那三首都不同。他们在饮恨的状态底下，情感才发泄到喉咙，又咽回肚子里去了。所以音节很短促，若断若续，若用曼声长谣的方式写这种情感便不对。

这五篇都是回荡的表情法，却有四种不同的方式，我们可以给他四个记号。

$$\text{回荡法}\begin{cases}\text{螺旋式}=\!=\text{《邶鹘》}\\ \text{引曼式}=\!=\text{《黍离》}\end{cases}\text{曼声}$$
$$\begin{cases}\text{堆垒式}=\!=\text{《小弁》}\\ \text{吞咽式}=\!=\text{《鸨羽》《柏舟》}\end{cases}\text{促节}$$

《诗经》中这类表情法，真是无体不备，像这样好的还很多，《小雅》什有九皆是。真所谓"温柔敦厚"，放在我们心坎里头是暖的。《诗经》这部书所表示的，正是我们民族情感最健全的状态，这一点无论后来那位作家，都赶不上。

《楚辞》的特色，在替我们文学界开创浪漫境界，常常把情感提往"超现实"的方向，这一点下文再说。他的现实方面，还是和《三百篇》一样路数，缠绵悱恻，怨而不怒。试举数段为例：

……入溆浦余儃佪兮，迷不知吾所如。深林杳以冥冥兮，猿狖之所居。山峻高以蔽日兮，下幽晦以多雨。霰雪纷其无垠兮，云霏霏而承宇。哀吾生之无乐兮，幽独处乎山中。吾不能变心而从俗兮，固将愁苦而终穷。……（《涉江》）

……忠何罪以遇罚兮，亦非余心之所志。行不群以颠越兮，又众兆之所咍。纷逢尤以离谤兮，謇不可释。情沈抑而不达兮，又蔽而莫之白。心郁邑而侘傺兮，又莫察余之中情。固烦言不可结诒兮，愿陈志而无路。退静默而莫余知兮，进号呼又莫吾闻。申侘傺之烦惑兮，中闷瞀之忳忳。……（《惜诵》）

曼余目以流观兮，冀一反之何时。鸟飞反故乡兮，狐死必首丘。信非吾罪而弃逐兮，何日夜而忘之。（《哀郢》）

……忳郁邑余侘傺兮，吾独穷困乎此时也。宁溘死以流亡兮，余不忍为此态也。……（《离骚》）

制芰荷以为衣兮，集芙蓉以为裳。不吾知其亦已兮，苟余情其信芳。高余冠之岌岌兮，长余佩之陆离。芳与泽其杂糅兮，唯昭质其犹未亏。忽反顾以游目兮，将往观乎四荒。佩缤纷其繁饰兮，芳菲菲其弥章。人生各有所乐兮，余独好修以为常。虽体解吾犹未变兮，岂余心之可惩。（同上）

屈原的情感，是烦闷的，却又是浓挚的、孤洁的、坚强的。浓挚、孤洁、坚强三种拼拢一处，已经有点不甚相容，还凑着他那种境遇，所以变成烦闷。《涉江》那段，用象征的方式，烘托出烦闷。《惜诵》那段，写无伦次的烦闷状态，和前文所引的《小弁》，同一途径。《哀郢》那段，把浓挚的情感尽量显出。《离骚》两段，专表他的孤洁和坚强。屈原是有洁癖的人，闹到情死。他的情感，全含亢奋性，看不出一点消极的痕迹。

宋玉便不同了，他代表的作品是《九辩》，完全和屈原是两种气味。

> 悲哉秋之为气也！萧瑟兮草木摇落而变衰。憭慄兮若在远
> 行，登山临水兮送将归。泬寥兮天高而气清，寂寥兮收潦而水清。
> 憯悽增欷兮薄寒之中人，怆怳懭悢兮去故而就新，坎廪兮贫士失
> 职而志不平。廓落兮羁旅而无友生，惆怅兮而私自怜。……
>
> （《九辩》）

这篇全是汉晋以后那种叹老嗟卑的颓废情感所从出，比屈原差得
远了。但表情的方法屈、宋都是一样。我譬喻他像一条大蛇，在那里
蟠一蟠一蟠；又像一个极深极猛的水源，给大石堵住，在石罅里头到处
喷迸。这是他们和《三百篇》不同处。

楚辞多半是曼声，很少促节，大抵这一体与促节不甚相宜。独有淮
南小山《招隐士》是别调，全篇都算得促节。如：

> 王孙游兮不归，春草生兮萋萋。岁暮兮不自聊，蟪蛄鸣兮啾
> 啾。坱兮轧，山曲岪，心淹留兮恫慌忽。罔兮沕，憭兮栗，虎豹穴，
> 丛薄深林兮人上慄。

但这种促节不全属吞咽一路，像《哀郢》那几句，的确写饮恨的情感，却
仍是曼声。

汉魏六朝五言诗的表情法，都走微婉一路，容下文再说。要看他们
热烈的情感，还是从乐府里找。试举几首为例。

（1）

> 悲歌可以当泣，远望可以当归。思念故乡，郁郁累累。欲归家
> 无人，欲渡河无船。心思不能言，肠中车轮转。

（2）

　　秋风萧萧愁杀人，出亦愁，入亦愁。座中何人，谁不怀忧，令我白头。胡地多悲风，树木何修修。离家日趋远，衣带日趋缓。心思不能言，肠中车轮转。

（3）

　　来日大难，口燥唇干。今日相乐，皆当喜欢。……月没参横，北斗阑干。亲交在门，饥不及餐。……

（4）

　　出东门，不顾归，来入门，怅欲悲。盎中无斗储，还视桁上无悬衣。拔剑出门去，儿女牵衣啼。他家但愿富贵，贱妾与君共铺糜。共铺糜，上用仓浪天故，下为黄口小儿。今时清廉难犯，教言君自爱莫为非。今时清廉难犯，教言君自爱莫为非。行吾，去为迟。（注："行吾"之"吾"字疑即"乎"字，同音通用）平慎行，望君归。

（5）

　　有所思，乃在大海南。何用问遗君？双珠瑇瑁簪，用玉绍缭之。闻君有他心，拉杂摧烧之。摧烧之，当风扬其灰。从今已往，勿复相思，相思与君绝。鸡鸣狗吠当知之。妃呼豨！秋风肃肃晨风飔，东方须臾高知之。（注："妃呼豨"感叹辞。）

这些乐府,不惟不能得作者主名,并不能确指年代,大约是汉以后唐以前几百年间的作品。此外还有许多好的,因为他是另外一种表情法,等到下文别段再讲。读这几首,大略可以看得出当时平民文学的特采,是极真率而又极深刻,后来许多专门作家都赶不上。李太白刻意学这一体,但神味差得远了。

汉代大文学家很少,流传下来最有名的是几篇赋,都不是表情之作。五言诗初初发轫,没有壮阔的波澜,摹仿《三百篇》取蕴藉一路的较多些,很回荡的可以说没有。勉强举一两首,如苏武的:

> 结发为夫妻,恩爱两不疑。欢娱在今夕,燕婉及良时。征夫怀往路,起视夜何其。参辰皆已没,去去从此辞。行役在战场,相见未有期。握手一长叹,泪为生别滋。努力爱春华,莫忘欢乐时。生当复归来,死当长相思。

枚乘的:

> 行行重行行,与君生别离。相去万余里,各在天一涯。道路阻且长,会面安可知。胡马依北风,越鸟巢南枝。相去日已远,衣带日已缓。浮云蔽白日,游子不顾返。思君令人老,岁月忽已晚。弃捐莫复道,努力加餐饭。

两首皆写男女别时别后的情爱,前一首近于螺旋式,后一首近于吞咽式。当时作品中,只能到这种境界而止,往前比,比不上《三百篇》《楚辞》;往后比,比不上唐人;同时的,也比不上平民文学的乐府。到三国时建安七子,渐渐把五言成立一个规模,内中以曹子建为领袖。子建《赠白马王彪》一首,可算得在五言诗里头别出生面,开后来杜工部一

路。这诗很长,录之如下:

谒帝承明庐,逝将归旧疆。清晨发皇邑,日夕过首阳。伊洛广且深,欲济川无梁。泛舟越洪涛,怨彼东路长。顾瞻恋城阙,引领情内伤。太谷何寥廓,山树郁苍苍。霖雨泥我涂,流潦浩纵横。中逵绝无轨,改辙登高冈。修坂造云日,我马玄以黄。玄黄犹能进,我思郁以纡。郁纡将何念,亲爱在离居。本图相与偕,中更不克俱。鸱枭鸣衡轭,豺狼当路衢。苍蝇间白黑,谗巧反亲疏。欲还绝无蹊,揽辔止踟蹰。踟蹰亦何留,相思无终极。秋风发微凉,寒蝉鸣我侧。原野何萧条,白日忽西匿。归鸟赴乔林,翩翩厉羽翼。孤兽走索群,衔草不遑食。感物伤我怀,抚心长太息。太息将何为,天命与我违。奈何念同生,一往形不归。孤魂翔故域,灵柩寄京师。存者忽已过,亡没身自衰。人生处一世,去若朝露晞。年在桑榆间,影响不能追。自顾非金石,咄唶令心悲。心悲动我神,弃置莫复陈。丈夫志四海,万里犹比邻。恩爱苟不亏,在远分日亲。何必同衾帱,然后展殷勤。忧思成疾疢,毋乃儿女仁。仓卒骨肉情,能不怀苦辛。苦辛何虑思,天命信可疑。虚无求列仙,松子久吾欺。变故在斯须,百年谁能持。离别永无会,执手将何时。王其爱玉体,俱享黄发期。收泪即长路,援笔从此辞。

大抵情感之文,若写的不是那一刹那间的实感,任凭多大作家,也写不好。子建这诗有篇序,说是同白马王、任城王三兄弟入朝,任城王死去;到还国时,"有司以二王归藩,道路宜异止宿,意毒恨之。盖以大别在数日,是用自剖,愤而成篇"云云。兄弟的真爱情,从肺腑流出,所以独好。

此后阮嗣宗几十首的《咏怀》,大部分也是表情感热烈方面的。内中如"二妃游江滨"、"嘉树下成蹊"、"平生少年时"、"湛湛长江水"、"徘徊蓬池上"、"独坐空堂上"、"驾言发魏都"、"一日复一夕"、"嘉时在今辰"等篇，都是回肠荡气的作品。陶渊明虽然是淡远一路，（下文别论）但集中《咏荆轲》，《拟古》里头的"荣荣窗下兰"、"辞家夙严驾"、"迢迢百尺楼"、"种桑长江边"，《杂诗》里头的"白日沦西河"、"忆我少年时"等篇，都是表现他的阳性情感，应属于这一类。此外如鲍明远的《行路难》，潘安仁的《悼亡》，都也有好处。

中古以降的诗，用这种表情法用得最好的，我可以举出一个人当代表。什么人？杜工部。后人上杜工部的徽号叫做"诗圣"。别的圣不圣，我不敢说，最少"情圣"两个字，他是当得起。他有他自己独到的一种表情法，前头的人没有这种境界，后头的人逃不出这种境界。他集中的情诗太多了，我只随意举出人人共读的几首为例。

　　客行新安道，喧呼闻点兵。借问新安吏，县小更无丁。府帖昨夜下，次选中男行。中男绝短小，何以守王城。肥男有母送，瘦男独伶俜。白水暮东流，青山闻哭声。莫自使眼枯，收汝泪纵横。眼枯即见骨，天地终无情。……（《新安吏》）

　　四郊未宁静，垂老不得安。子孙阵亡尽，焉用身独完。投杖出门去，同行为辛酸。……老妻卧路啼，岁暮衣裳单。孰知是死别，且复伤其寒。此去必不归，还闻劝加餐。……（《垂老别》）

这类是由"同情心"发出来的情感。工部是个多血质的人，他《自京赴奉先咏怀》那首诗里头说："穷年忧黎元，叹息肠内热。"又说："彤庭所分帛，本自寒女出。鞭挞其夫家，聚敛贡城阙。"又说："朱门酒肉臭，路有冻死骨。"他还有一首诗道："堂前扑枣任西邻，无食无儿一妇人。不为困穷宁有此，只缘恐惧转相亲。"集里头像这样的还多，都是同情心的表现。他的眼睛,常常注视到社会最底下那一层。他最了解穷苦人们的心理,所以他的诗因他们触动情感的最多,有时替他们写情感,简直和本人自作一样。《三吏》《三别》便是模范的作品。后来白香山的《秦中吟》《新乐府》也是这个路数,但主观的讽刺色彩太重,不能如工部之哀沁心脾。

（1）

少陵野老吞声哭,春日潜行曲江曲。江头宫殿锁千门,细柳新蒲为谁绿。……明眸皓齿今何在,血污游魂归不得。清渭东流剑阁深,去住彼此无消息。人生有情泪沾臆,江水江花岂终极。黄昏胡骑尘满城,欲往城南忘南北。（《哀江头》）

（2）

……腰下宝玦青珊瑚,可怜王孙泣路隅。问之不肯道姓名,但道困苦乞为奴。已经百日窜荆棘,身上无有完肌肤。……豺狼在邑龙在野,王孙善保千金躯。不敢长语临交衢,且为王孙立斯须。……（《哀王孙》）

（3）

忆昔开元全盛日,小邑犹藏万家室。稻米流脂粟米白,公私仓廪俱丰实。九州道路无豺虎,远行不劳吉日出。齐纨鲁缟车班班,男耕女桑不相失。宫中圣人奏云门,天下朋友皆胶漆。百余年间未灾变,叔孙礼乐萧何律。岂闻一绢直万钱,有田种谷今流血。洛阳宫殿烧焚尽,宗庙新除狐兔穴。伤心不忍问耆旧,复恐更从乱离

说。……(《忆昔》)

这都是他遭值乱离所现的情感。集中这一类,多到了不得,这不过随意摘几首。前两首是遭乱的当时做的,后一首是过后追想的。后人都恭维他的诗是"诗史",但我们要知道他的"诗史",每一句每一字都有个"杜甫"在里头。

死别已吞声,生别常恻恻。江南瘴疠地,逐客无消息。故人入我梦,明我长相忆。恐非平生魂,路远不可测。魂来枫林青,魂返关塞黑。君今在罗网,何以有羽翼。落月满屋梁,犹疑照颜色。水深波浪阔,毋使蛟龙得。(《梦李白》)

这是他梦见他流在夜郎的朋友李白,梦后写的情感。他是个最多情的人,对于好些朋友,都有诗表示热爱,这首不过其一。他对于自己身世和家族,自然用情更真切了。试举他几首:

(1)

……老妻寄异县,十口隔风雪。谁能久不顾,庶往共饥渴。入门闻号咷,幼子饿已卒。吾宁舍一哀,里巷亦呜咽。所愧为人父,无食致夭折。……(《自京赴奉先咏怀》)

(2)

去年潼关破,妻子隔绝久。今夏草木长,脱身得西走。麻鞋见天子,衣袖露两肘。朝廷愍生还,亲故伤老丑。……寄书问三川,不知家在否。比闻同罹祸,杀戮到鸡狗。山中漏茅屋,谁复依户

牖。摧颓苍松根,地冷骨未朽。几人全性命,尽室岂相偶。……自
寄一封书,今已十月后。反畏消息来,寸心亦何有。……(《述怀》)

(3)

　　长镵长镵白木柄,我生托子以为命。黄独无苗山雪盛,短衣数
挽不掩胫。此时与子空归来,男呻女吟四壁静。呜呼二歌兮歌始
放,邻里为我色惆怅。

　　有弟有弟在远方,三人各瘦何人强?生别展转不相见,胡尘暗
天道路长。前飞鴐鹅后鹙鸧,安得送我置汝旁。呜呼三歌兮歌三
发,汝归何处收兄骨。

　　有妹有妹在钟离,良人早没诸孤痴。长淮浪高蛟龙怒,十年不
见来何时?扁舟欲往箭满眼,杳杳南国多旌旗。呜呼四歌兮歌四
奏,林猿为我啼清昼。(《同谷七歌》中三首)

　　读这些诗,他那浓挚的爱情,隔着一千多年,还把我们包围不放哩!
那《述怀》里头,"反畏消息来"一句,真深刻到十二分。那《七歌》里头
"长镵"一首,意境峭入。这些地方,我们应该看他的特别技能。

　　他常常用很直率的语句来表情,举他一个例。

　　忆年十五心尚孩,健如黄犊走复来。庭前八月梨枣熟,一日上
树能十回。即今年才五六十,坐卧只多少行立。强将笑语供主人,
悲见生涯百忧集。入门依旧四壁空,老妻睹我颜色同。痴儿未知
父子礼,叫怒索饭啼门东。(《百忧集行》)

　　用近体来写这种蟠薄郁积的情感本来极不易,这种门庭,可以说是

他一个人开出。我最喜欢他《喜达行在所》三首里头那第三首的头两句：

死去凭谁报，归来始自怜。

仅仅十个字，把那虎口余生过去现在的甜酸苦辣，一齐迸出。我真不晓得他有多大笔力！此外好的很多，凭我记忆最熟的背他几首：

（1）

国破山河在，城春草木深。感时花溅泪，恨别鸟惊心。烽火连三月，家书抵万金。白头搔更短，浑欲不胜簪。

（2）

带甲满天地，胡为君远行。亲朋尽一哭，鞍马去孤城。……

（3）

亦知戍不返，秋至拭清砧，已近苦寒月，况经长别心。宁辞捣衣倦，一寄塞垣深。用尽闺中力，君听空外音。

（4）

今夜鄜州月，闺中只独看。遥怜小儿女，未解忆长安。香雾云鬟湿，清辉玉臂寒。何时倚虚幌，双照泪痕干。

（5）

　　野老篱前江岸回，柴门不正逐江开。渔人网集澄潭下，估客船从返照来。长路关心悲剑阁，片云何意傍琴台。王师未报收东郡，城阙秋生画角哀。

（6）

　　岁暮阴阳催短景，天涯霜雪霁寒宵。五更鼓角声悲壮，三峡星河影动摇。野哭千家闻战伐，夷歌几处起渔樵。卧龙跃马终黄土，人事音书漫寂寥。

　　他的表情方法，可以说是《鸱鸮》诗或《黍离》诗那一路，不是《小弁》诗那一路，和《楚辞》更是不同。他向来不肯用语无伦次的表现法，他所表现的情，是越引越深，越拶越紧。我想这或是时代色彩。到中古以后，那"《小弁》风"的堆垒表情法，怕不好适用，用来也很难动人了。至于那吞咽式，他却常用。《梦李白》那首，便是这一式的代表。但杜诗到底是曼声的比促节的好。

　　工部表情的好诗，绝不止前头所举的这几首。（无论古近体）我既不是做古诗的选本，只好从略。还有些属于别种表情法，下文另讲。但我们要知道，这种表情法，可以说是杜工部创作，最少亦要说到了他才成功。所以他在我们文学界占的位置，实在不同寻常，同时高、岑、王、李那些大家，都不能和他相提并论。后来这种表情法，虽然好的作品不少，都是受他影响。恕我不征引了。

　　别的我虽然打定主意不征引，独有元微之《悼亡》的七律三首，我不能不征引。因为他是这一类的表情法，却是杜工部以外的一种创作。

中国韵文里头所表现的情感

谢公最小偏怜女,自嫁黔娄百事乖。顾我无衣搜荩箧,泥他沽酒拔金钗。野蔬充膳甘长藿,落叶添薪仰古槐。今日俸钱过十万,与君营奠复营斋。

　　昔日戏言身后事,今朝都到眼前来。衣裳已施行看尽,针线犹存未忍开。尚想旧情怜婢仆,也曾因梦送钱财。诚知此恨人人有,贫贱夫妻百事哀。

　　闲坐悲君亦自悲,百年多是几多时。邓攸无子寻知命,潘岳悼亡犹费辞。同穴窅冥何所望,他生缘会更难期。惟将终夜常开眼,报答平生未展眉。

　　这三首诗所表的情感之浓挚,古人后人都有的,但他用白话体来做律诗,在极局促的格律底下,赤裸裸把一团真情捧出,恐怕连杜老也要让他出一头地哩。

五

　　回荡的表情法,用来填词,当然是最相宜,但向来词学批评家,还是推尊蕴藉,对于热烈磅礴这一派,总认为别调。我对于这两派,也不能偏有抑扬。(其实亦不能严格的分别)但把回肠荡气的名作,背几阕来当代表。初期的大词家,当然推李后主。他是一位"文学的亡国之君",有极悲痛的情感,却不敢公然暴露,自然要用一种蟠郁顿挫的方式表他,所以最好。他代表的作品是:

（1）

　　春花秋月何时了,往事知多少? 小楼昨夜又东风,故国不堪回首月明中。雕阑玉砌应犹在,只是朱颜改。问君能有几多愁,恰似

一江春水向东流。(《虞美人》)

(2)

　　帘外雨潺潺,春意阑珊。罗衾不耐五更寒。梦里不知身是客,
一晌贪欢。独自莫凭阑,无限江山。别时容易见时难。流水落花
春去也,天上人间。(《浪淘沙》)

这两首词音节上虽然仍带含蓄,也算得把满腔愁怨尽情发泄了。
所以宋太宗看见,竟自赐他牵机药,要他的命。

宋徽宗的身世,和李后主一样,他有一首《燕山亭》,写得亦是这一
类情感,但用的是吞咽式,觉得分外凄切。今录他下半阕:

　　凭寄离恨重重,这双燕何曾会人言语。天遥地远,万水千山,
知他故宫何处? 怎不思量,除梦里有时曾去。无据。和梦也新来
不做。

词中用回荡的表情法用得最好的,当然要推辛稼轩。稼轩的性格
和履历,前头已经说过,他是个爱国军人,满腔义愤,都拿词来发泄,所
以那一种元气淋漓,前前后后的词家都赶不上。他最有名的几首是:

(1)

　　更能消几番风雨,匆匆春又归去。惜春长怕花开早,何况落红
无数,春且住。见说道天涯芳草无归路,怨春不语。算只有殷勤画
檐蛛网,尽日惹飞絮。

　　长门事,准拟佳期又误,蛾眉曾有人妒。千金纵买相如赋,脉

脉此情谁诉？君莫舞，君不见玉环飞燕皆尘土。闲愁最苦。休去倚危阑，斜阳正在烟柳断肠处。(《摸鱼儿》)

(2)

野塘花落，又匆匆过了，清明时节。划地东风欺客梦，一枕云屏寒怯。曲岸持觞，垂杨系马，此地曾经别。楼空人去，旧游飞燕能说。

闻道绮陌东头，行人长见，帘底纤纤月。旧恨春江流不尽，新恨云山千叠。料得明朝，尊前重见，镜里花难折。也应惊问近来多少华发。(《念奴娇》)

(3)

绿树听啼鴂，更那堪杜鹃声住，鹧鸪声切。啼到春归无啼处，苦恨芳菲都歇，算来抵人间离别。马上琵琶关塞黑，更长门翠辇辞金阙。看燕燕，送归妾。

将军百战身名裂，向河梁回头万里，故人长绝。易水萧萧西风冷，满座衣冠似雪，正壮士悲歌未彻。啼鸟还知如许恨，料不啼清泪长啼血。谁伴我，醉明月。(《贺新郎》)

凡文学家多半寄物托兴，我们读好的作品原不必逐首逐句比附他的身世和事实。但稼轩这几首有点不同，他与时事有关，是很看得出来，大概都是恢复中原的希望已经断绝，发出来的感慨。《摸鱼儿》里头"长门"、"蛾眉"等句，的确是对于宋高宗不肯奉迎二帝下诛心之论，所以《鹤林玉露》批评他，说"'斜杨烟柳'之句，在汉唐时定当买祸。"又说：

"高宗看见这词,很不高兴,但终不肯加罪,可谓盛德。"诗人最喜欢讲怨而不怒,像稼轩这词,算是怨而怒了。《念奴娇》那首,题目是《书东流村壁》,正是徽、钦北行经过的地方,所以把他的"旧恨新恨"一齐招惹出来。《贺新郎》那首,是和他兄弟话别之作,自然把他胸中垒块,尽情倾吐。所以这三首都是有"本事"藏在里头,不能把他当一般伤春伤别之作。

前两首都是千回百折,一层深似一层,属于我所说的螺旋式。后一首却是堆垒式。你看他一起手硬蹦蹦的举了三个鸟名,中间错错落落引了许多离别的故事,全是语无伦次的样子,却是在极倔强里头,显出极妩媚。《三百篇》《楚辞》以后,敢用此法的,我就只见这一首。

这一派的词,除稼轩外,还有苏东坡、姜白石都是大家。苏、辛同派,向来词家都已公认,我觉得白石也是这一路。他的好处,不在微词而在壮采。但苏、姜所处的地位,与辛不同。辛词自然格外真切,所以我拿他来做这一派的代表。

稼轩的词风,不甚宜于吞咽式,但里头也有好的,如:

> 宝钗分,桃叶渡,烟柳暗南浦。怕上层楼,十日九风雨。断肠点点飞红,都无人管,倩谁劝流莺声住?
>
> 鬓边觑,试把花卜归期,才簪又重数。罗帐灯昏,哽咽梦中语。是他春带愁来,春归何处,却不解带将愁去。(《祝英台近》)

这首很有点写出幽咽的情绪了,但仍是曼声,不是促节。促节的圣手,要推周清真,其次便数柳耆卿。各录他的代表作品一首。

(1)

> 柳阴直,烟里丝丝弄碧。隋堤上曾见几番,拂水飘绵送行色。

登临望故国，谁识京华倦容？长亭路年去岁来，应折柔条过千尺。

闲寻旧踪迹，又酒趁哀弦，灯照离席。梨花榆火催寒食。愁一箭风快，半篙波暖，回头迢递便数驿，望人在天北。凄恻，恨堆积！渐别浦萦回，津堠岑寂，斜阳冉冉春无极。念月榭携手，露桥闻笛。沈思前事，似梦里，泪暗滴。（《兰陵王》）（清真）

（2）

寒蝉凄切，对长亭晚，骤雨初歇。都门帐饮无绪，正留恋处，兰舟催发。执手相看泪眼，竟无语凝咽。念去去千里烟波，暮霭沈沈楚天阔。

多情自古伤离别，更那堪冷落清秋节。今宵酒醒何处，杨柳岸晓风残月。此去经年，应是良辰好景虚设。便总有千种风情，待与何人说？（《雨霖铃》）（耆卿）

这两首算得促节的模范，读起来一个个字都是往嗓子里咽。当时有人拿耆卿的"晓风残月"和东坡的"大江东去"比较，估算两家品格的高下。其实不对，我们应该问那一种情感该用那一种方式。

吞咽式用到最刻人的，莫如李清照女士的《壶中天慢》和《声声慢》，今录他一首：

寻寻觅觅，冷冷清清，凄凄惨惨戚戚。乍暖还寒时候，最难将息。三杯两盏淡酒，怎敌他晓来风急。雁过也，正伤心，却是旧时相识。满地黄花堆积，憔悴损，如今有谁堪摘？守着窗儿，独自怎生得黑。梧桐更兼细雨，到黄昏点点滴滴。这次第，怎一个愁字了得！（《声声慢》）

清照是当时金石学家赵明诚的夫人，他们夫妇学问都好，爱情浓挚，可惜明诚早死，清照过了半世寡妇的生涯。他这词，是写从早至晚一天的实感，那种茕独恓惶的景况，非本人不能领略，所以一字一泪，都是咬着牙根咽下。

还有一位不是词家的陆放翁，却有一首吞咽式的好词。

红酥手，黄藤酒，满城春色宫墙柳。东风恶，欢情薄，一怀愁绪，几年离索。错错错！春如旧，人空瘦，泪痕红浥鲛绡透。桃花落，闲池阁。山盟虽在，锦书难托。莫莫莫！（《钗头凤》）

读这首词要知道他的本事。原来放翁夫人，是他母族的表妹。结婚后不晓得为什么，他老太太发起脾气来，逼他们离婚，后来两个人都各自改嫁了，但爱情总是不断。有一天放翁在一个地方名叫沈园，碰着他故妻，情感刺激到了不得，所以填这首词。后来直到六七十岁，每入城一次，总到沈园落一回眼泪。晚年还有一首诗："梦断香销四十年，沈园柳老不飞绵。此身行作稽山土，犹吊遗踪一泫然。"这是和《孔雀东南飞》同性质的一出悲剧，所以他这词极能动人。

清朝好词不少，内中最特别的，算顾梁汾（贞观）寄吴汉槎的两首。

（1）

季子平安否？便归来生平万事，那堪回首。行路悠悠谁慰藉，母老家贫子幼。记不起从前杯酒，魑魅搏人应见惯，料输他覆雨翻云手。冰与雪，周旋久。

泪痕莫滴牛衣透，数天涯依然骨肉，几家能够？比似红颜多薄命，争不如今还有。只绝塞苦寒难受。廿载包胥承一诺，盼乌头马角总相救。置此札,君怀袖。

(2)

我亦飘零久。十年来深恩负尽,死生师友。宿昔齐名非忝窃,
试看杜陵消瘦。曾不减夜郎僝僽。薄命长辞知已别,问人生到此
凄凉否?千万恨,为君剖。

兄生辛未吾丁丑,共些时冰霜摧折,早衰蒲柳。词赋从今须少
作,留取心魂相守。但愿得河清人寿。归日急翻行戍稿,把虚名料
理传身后。言不尽,观顿首。(《贺新郎》)

这两首和元微之那三首《悼亡》,算得过去文学界的双绝。他是"三板
一眼"唱得出来的一封信,以体裁论,已算创作。他的好处,全在句句都是
实感,没有浮光掠影的话。有点子血性的人,读了不能不感动。后来成容
若用尽力量把吴汉槎救回,全是受了这两首词的刺激。容若赠梁汾的《贺
新郎》,末几句:"绝塞生还吴季子,算眼前此外皆闲事。知我者,梁汾
耳。"就是这两首词结束的历史。所以我说情感是一种催眠术。

清代大词家固然很多,但头两把交椅,却被前后两位旗人——成容
若、文叔问占去,也算奇事。容若的词,自然以含蓄蕴藉的小令为最佳。
但我们要知道这个人有他特别的性格。他是当时一位权相明珠的儿
子,是独一无二的一位阔公子,他父母又很钟爱他,就寻常人眼光看来,
他应该没有什么不满足。他不晓为什么总觉得他所处的环境是可怜
的。他的夫人早死,算是他极惨痛的一件事,但不能便认为总原因。说
他无病呻吟,的确不是。他受不过环境的压迫,三十多岁便死了。所以
批评这个人,只能用两句旧话,说:"古之伤心人,别有怀抱。"他的文学,
常常表现出这种狂热的怪性。我们试背他几首:

(1)

　　辛苦最怜天上月。一昔如环,昔昔都成玦。若似月轮终皎洁,
不辞冰雪为卿热。

　　无那尘缘容易绝。燕子依然,软踏帘钩说。唱罢秋坟愁未歇,
春丛认取双飞蝶。(《蝶恋花》)

(2)

　　如今才道当时错,心绪低迷,红泪偷垂,满眼春风百事非。

　　情知此后来无计,强说欢期。一别如斯,落尽梨花月又西。
(《采桑子》)

　　像这类的作品,真所谓"哀乐无端",情感热烈到十二分,刻入到十
二分。许多人说《红楼梦》的宝玉,写的就是成容若。我们虽然不愿意
轻率附会,但容若的奇情,只怕有点像宝玉哩。

　　文叔问的词格,很近稼轩、白石,但幽咽的作品,比他们多。此老怕要
算填词界最后的一个名家了。他的名作,我不大背得出,只记得几句:

　　……延伫销魂处。早漏泄幽盟,隔帘鹦鹉。残花过影,镜中情
事如许。西风一夜惊庭绿,问天上人间见否? ……(《月下笛》)

题目是《戊戌八月十三日宿王御史宅闻邻笛》,咏的是戊戌政变时事。
"隔帘鹦鹉",指袁世凯泄漏我们的秘密;"一夜惊庭绿"等语,很表得出
当时社会一般人对于这件事的情感。

　　此外宋、清两代这类表情法的好词还很多,我所举的也不能都算得

代表的作品,不过凭我记得的背背罢了。

曲本里头,用回荡表情法用得好的很不少。《西厢记》《琵琶记》里头就有好些,可惜我背不出来。我脑子里头印得最深的,是《牡丹亭》的《寻梦》:

> 最撩人春色是今年。少什么高就低来粉画垣,原来春心无处不飞悬。哎!睡荼蘼抓住了裙衩线,恰便是花似人心向好处牵。
>
> 为什呵玉真重溯武陵源,也则为水点花飞在眼前。是天公不费买花钱,则咱人心上有啼红怨。唉!孤负了春三二月天。
>
> ……
>
> 偶然间,心似缱,梅树边。这般花花草草由人恋,生生死死随人愿,便酸酸楚楚无人怨。……
>
> ……一时间望眼连天,一时间望眼连天,忽忽地伤心自怜。知怎生,情怅然。知怎生,泪暗悬。
>
> 春归人面,整相看,无一言。我待要折,我待要折的那柳枝儿问天,我如今悔,我如今悔不与题笺。……
>
> 为我慢归休,缓留连,听听这不如归春暮天。难道我再,难道我再到这亭园,则挣的个长眠和短眠。……

像这种文学,不晓得怎么样的沁人心脾。像我们这种半百岁数的人,自信得过不会偷闲学少年,理会什么闲愁闲恨,却是一日念他百回也不厌。

其次便是《长生殿》的弹词。他写李龟年流落江南,带着个琵琶卖技换饭吃,一面弹,一面唱出那种今昔兴亡之感。那龟年初出台唱的是:

> 不提防余年值乱离,逼拶得歧路遭穷败。受奔波,风尘颜面黑;叹衰残,霜雪鬓须白。今日个流落天涯,只留得琵琶在。……

跟着唱完了十几段，那听的人觉得他形迹蹊跷，苦苦盘问他是谁。他让人瞎猜了一大堆，才自己说明来历道：

> 俺只为家亡国破兵戈沸，因此上孤身流落在江南地。……您官人絮叨叨苦问俺为谁，则俺老伶工名唤龟年身姓李。

中间唱的那十几段，段段都好，尤为精采的是写马嵬坡兵变那一段：

> 恰正好呕呕哑哑霓裳歌舞，不提防扑扑突突渔阳战鼓。划地里出出律律纷纷攘攘奏边书，急得个上上下下都无措。早则是喧喧嗾嗾惊惊遽遽仓仓卒卒挨挨拶拶出延秋西路，銮舆后携着个娇娇滴滴贵妃同去。又只见密密匝匝的兵恶恶狠狠的话闹闹吵吵轰轰割割四下喳呼，生逼散恩恩爱爱疼疼热热帝王夫妇，霎时间画就这一幅惨惨凄凄绝代佳人绝命图。

这种文学，不是曲本不能有。他的刺激性，比杜工部的《哀江头》、白香山的《长恨歌》，只怕还要强几倍哩！那整出的结构，像神龙夭矫，非全读看不出来。

凡长篇的写情韵文，煞尾总须用些重笔，像特别拿电气来震荡几下，才收束得住。如《离骚》讲了许多漫游宽解的话，最后几句是：

> 陟升皇之赫戏兮，忽临睨乎旧乡。仆夫悲余马怀兮，蜷局顾而不行。

《招魂》说了一大堆及时行乐的话，最后几句是：

皋兰被径兮斯路渐,湛湛江水兮上有枫。目极千里兮伤春心,魂兮归来哀江南。

都是用这种方法,把全篇增几倍精采。曲本里头得这诀窍的,要算《桃花扇》最后余韵那出的《哀江南》。

山松野草带花挑,猛抬头秣陵重到。残军留废垒,瘦马卧空壕。村郭萧条,城对着夕阳道。1

野火频烧,护墓长楸多半焦。田羊群跑,守陵阿监几时逃。鸽翎蝠粪满堂抛,枯枝败叶当阶罩。谁祭扫,牧儿打碎龙碑帽。2

横白玉八根柱倒,堕红泥半堵墙高。碎琉璃瓦片多,烂翡翠窗棂少。舞丹墀燕雀常朝。直入宫门一路蒿,住几个乞儿饿莩。3

问秦淮旧日窗寮,破纸迎风,坏槛当潮,目断魂销。当年粉黛,何处笙箫?罢灯船端阳不闹,收酒旗重九无聊。白鸟飘飘,绿水滔滔。嫩黄花有些蝶飞,瘦红叶无个人瞧。4

你记得跨青溪半里桥,旧长板没一条,秋水长天人过少,冷清清的落照,剩一树柳弯腰。5

行到那旧院门何用轻敲,也不怕小犬哗哗。无非是断井颓巢,不过些砖苔砌草。手种的花条柳梢,尽意儿采樵。这黑灰是谁家的厨灶?6

俺曾见金陵玉树莺啼晓,秦淮水榭花开早。谁知道容易冰消?眼看他起朱楼,眼看他宴宾客,眼看他楼塌了。这青苔碧瓦堆,俺曾睡风流觉,将五十年兴亡看饱。那乌衣巷不姓王,莫愁湖鬼夜哭,凤凰台栖枭鸟。残山梦最真,旧境丢难掉。不信这舆图换稿。谄一套《哀江南》,放悲声唱到老。7

《桃花扇》是明末南京的历史剧，借秦淮河里头几个人物写兴亡之感。末后这一出余韵，把几位遗老扮作渔翁、樵夫，发他们的感慨。《哀江南》这一首，是那樵夫唱的，是全剧的收场，所以把全剧关系地点，逐一描写他的现状，作个总结。第一段写南京城，第二段写孝陵，第三段写皇宫，都是亡国后公共的悲感。第四段写秦淮，第五段写河上的长桥，第六段写河那边的旧院，（当时冶游胜处）都是剧中人物枨触旧游的特别悲感。第七段是把各种情感归拢起来，带血带泪，尽情倾吐，真所谓"悲歌当哭"了。有了这出，能把剧中情节，件件都再现一番，令他印象更深。

这种表情法，是文学上最通用的，我们中国人也用得很精熟，能够尽态极妍。我们从《三百篇》起到曲本止，把那代表的名作比较比较，也看得出进化的线路。

六

我讲完了回荡写情法，要附带论着一件事。

我们的诗教，本来以"温柔敦厚"为主，完全表示诸夏民族特性。《三百篇》就是唯一的模范。《楚辞》是南方新加入之一种民族的作品，他们已经同化于诸夏，用诸夏的文化工具来写情感，搀入他们固有思想中那种半神秘的色彩，于是我们文学界添出一个新境界。汉人本来不长于文学，所以承袭了《三百篇》《楚辞》这两份大遗产，没有什么变化扩大。到了"五胡乱华"时候，西北方有好几个民族加进来，渐渐成了中华民族的新分子。他们民族的特性，自然也有一部分溶化在诸夏民族性的里头，不知不觉间，便令我们的文学顿增活气。这是文学史上很重要的关键，不可不知。

这种新民族特性，恰恰和我们的"温柔敦厚"相反。他们的好处，全在伉爽真率。《三百篇》里头，只有《秦风》的《小戎》《驷骥》《无衣》诸篇，很有点伉爽真率气象，这就是西戎系的秦国民族性和诸夏不同处。可惜春秋以后,秦国的文学作品没有一篇流传。燕赵古称多慷慨悲歌之士,文学总应该有异彩,可惜除了《易水歌》之外,也看不着第二首。到五胡南北朝时候,西北蛮族纷纷侵入,内中以鲜卑人为最强盛。鲜卑人在诸蛮族中,文化像是最高,后来同化于我们也最速。他们像很爱文学和音乐,唐代流传的"马上乐",什有九都出鲜卑。他们初学会中国话,用中国文字表他情感,完全现出异样的色彩。试写他几首:

上马不捉鞭,反折杨柳枝。蹀座吹长笛,愁杀行客儿。

腹中愁不乐,愿作郎马鞭。出入擐郎臂,蹀座郎膝边。

放马两泉泽,忘不着连羁。担鞍逐马走,何得见马骑。

遥看孟津河,杨柳郁婆娑。我是虏家儿,不解汉儿歌。

健儿须快马,快马须健儿。跛跋黄尘下,然后别雄雌。

《折杨柳歌》

男儿欲作健,结伴不须多。鹞子经天飞,群雀两向波。

放马大泽中,草好马着膘。牌子铁裲裆,钰铧鹦尾条。

前行看后行,齐着铁裲裆。前头看后头,各着铁钰铧。

男儿可怜虫,出门怀死忧。尸丧狭谷中,白骨无人收。

《企喻歌》

新买五尺刀,悬着中梁柱。一日三摩挲,剧于十五女。

客行依主人,愿得主人强。猛虎依深山,愿得松柏长。

《琅琊王歌》

慕容攀墙视,吴军无边岸。我身分自当,枉杀墙外汉。

慕容愁愤愤,烧香作佛会。愿作墙里燕,高飞出墙外。

《慕容垂歌》

可怜白鼻騧,相将入酒家。无钱但共饮,画地作交赊。

何处骓觞来,两颊色如火。自有桃花容,莫言人劝我。

《高阳乐人歌》

李波小妹字雍容，褰裙逐马如转蓬，左射右射必叠双。女子尚
如此，男子安可逢。

《李波小妹歌》

读这几首，可以大略看出他们"虏家儿"是怎么个气象了。他们生
活是异常简单，思想是异常简单，心直口直，有一句说一句，他们的情
感，是"没遮拦"的。你说他好也罢，说他坏也罢，总是把真面孔搬出来。
别的且不管他，专就男女两性关系而论，也看出许多和从前文学态度不
同的表现。试举他几首：

青青黄黄，雀石颓唐。槌杀野牛，押杀野羊。

驱羊入谷，自羊在前。老女不嫁，蹋地唤天。

侧侧力力，念郎无极。枕郎左臂，随郎转侧。

摩捋郎须，看郎颜色。郎不念女，各自努力。

《地驱歌》

烧火烧野田，野鸭飞上天。童男娶寡妇，壮女笑杀人。

《紫骝马歌》

谁家女子能行步，反着袜禅后裙露。天生男女共一处，愿得两
个成翁姬。

华阴山头百丈井，下有流水彻骨冷。可怜女子能照影，不见其
余见斜领。

黄桑柘屐蒲子履，中央有丝两头系。小时怜母大怜婿，何不早
嫁论家计。

《捉搦歌》

像这种毫不隐瞒毫不扭捏的表情,在《三百篇》和汉魏人五言诗里头,绝对的找不出来。这些都是北朝文学,试拿来和并时的南朝文学比较,像那有名的《子夜》《团扇》《懊侬》《青溪》《碧玉》《桃叶》各歌曲,虽然各有各的妙处,但前者以真率胜,后者以柔婉胜,双方的分野,显然可见。

经南北朝几百年民族的化学作用,到唐朝算是告一段落。唐朝的文学,用温柔敦厚的底子,加入许多慷慨悲歌的新成分,不知不觉,便产生出一种异彩来。盛唐各大家,为什么能在文学史上占很重的位置呢?他们的价值,在能洗却南朝的铅华靡曼,参以伉爽真率,却又不是北朝粗犷一路。拿欧洲来比方,好像古代希腊、罗马文明,换入些森林里头日耳曼蛮人色彩,便开辟一个新天地。试举几位代表作家的作品,如李太白的:

金尊清酒斗十千,玉盘珍羞直万钱。停杯投箸不能食,拔剑四顾心茫然。欲渡黄河冰塞川,将登太行雪满天。闲来垂钓碧溪上,忽复乘舟梦日边。行路难,行路难,多歧路,今安在?长风破浪会有时,直挂云帆济沧海。(《行路难》)

杜工部的:

朝进东门营,暮上河阳桥。落日照大旗,马鸣风萧萧。平沙列万幕,部伍各见招。中天悬明月,令严夜寂寥。悲笳数声动,壮士惨不骄。借问大将谁,恐是霍嫖姚。(《后出塞》)

挽弓当挽强,用箭当用长。射人先射马,擒贼先擒王。

杀人亦有限,立国自有疆。苟能制侵陵,岂在多杀伤。(《前出塞》)

高适的:

汉家烟尘在东北,汉将辞家破残贼。男儿本自重横行,天子非常赐颜色。……山川萧条极边土,胡骑凭陵杂风雨。战士军前半死生,美人帐下犹歌舞。大漠穷秋塞草衰,孤城落日斗兵稀。身当恩遇常轻敌,力尽关山未解围。铁衣远戍辛勤久,玉箸应啼别离后。少妇城南欲断肠,征人蓟北空回首。边庭飘飖那可度,绝域苍茫更何有。杀气三时作阵云,寒声一夜传刁斗。……(《燕歌行》)

这类作品,不独《三百篇》《楚辞》所无,即汉魏晋宋也未曾有。从前虽然有些摹写侠客的诗,但豪迈气概,总不能写得尽致,内中鲍明远最喜作豪语,但总有点不自然。所以这种文学,可以说是经过一番民族化合以后,到唐朝才会发生。那时的音乐和美术,都很受民族化合的影响,文学自然也逃不出这个公例。

写关塞景况,寓悲壮情感,是唐以后新增的诗料。(前此虽有,但不多,且不好。)词曲以缘情绮靡为主,用这种资料却不多。范文正有一首最好:

塞外秋来风景异,衡阳雁去无留意。四面边声连角起。千嶂里,长烟落日孤城闭。

浊酒一杯家万里,燕然未勒归无计。羌管悠悠霜满地。人不寐,将军白发征夫泪。(渔家傲)

词里头的苏辛派,自然都带几分这种色彩,内中最粗豪的,如稼轩的:

醉里挑灯看剑,醒来吹角连营。八百里分麾下炙,五十弦翻塞外声,沙场秋点兵。马作的卢飞快,弓如霹雳弦惊。了却君王天下

事，赢得生前身后名。可怜白发生。(《破阵子》)

名家的词，最粗犷的莫过刘后村，几乎全部集都是这一类的话。他最著名的一首是：

> 何处相逢？登宝钗楼，访铜雀台。唤厨人斫就，东溟鲸脍；圉人呈罢，西极龙媒。天下英雄，使君与操，余子何堪共酒杯？车千乘，载燕南代北，剑客奇才。酒酣鼻息如雷，谁信被晨鸡催唤回。叹年光过尽，功名未立；书生老矣，气运方来。使李将军，遇高皇帝，万户侯何足道哉！推衣起，但凄凉感旧，慷慨生哀。(《沁园春》)

这一派词，我本来不大喜欢，因为他有烂名士爱说大话的习气，但他确带点北朝气味，在文学史上应备一格的。

曲本里头，有一首杂剧，像是明末清初的作品，演的是"鲁智深醉打山门"。那鲁智深拜别他的师父时，唱道：

> 漫洒英雄泪，相离处士家。谢您慈悲剃度在莲台下。没缘法，转眼分离乍。赤条条来去无牵挂。那里讨烟蓑雨笠卷单行，一任俺芒鞋破钵随缘化。

也是刻意从粗犷一面做，因为替粗犷的人表情，不如此便失真了。

七

这回讲的，是含蓄蕴藉的表情法。这种表情法，向来批评家认为是文学正宗，或者可以说是中华民族特性的最真表现。这种表情法，和前两种不同。前两种是热的，这种是温的；前两种是有光芒的火焰，这种是拿灰盖着的炉炭。这种表情法也可以分三类。第一类是：情感正在很强的时候，他却用很有节制的样子去表现他，不是用电气来震，却是用温泉来浸，令人在极平淡之中，慢慢的领略出极渊永的情趣。这类作品，自然以《三百篇》为绝唱。如：

> 瞻彼日月，悠悠我思。道之云远，曷云能来。

如：

> 昔我往矣，杨柳依依。今我来思，雨雪霏霏。行路迟迟，载渴载饥。

如：

> 君子于役，不知其期。曷至哉？鸡栖于埘，日之夕矣，牛羊下来。君子于役，如之何勿思！

拿这类诗和前头几回所引的相比较，前头的像外国人吃咖啡，炖到极浓，还搀上白糖牛奶；这类诗像用虎跑泉泡出的雨前龙井，望过去连颜色也没有，但吃下去几点钟，还有余香留在舌上。他是把情感收敛到十足，微微发放点出来，藏着不发放的还有许多，但发放出来的，确是全部的灵影，所以神妙。

汉魏五言诗，以这一类为正声。如李陵的：

中国韵文里头所表现的情感

携手上河梁，游子暮何之？徘徊蹊路侧，恨恨不能辞。行人难久留，各言长相思。安知非日月，弦望自有时。努力崇明德，皓首以为期。

那神味和"瞻彼日月"一章完全相同，真算得"含毫邈然"。又如《古诗十九首》里头的：

迢迢牵牛星，皎皎河汉女。纤纤擢素手，札札弄机杼。终日不成章，泣涕零如雨。河汉清且浅，相去复几许。盈盈一水间，脉脉不得语。

涉江采芙蓉，兰泽多芳草。采之欲遗谁，所思在远道。还顾望旧乡，长路漫浩浩。同心而离居，忧伤以终老。

这类诗都是用淡笔写浓情，算得汉人诗格的代表。后来如曹子建的：

高台多悲风，朝日照北林。之子在万里，江湖迥且深。……

阮嗣宗的：

嘉时在今辰，零雨洒尘埃。临路望所思，日夕复不来。……

陶渊明的：

……情通万里外，形迹滞江山。君其爱体素，来会在何年。

226

谢玄晖的：

> 大江流日夜，客心悲未央。徒念关山近，终知返路长。……

都是这一派。汉魏六朝诗，这一类的好作品很多。

这一派，到初唐时，变了样子。他们把这类诗改做"长言永叹"的形式，很有些长篇。但着墨虽多，依然是以淡写浓，我譬喻他，好像一桌极讲究的素菜全席。有张若虚一首，可算代表作品：

> 春江潮水连海平，海上明月共潮生。滟滟随波千万里，何处春江无月明。江流宛转绕芳甸，月照花林皆似霰。空里流霜不觉飞，汀上白沙看不见。江天一色无纤尘，皎皎空中孤月轮。江畔何人初见月，江月何年初照人。人生代代无穷已，江月年年只相似。不知江月待何人，但见长江送流水。白云一片去悠悠，青枫江上不胜愁。谁家今夜扁舟子，何处相思明月楼。可怜楼上月徘徊，应照离人妆镜台。玉户帘中卷不去，捣衣砧上拂还来。此时相望不相闻，愿逐月华流照君。鸿雁长飞光不度，鱼龙潜跃水成纹。昨夜闲潭梦落花，可怜春半不还家。江水流天去欲尽，江潭落月复西斜。斜月沈沈藏海雾，碣石潇湘无限路。不知乘月几人归，落月摇情满江树。（《春江花月夜》）

这首诗读起来，令人飘飘有出尘之想。"江畔何人初见月，江月何年初照人。""谁家今夜扁舟子，何处相思明月楼。"这类话，真是诗家最空灵的境界。全首读来，固然回肠荡气，但那音节，既不是哀丝豪竹一路，也不是急管促板一路，专用和平中声，出以摇曳。确是《三百篇》正脉。

初唐佳作，都是这一路。虽然悲慨的情感，总用极平和的音节表他。如李峤的：

> ……自从天子去秦关，玉辇金舆不复还。珠帘羽帐长寂寞，鼎湖龙髯安可攀。千龄人事一朝空，四海为家此路穷。雄豪意气今何在，坛场官馆尽蒿蓬。道旁故老长叹息，世事回环不可测。昔时青楼对歌舞，今日黄埃聚荆棘。山川满目泪沾衣，富贵荣华能几时。不见只今汾水上，惟有年年秋雁飞。（《汾阴行》）

相传唐明皇幸蜀时候，听人背这首诗，泣数下行，叹道："李峤真才子！"这种诗的品格高下，别一问题，但确是初唐代表，确是中国诗界传统的正声。后来白香山从这里一转手，吴梅村再从这里一转手，但可惜越转越卑弱。

盛唐以后，这一派自然也不断，好的作品自然也不少。但在古体里头，已经不很通用，因为五古很难出汉魏范围，七古很难出初唐范围。倒是近体很从这方面开拓境界，因为近体篇幅短，非用含蓄之笔，取弦外之音，便站不住。内中五律、七绝为尤甚。唐人著名的七绝和孟、王、韦、柳的五律，都是这一派。杜工部诗虽以热烈见长，他的五律，如"凉风起天末"、"今夜鄜州月"、"幽意忽不惬"等篇，也都是这一派。

王渔洋专提倡神韵，他所标举的话，是"不着一字，尽得风流"，"羚羊挂角，无迹可寻"。虽然太偏了些，但总不能不认为诗中高调。我想，他这种主张是对的，但这类诗做得好不好，全问意境如何。我们若依然仅有《三百篇》汉魏初唐人的意境，任凭你运笔怎样灵妙，也不能出他们的范围，只有变成打油派，令人讨厌。我们生当今日，新意境是比较容易取得的，那么，这一派诗，我们还是要尽力的提倡。

第二类的蕴藉表情法，不直写自己的情感，乃用环境或别人的情感

228

烘托出来。用别人情感烘托的,例如《诗经》:

> 陟彼冈兮,瞻望兄兮。兄曰:"嗟!予弟行役,夙夜必偕。上慎
> 旃哉,犹来无死。……"(《陟岵》)

这篇诗三章,第一章父,第二章母,第三章兄。不说他怎样的想念爹妈哥哥,却说爹妈哥哥怎样的想念他,写相互间的情感,自然加一层浓厚。

用环境烘托的,例如《诗经》:

> 我徂东山,慆慆不归。我来自东,零雨其濛。鹳鸣于垤,妇叹
> 于室。洒扫穹窒,我征聿至。有敦瓜苦,烝在栗薪。自我不见,于
> 今三年。(《东山》)

且不说回家会着家人的情况,但对一件极琐碎的事物——柴堆上头一棚瓜说:"咱们违教三年了。"言外的感慨,不知有多少。

古乐府《孔雀东南飞》,最得此中三昧。兰芝和焦仲卿言别,该篇中最悲惨的一段,他却"悲"呀"泪"呀……不见一个字,但说:

> 妾有绣腰襦,葳蕤自生光。红罗复斗帐,四角垂香囊。箱奁六
> 七十,绿碧青丝绳。物物各自异,种种在其中。人贱物亦鄙,不足
> 迎新人。留待作遗施,于今无会因。……(《古诗为焦仲卿妻作》)

专从纪念物上头讲,用物来做人的象征。不说悲,不说泪,倒比说出来的还深刻几倍。到别小姑时,却把悲情尽地发泄了:

> 却与小姑别,泪落连珠子:"新妇初来时,小姑始扶床。今日被

驱遣,小姑如我长。勤心养公姥,好自相扶将。初七及下九,嬉戏
莫相忘。"……(同上)

兰芝的眼泪,不向丈夫落,却向小姑落;和小姑说话,不说现时的凄惨,
只叙过去的情爱,没有怨恨话,只有宽慰和劝勉的话。只这一段,便能
把兰芝极高尚的人格,极浓厚的爱情,全盘涌现出来。

后来用这类表情法,也是杜工部最好。如他的《羌村》三首:

峥嵘赤云西,日脚下平地。柴门鸟雀噪,归客千里至。妻孥怪
我在,惊定还拭泪。世乱遭飘荡,生还偶然遂。邻人满墙头,感叹
亦歔欷。夜阑更秉烛,相对如梦寐。

晚岁迫偷生,还家少欢趣。娇儿不离膝,畏我复却去。忆昔好
追凉,故绕池边树。萧萧北风劲,抚事煎百虑。赖知禾黍收,已觉
糟床注。如今足斟酌,且用慰迟暮。

群鸡正乱叫,客至鸡斗争。驱鸡上树木,始闻叩柴荆。父老四
五人,问我久远行。手中各有携,倾榼浊复清。苦辞"酒味薄,黍地
无人耕。兵革既未息,儿童尽东征。"请为父老歌,艰难愧深情。歌
罢仰天叹,四座泪纵横。

这三首实写自己情感的地方很少,(第二首有"少欢趣""煎百虑"等
语,在三首中这首却是次一等。)只是说日怎么样,云怎么样,鸟怎么样,
鸡怎么样,老妻怎么样,儿子怎么样,邻居怎么样。合起来,他所谓"死
去凭谁报,归来始自怜"的情感,都表现出了。还有《北征》里头的一段,
也是这种笔法:

……况我堕胡尘,及归尽华发。经年至茅屋,妻子衣百

结。……平生所娇儿，颜色白胜雪。见耶背面啼，垢腻脚不袜。床前两小女，补绽才过膝。海图坼波涛，旧绣移曲折。天吴及紫凤，颠倒在短褐。……那无囊中帛，救汝寒凛慄。粉黛亦解苞，衾裯稍罗列。瘦妻面复光，痴女头自栉。学母无不为，晓妆随手抹。移时施朱铅，狼籍画眉阔。……问事竞挽须，谁能即嗔喝。……

这种诗所用表情技术，可以说和《陟岵》同一样，不写自己情感，专写别人情感；写别人情感，专从极琐末的实境表出，这一点又是和《东山》同样。这一类诗，我想给他一个名字，叫做"半写实派"。他所写的事实，是用来做烘出自己情感的手段，所以不算纯写实；他所写的事实，全用客观的态度观察出来，专从断片的表出全相，正是写实派所用技术，所以可算得"半写实"。

第三类蕴藉表情法，索性把情感完全藏起不露，专写眼前实景，（或是虚构之景）把情感从实景上浮现出来。这种写法，《三百篇》中很少，勉强举个例，如：

　　春日载阳，有鸣仓庚。女执懿筐，遵彼微行，爰求柔桑。春日迟迟，采蘩祁祁。女心伤悲，殆及公子同归。（《七月》）

这是专从节物上写那种和乐融泄的景象，作者的情绪，自然跟着表现出来。

但这首还有人在里头，带着写别人的情感，不能纯粹属于此类。此类的真正代表，可以举出几首。其一，曹孟德的：

　　东临碣石，以观沧海。水何澹澹，山岛竦峙。树木丛生，百草丰茂。秋风萧瑟，洪波涌起。日月之行，若出其中。星汉粲烂，若

出其里。(《观沧海》)

这首诗仅仅写映在他眼中的海景,他自己对着这景有什么枨触,一个字未尝道及。但我们读起来,觉得他那宽阔的胸襟,豪迈的气概,一齐流露。

北齐有一位名将斛律光,是不识字的。有一天皇帝在殿上要各人做诗,他冲口做了一首,便成千古绝唱。那诗是:

> 敕勒川,阴山下,天似穹卢,笼盖四野。天苍苍,野茫茫,风吹草低见牛羊。(《敕勒歌》)

这诗是独自一个人骑匹马在万里平沙中所看见的宇宙,他并没说出有什么感想,我们读过去,觉得有一个粗豪沈郁的人格活跳出来。

阮嗣宗《咏怀》里头有一首:

> 独坐空堂上,谁可与欢者? 出门临永路,不见行车马。登高望九州,悠悠分旷野。孤鸟西北飞,离兽东南下。日暮思亲友,晤言用自写。

这首诗一起一结,虽然也轻轻的点出他的情感,但主要处全在中间几句,从环境上写出那种百无聊赖、哀乐万端的情绪,把那位哭穷途的先生全副面孔活现出来。

杜工部用这种表情法也用得最好,试举他两首:

> 竹凉侵卧内,野月满庭隅。重露成涓滴,稀星乍有无。暗飞萤自照,水宿鸟相呼。万事干戈里,空悲清夜徂。(《倦夜》)

232

这首诗题目是"倦夜",看他前面仅仅三十个字,从初夜到中夜到后夜;初时看见月看见露,月落了看见星、看见萤,天差不多亮了听见水鸟。写的全是自然界很微细的现象,却是通宵睡不着很疲倦的人才能看出。那"倦"的情绪,自在言外,末两句一点便够。又

> 风急天高猿啸哀,渚清沙白鸟飞回。无边落木萧萧下,不尽长
> 江滚滚来。……(《登高》)

这首是工部最有名的七律,小孩子都读过的。假令我们当作没有读过,掩住下半首,闭眼想一想情形,谁也该想得到是在长江上游——四川、湖北交界地方,秋天一个独客登高时候所见的景物。底下"万里悲秋常作客,百年多病独登台"那两句,不过章法结构上顺手一点,其实不用下半首,已经能把全部情绪表出。

须知这类诗和单纯写景诗不同。写景诗以客观的景为重心,他的能事在体物入微,虽然景由人写,景中离不了情,到底是以景为主。这类诗以主观的情为重心,客观的景,不过借来做工具。试把工部的"竹凉侵卧内"和王右丞的

> 万壑树参天,千山响杜鹃。山中一夜雨,树杪百重泉。……

比较见得王作是纯客观的,杜作是主观气分甚重。

第四类的蕴藉表情法,虽然把情感本身照原样写出,却把所感的对象隐藏过去,另外拿一种事物来做象征。这类方法,《三百篇》里头很少——前所举《鸱鸮》篇,可以归入这类。"山有榛,隰有苓"、"谁能烹鱼,溉之釜鬵"等篇,也带点这种气味,但属少数,且不纯粹。——因为《三百篇》的原则,多半是借一件事物起兴,跟着便拍归本旨,像那种打

中国韵文里头所表现的情感

灯谜似的象征法，那时代的诗人不大用他。但作诗的人虽然如此，后来读诗的人却不同了。试打开《左传》一看，当时凡有宴会都要赋诗，赋诗的人在《三百篇》里头随意挑选一篇借来表示自己当时所感；同一篇诗，某甲借来表这种感想，某乙也可以借来表那种感想。拿我们今日眼光看去，很有些莫名其妙。所以我说，《三百篇》的作家没有象征派，然而《三百篇》久已作象征的应用。

纯象征派之成立，起自楚辞。篇中许多美人芳草，纯属代数上的符号，他意思别有所指。如《离骚》中：

> 览相观于四极兮，周流乎天余乃下。望瑶台之偃蹇兮，见有娀之佚女。吾令鸩为媒兮，鸩告余以不好。雄鸠之鸣逝兮，余犹恶其佻巧。心犹豫而狐疑兮，欲自适而不可。凤皇既受诒兮，恐高辛之先我。欲远集而无所止兮，聊浮游以逍遥。及少康之未家兮，留有虞之二姚。理弱而媒拙兮，恐导言之不固。世溷浊而嫉贤兮，好蔽美而称恶。……

又：

> 时缤纷其变易兮，又何可以淹留。兰芷变而不芳兮，荃蕙化而为茅。何昔日之芳草兮，今直为此萧艾也。……余以兰为可恃兮，羌无实而容长。委厥美以从俗兮，苟得列乎众芳。椒专佞以慢慆兮，樧又充夫佩帏。既干进而务入兮，又何芳之能祗。固时俗之从流兮，又孰能无变化。览椒兰其若兹兮，又况揭车与江蓠。……

这类话若不是当作代数符号看，那么，屈原到处调情、到处拈酸吃醋，岂不成了疯子？蕙会变茅，兰会变艾，天下那有这情理？太史公说得好：

"其志洁,故其称物芳。"他怀抱着一种极高尚纯洁的美感,于无可比拟中,借这种名词来比拟。他既有极秾温的情感本质,用他极微妙的技能,借极美丽的事物做魂影,所以着墨不多,便尔沁人心脾,如:

> 惜吾不及见古人兮,吾谁与玩此芳草。(《思美人》)

如:

> 沅有芷兮澧有兰,思公子兮未敢言。(《湘夫人》)

如:

> 夫人自有兮美子,荪何为兮愁苦。(《少司命》)

如:

> 心不同兮媒劳,恩不甚兮轻绝。(《湘君》)

这都是带一种神秘性的微妙细乐,经千百年后按奏,都能使人心弦震荡。

自《楚辞》开宗后,汉魏五言诗,多含有这种色彩。如"庭中有奇树"、"迢迢牵牛星"等篇,乃至张平子的《四愁》,都是寄兴深微一路,足称楚辞嗣音。

中晚唐时,诗的国土,被盛唐大家占领殆尽,温飞卿、李义山、李长吉诸人,便想专从这里头辟新蹊径。飞卿太靡弱,长吉太纤仄,且不必论,义山确不失为一大家。这一派后来衍为西昆体,专务挦撦词藻,受人诟病。近来提倡白话诗的人不消说是极端反对他了。平心而论,这派固然不能算诗的正宗,但就"唯美的"眼光看来,自有他的价值。如义山集中近体的《锦瑟》《碧城》《圣女祠》等篇,古体的《燕台》《河内》等篇,我敢说他能和中国文字同其运命。就中如《碧城》三首的第一首:

> 碧城十二曲阑干,犀辟尘埃玉辟寒。阆苑有书多附鹤,女床无树不栖鸾。星沈海底当窗见,雨过河源隔座看。若使晓珠明又定,一生长对水晶盘。

这些诗,他讲的什么事,我理会不着;拆开一句一句的叫我解释,我连文义也解不出来。但我觉得他美,读起来令我精神上得一种新鲜的愉快。须知美是多方面的,美是含有神秘性的,我们若还承认美的价值,对于这种文学,是不容轻轻抹煞啊!

八

现在要附一段专论女性文学和女性情感。

《三百篇》中——尤其《国风》——女子作品,实在不少,如《绿衣》《燕燕》《谷风》《泉水》《柏舟》《载驰》《氓》《竹竿》《伯兮》《君子于役》《狡童》《褰裳》《鸡鸣》),或传说上确有作者主名,或从文义推测得出。我们因此可想见那时候女子的教育程度和文学兴味比后来高些,或者是男女社交不如后世之闭绝,所以他们的情感有发舒之余地,而且能传诵出来。内中有好几篇最能发挥女性优美特色,如:

> 黾勉同心,不宜有怒。采葑采菲,无以下体。德音莫违,及尔

同死。(《谷风》)

如:

> 匪我愆期,子无良媒。将子毋怒,秋以为期。(《氓》)

这两首都是弃妇所作,追述从前爱情,有不堪回首之想。一种温厚肫笃之情,在几句话上全盘托出。又如:

> 君子于役,苟无饥渴。(《君子于役》)

伤离念远四个字抵得千百句话。又如:

> 泛彼柏舟,在彼中河。髧彼两髦,实惟我仪,之死矢靡他。母也天只,不谅人只!(《柏舟》)

这首相传是卫共姜所作,父母逼他离婚,他不肯。那坚强的意志和专一肫笃的爱情都表现出来,却是怨而不怒,纯是女子身分。又如:

> 载驰载驱,归唁卫侯。驱马悠悠,言至于漕。大夫跋涉,我心则忧。
> 既不我嘉,不能旋反。视尔不臧,我思不远。既不我嘉,不能旋济。视尔不臧,我思不閟。
> 陟彼阿丘,言采其蝱。女子善怀,亦各有行。许人尤之,众稚且狂。
> 我行其野,芃芃其麦。控于大邦,谁因谁极。大夫君子,无我

有尤。百尔所思，不如我所之。(《载驰》)

这首是许穆夫人所作。他是卫国女儿，卫国亡了，他要回去省视他兄弟，许国人不许他，因作此诗。一派缠绵悱恻，把女性优美完全表出。

女子很少专门文学家，不惟中国，外国亦然，想是成年以后受生理上限制所致。汉魏以来女性作品，如秦嘉妻徐淑，如班婕妤，各有一两首，都很平平。蔡文姬的《胡笳十八拍》，似是唐人所谱，《悲愤》两首，大概是真。他遭乱被掠入匈奴，是人生极不幸的遭际。他自己说：

薄志节兮念死难，虽苟活兮无形颜。

可怜他情爱的神圣，早已为境遇所牺牲了，所剩只有母子情爱，到底也保不住。他诗说：

……己得自解免，当复弃儿子。……儿前抱我颈，问"母欲何之？人言母当去，岂复有还时。阿母常仁恻，今何更不慈。我今未成人，奈何不顾思"。见此崩五内，恍惚生狂痴。号泣手抚摩，当发复回疑。……

我们读这诗，除了同情之外，别无可说。他的情爱到处被蹂躏，他所写全是变态，但从变态中还见出爱芽的实在。

窦滔妻苏惠的《回文锦》，真假不敢断定，大约真的分数多。这个作品技术的致巧，不惟空前，或者竟可说是绝后。但太雕凿违反自然了。他说："非我佳人（指窦滔）莫之能解。"只能算是他两口子猜谜，不能算文学正宗。若说这作品在我们文学史上有价值，只算他能够代表女性细致头脑的部分罢了。

238

苏伯玉妻《盘中诗》：

> 山树高，鸟鸣悲。泉水深，鲤鱼肥。空仓雀，常苦饥。吏人妇，
> 会夫稀。出门望，见白衣，谓当是，而更非。还入门，中心悲。……

这首不敢断定必为女性作品，但情绪写得很好。

古乐府中有几首，不得作者主名，不知为男为女，假定若出女子，便算得汉魏间女性文学中翘楚了。如：

> 上山采蘼芜，下山逢故夫。长跪问故夫，"新人复何如?""新人
> 虽然好，未若故人姝。颜色类相似，手爪不相如。"新人从门入，故
> 人从阁去。新人工织缣，故人工织素。织缣日一匹，织素五丈余。
> 将缣来比素，新人不如故。

又如：

> ……夫婿从南来，斜倚西北眄。语卿"且勿眄，水清石自见"。
> 石见何累累，远行不如归。

这类诗很表示女性的真挚和纯洁，我们若从他是女性作品，价值当不在《谷风》《氓》之下。

唐宋以后，闺秀诗虽然很多，有无别人捉刀，已经待考；就令说是真，够得上成家的可以说没有。词里头算有几位，宋朱淑真的《断肠词》，李易安的《漱玉词》，清顾太清的《东海渔歌》，可以说不愧作者之林。内中惟易安杰出，可与男子争席，其余也不过尔尔。可怜我们文学史上极贫弱的女界文学，我实在不能多举几位来撑门面。

中国韵文里头所表现的情感

男子作品中写女性情感——专指作者替女性描写情感，不是指作者对于女性相互间情感。——以《楚辞》为嚆矢，前段所讲"美人芳草"，就是这一类。如：

> 君不行兮夷犹，蹇谁留兮中洲。美要眇兮宜修，沛吾乘兮桂舟。令沅湘兮无波，使江水兮安流。望夫君兮未来，吹参差兮谁思。……（《湘君》）
>
> "帝子降兮北渚，目眇眇兮愁予。袅袅兮秋风，洞庭波兮木叶下。……沅有茝兮澧有兰，思公子兮未敢言。荒忽兮远望，观流水兮潺湲。……"（《湘夫人》）
>
> "入不言兮出不辞，乘回风兮载云旗。悲莫悲兮生别离，乐莫乐兮新相知。荷衣兮蕙带，儵而来兮忽而逝。夕宿兮帝郊，君谁须兮云之际。与汝游兮九河，冲风至兮水扬波。与汝沐兮咸池，晞汝发兮阳之阿。……"（《少司命》）

这几首都是描写极美丽极高洁的女神，我们读起来，和看见希腊名雕温尼士女神像同一美感，可谓极技术之能事。这种文学优美处，不在字句艳丽，而在字句以外的神味。后来摹仿的很多，到底赶不上。李义山的《重过圣女祠》：

> 白石岩扉碧藓滋，上清沦谪得归迟。一春梦雨常飘瓦，尽日灵风不满旗。……

全从以上几首脱胎，飘逸华贵诚然可喜，但女神的情感，便不容易着一字了。

汉魏古诗，写两性间相互情爱者很多，专描女性者颇少，今不细论。

六朝时南北人性格很有些不同，在他们描写女性上也可以看出。北朝写女性之美，专喜欢写英爽的姿态。如：

> ……好妇出迎客，颜色正敷愉。伸腰再拜跪，问客平安无。请客北堂上，坐客青氍毹。清白各异樽，酒上正华疏。酌酒持与客，客言主人持。却略再拜跪，然后持一杯。谈笑未及竟，左顾敕中厨。促令办粗饭，慎莫使稽留。废礼送客出，盈盈府中趋。送客亦不远，足不过门枢。……（《陇西行》）

读起来仿佛入到欧洲交际社会，一位贵妇人极和蔼极能干的美态，活现目前。又如：

> ……朝辞爷娘去，宿暮黄河边。不闻爷娘唤女声，但闻黄河流水鸣溅溅。旦辞黄河去，暮至黑山头。不闻爷娘唤女声，但闻燕山胡骑声啾啾。……可汗问所欲，木兰不用尚书郎，愿借明驼千里足，送儿还故乡。……（《木兰词》）

这首写女子从军，虽然是一种异态，但决非南朝人意想中所能构造。最妙者是刚健之中处处含婀娜，确是女性最优美之点。

南朝人便不同了，他们理想中女性之美，可以拿梁元帝的《西洲曲》做代表。

> 忆梅下西洲，折梅寄江北。单衫杏子红，双鬓鸦雏色。西洲在何处，两桨桥头渡。日暮伯劳飞，风吹乌桕树。树下即门前，门中露翠钿。开门郎不至，出门采红莲。采莲南塘秋，莲花过人头。低头弄莲子，莲子清如水。置莲怀袖中，莲心彻底红。忆郎郎不至，

仰首视飞鸿。飞鸿满汀洲,望郎上青楼。楼高望不见,尽日阑干头。阑干十二曲,垂手明如玉。卷帘天自高,海水摇空绿。海水梦悠悠,君愁我亦愁。南风知我意,吹梦到西洲。

这首诗写怀春女儿天真烂漫的情感,总算很好,所写的人格,亦并不低下,但总是南派绮靡的情绪,和北派截然两样。后来作家,大概脱不了这窠臼。

唐诗写女性最好的,莫过于杜工部的《佳人》。

绝代有佳人,幽居在空谷。自言良家子,零落依草木。……在山泉水清,出山泉水浊。侍婢卖珠回,牵萝补茅屋。摘花不插鬓,采柏动盈掬。天寒翠袖薄,日暮倚修竹。

工部理想的佳人,品格是名贵极了,性质是高亢极了,体态是幽艳极了,情绪是浓至极了。有人说这首诗便是他自己写照,或者不错。总之描写女性之美,我说这首诗千古绝唱。

太白《长干曲》摹仿《西洲》很像,写小家儿女的情爱,也还逼真,但价值不过尔尔。

李义山写女性的诗,几居全集三分之一。但义山是品性堕落的诗人,他理想中美人不过倡妓,完全把女子当男子玩弄品,可以说是侮辱女子人格。义山天才确高,爱美心也很强,倘使他的技术用到正途,或者可以做写女性情感的圣手,看他悼亡诸作可知。可惜他本性和环境都太坏,仅成就得这种结果,不惟在文学界没有好影响,而且留下许多遗毒,真是我们文学史上一件不幸了。

词里头写女性最好的,我推苏东坡的《洞仙歌》:

冰肌玉骨,自清凉无汗。水殿风来暗香满。绣帘开,一点明月窥人;人未寝,敧枕钗横鬓乱。

起来携素手,庭户无声,时见疏星度河汉。试问夜如何? 夜已三更,金波淡,玉绳低转。但屈指、西风几时回,又不道、流年暗中偷换。

好处在情绪的幽艳,品格的清贵,和工部《佳人》不相上下。稼轩的:

蓦然回首,那人却在,灯火阑珊处。(《青玉案》)

白石的:

想珮环夜月归来,化作此花幽独。(《疏影》)

都能写出品格。柳屯田写女性词最多,可惜毛病和义山一样,藻艳更在义山下。

曲本每部总有女性在里头,但写得好的很少。因为他们所构曲中情节,本少好的,描写曲中人物,自然不会好。例如《西厢记》一派,结局是调情猥亵,如何能描出清贵的人格? 又如《琵琶记》一派,主意在劝惩,并不注重女性的真美。所以曲本写女性虽多,竟找不出能令我心折的作品。内中惟汤玉茗是最浪漫式的人,《牡丹亭·惊梦》里头,确有些新境界。如:

可知我常一生儿爱好是天然,恰三春好处无人见。……

"爱好是天然"这句话，真所谓为爱美而爱美，从前没有人能道破。写女性高贵，此为极品了。底下跟着衍这段意思，也有许多名句。如：

> 朝飞暮卷，云霞翠轩。雨丝风片，烟波画船。锦屏人忒看得韶光贱。

如：

> 则为俺生小婵娟，拣名门一例一例里神仙眷。甚良缘把青春抛得远，俺的睡情谁见。……

如：

> 则为你如花美眷，似水流年，是答儿闲寻遍，在幽闺自怜。

这些词句，把情绪写得像酒一般浓，却不失闺秀身分，在艳词中算是最上乘了。

这段末后，还有几句话要讲讲。近代文学家写女性，大半以"多愁多病"为美人模范，古代却不然。《诗经》所赞美的是"硕人其颀"，是"颜如舜华"。《楚辞》所赞美的是"美人既醉朱颜酡，娭光眇视目层波"。汉赋所赞美的是"精耀华烛，俯仰如神"，是"翩若惊鸿，矫若游龙"。凡这类形容词，都是以容态之艳丽和体格之俊健构合而成，从未见以带着病的恹弱状态为美的。以病态为美，起于南朝，适足以证明文学界的病态。唐宋以后的作家，都汲其流，说到美人便离不了病，真是文学界一件耻辱。我盼望往后文学家描写女性，最要紧先把美人的健康恢复才好。

244

九

欧洲近代文坛,浪漫派和写实派迭相雄长。我国古代,将这两派划然分出门庭的可以说没有。但各大家作品中,路数不同,很有些分带两派倾向的。今先说浪漫的作品。

《三百篇》可以说代表诸夏民族平实的性质,凡涉及空想的一切没有。我们文学含有浪漫性的自《楚辞》始。春秋、战国时候的中原人都来说:"楚人好巫鬼。"大抵他们脑海中,含有点野蛮人神秘意识,后来渐渐同化于诸夏,用诸夏公用的文化工具表现他们的感想,带着便把这种神秘意识放进去,添出我们艺术上的新成分。这种意识,或者从远古传来,乃至和我们民族发源地有什么关系也未可知。试看,《楚辞》里头讲昆仑的最多——大约不下十数处,像是对于昆仑有一种渴仰,构成他们心中极乐国土。这种思想渊源,和中亚细亚地方有无关系,今尚为历史上未决问题。他们这种超现实的人生观,用美的形式发摅出来,遂为我们文学界开一新天地。《楚辞》的最大价值在此。

《楚辞》浪漫的精神表现得最显者,莫如《远游》篇。他起首那段有几句:

> 惟天地之无穷兮,哀人生之长勤。往者余弗及兮,来者吾不闻。(《远游》)

屈原本身有两种矛盾性,他头脑很冷,常常探索玄理,想象"天地之无穷";他心肠又很热,常常悲悯为怀,看不过"民生之多艰"。(《离骚》语)他结果闹到自杀,都因为这两种矛盾性交战,苦痛忍受不住了。他作品中把这两种矛盾性充分发挥,有一半哭诉人生冤苦,有一半是寻求他理想的天国。《远游》篇就是属于后一类。他说：

> 载营魄而登霞兮，掩浮云而上征。命天阍其开关兮，排阊阖而
> 望予。召丰隆使先导兮，问太微之所居。集重阳入帝宫兮，造旬始
> 而观清都。朝发轫于太仪兮，夕始临乎于微闾。屯余车之万乘兮，
> 纷溶与而并驰。驾八龙之婉婉兮，载云旗之逶蛇。建雄虹之采旄
> 兮，五色杂而炫耀。服偃蹇以低昂兮，骖连蜷以骄骜，骑胶葛以杂
> 乱兮，斑漫衍而方行。撰余辔而正策兮，吾将过乎句芒。历太皓以
> 右转兮，前飞廉以启路。阳杲杲其未光兮，凌天地以径度。……
> （同上）

如此之类有好几段，完全是幻构的境界。最末一段道：

> 经营四方兮，周流六漠。上至列缺兮，降望大壑。下峥嵘而无
> 地兮，上寥廓而无天。视倏忽而无见兮，听惝恍而无闻。超无为以
> 至清兮，与泰初而为邻。（同上）

这类文学，纯是求真美于现实界以外，以为人类五官所能接触的境
界都是污浊，要搬开他别寻心灵净土。《离骚》《涉江》中一部分，也是
这样。

《招魂》——据太史公说也是屈原所作，其想象力之伟大复杂实可
惊。前半说上下四方到处痛苦恐怖的事物，都出乎人类意境以外；后半
说浮世的快乐，也全用幻构的笔法写得淋漓尽致。末后一段说这些快
乐，到头还是悲哀，以"魂兮归来哀江南"一句，结出作者情感根苗。这
篇名作的结构和思想，都有点和嘳特的《浮士达》相仿佛。

《楚辞》中纯浪漫的作品，当以《九歌》的《山鬼》为代表。今录其

全文：

　　若有人兮山之阿，被薜荔兮带女萝。既含睇兮又宜笑，子慕余兮善窈窕。

　　乘赤豹兮从文狸，辛夷车兮结桂旗。被石兰兮带杜衡，折芳馨兮遗所思。

　　余处幽篁兮终不见天，路险艰兮独后来。

　　表独立兮山之上，云容容兮而在下。杳冥冥兮羌昼晦，东风飘兮神灵雨。

　　留灵修兮憺忘归，岁既晏兮孰华予。

　　采三秀兮于山间，石磊磊兮葛蔓蔓。思公子兮憺忘归。君思我兮不得闲。山中人兮芳杜若，饮石泉兮荫松柏。君思我兮然疑作。

　　雷填填兮雨冥冥，猨啾啾兮狖夜鸣。风飒飒兮木萧萧，思公子兮徒离忧。（《山鬼》）

这篇和《远游》《离骚》《招魂》等篇作法不同，那几篇都写作者自身和所构幻境的关系，这篇完全另写一第三者作影子。我们若把这篇当画材，将那山鬼的环境面影性格画来，便活现出屈原的环境面影性格。这种纯粹浪漫的作法，在我们文学界里头，当以此篇为嚆矢。

陶渊明的《桃花源诗序》，正是浪漫派小说的鼻祖，那首诗自然也是浪漫派绝好韵文。里头说的：

　　……相命肆农耕，日入随所憩。桑竹垂余荫，菽稷随时艺。春蚕收长丝，秋熟靡王税。……童孺纵行歌，斑白欢游诣。草荣识节和，木衰知风厉。虽无纪历志，四时自成岁。怡然有余乐,于何劳智慧。……

这是渊明理想中绝对自由、绝对平等、无政府的互助的社会状况,最主要的精神是"超现实"。但他和《楚辞》不同处,在不带神秘性。

神仙的幻想,在我们文学界中很占势力。这种幻想,自然是导源于《楚辞》。但后人没有屈原那种剧烈的矛盾性,从形式上模仿蹈袭,往往讨厌。如曹子建也有一首《远游篇》,读去便味如嚼蜡。嵇中散的《游仙诗》,也看不出什么异采。到郭景纯十几首《游仙》,便瑰丽多了。其中如:

> 翡翠戏兰苕,容色更相鲜。绿萝结高林,蒙茏盖一山。中有冥寂士,静啸抚清弦。放情凌霄外,嚼蕊挹飞泉。……

虽然纯从《山鬼篇》脱胎,却把幽愤境界变为飘逸。又如:

> 杂县寓鲁门,风暖将为灾。吞舟涌海底,高浪驾蓬莱。神仙排云出,但见金银台。陵阳挹丹溜,容成挥玉杯。姮娥扬妙音,洪崖领其颐。升降随长烟,飘飖戏九垓。奇龄迈五龙,千岁方婴孩。燕昭无云气,汉武非仙才。

这类诗像是佛教入中国后,参些印度人梵天的幻想。但每首总爱把作者的宇宙观、人生观直白点出,未免有些词费。

浪漫派文学,总是想象力愈丰富愈奇诡便愈见精采。这一点,盛唐大家李太白,确有他的特长。如他的《公无渡河》全从古乐府《箜篌引》敷演出来。《箜篌引》十六个字千古绝唱,如何可拟作?他这首的前半:"黄河西来决昆仑……其害乃去,茫然风沙。"已经把这条黄河写得像有神秘性,到下半首依传说略叙事实后,更虚构可怖的幻象,说:

被发之叟狂而痴,清晨径流欲奚为。旁人不惜妻止之,公无渡河苦渡之。虎可搏,河难凭,公果溺死流海湄。有长鲸白齿若雪山,公乎公乎挂骨于其间。《箜篌》所谣竟不还!

这诗把原来的《箜篌引》赋予一种浪漫性,便成创作。又如《飞龙引》的:

……载玉女,过紫皇。紫皇乃赐白兔所捣之药方,后天而老雕三光。下视瑶池见王母,蛾眉萧飒如秋霜。

如《蜀道难》的:

……蚕丛及鱼凫,开国何茫然。尔来四万八千岁,不与秦塞通人烟。西当太白有鸟道,可以横绝峨眉颠。地崩山摧壮士死,然后天梯石栈相钩连。……

《太白集》中像这类的很多,都可以证明他想象力之伟大,能构造出别人所构不出的境界。他还有两首词,把他的美感表得十分圆满,词调是《桂殿秋》,文如下:

仙女下,董双成,汉殿夜凉吹玉笙。曲终却从仙官去,万户千门惟月明。

河汉女,玉炼颜,云轩往往在人间。九霄有路去无迹,袅袅香风生珮环。

后来这类作品,我最爱者为王介甫的《巫山高》二首:

中国韵文里头所表现的情感

巫山高，十二峰。上有往来飘忽之猨猱，下有出没瀺灂之蛟龙，中有倚薄缥缈之神宫。神人处子冰雪容，吸风饮露虚无中。千岁寂寞无人逢，邂逅乃与襄王通。丹崖碧嶂深重重，白月如日明房栊。象床玉几来自从，锦屏翠幔金芙蓉。阳台美人多楚语，只有纤腰能楚舞，争吹凤管鸣鼍鼓。那知襄王梦时事，但见朝朝暮暮长云雨。

巫山高，偃薄江水之滔滔。水于天下实至险，山亦起伏为波涛。其巅冥冥不可见，崖岸斗绝悲猨猱。赤枫青栎生满谷，山鬼白日樵人遭。窈窕阳台彼神女，朝朝暮暮能云雨。以云为衣月为褚，乘光服暗无留阻。昆仑曾城道可取，方丈蓬莱多伴侣。块独守此嗟何求，况乃低回梦中语。

这类诗词，从唯美的见地看去，很有价值。他们并无何种寄托，只是要表那一片空灵纯洁的美感。太白、介甫一流人，胸次高旷，所以能有这类作品。像杜工部虽然是情圣，他却不会作此等语。

苏东坡也是胸次高旷的人，但他的文学不含神秘性，纯浪漫的作品较少。他贬谪琼州的时候，坐在山轿子上打盹，正在遇雨，梦中得了十个字的名句："千山动鳞甲，万壑酣笙钟。"醒来续成一首诗道：

四洲环一岛，百洞蟠其中。我行西北隅，如度月半弓。登高望中原，但见积水空。此身将安归，四顾真途穷。眇观大瀛海，坐咏谈天翁。茫茫太仓间，稊米谁雌雄。幽怀忽破散，咏啸来天风。千山动鳞甲，万壑酣笙钟。焉知非群仙，钧天宴未终。喜我归有期，举酒属青童。急雨岂无意，催诗走群龙。梦中忽变色，笑电亦改容。应怪东坡老，颜衰语徒工。久矣此妙声，不闻蓬莱宫。

他作诗时候所处的境界,恰好是最浪漫的,他便将那一刹那间的实感写出来,不觉便成浪漫派中上乘作品。

浪漫派特色,在用想象力构造境界。想象力用在醇化的美感方面,固然最好;但何能个个人都如此,所以多数走入奇谲一路。《楚辞》的《招魂》已开其端绪,太白作品,也半属此类。中唐以后,这类作风益盛,韩昌黎的《陆浑山火和皇甫湜》、孟东野《夫子》《二鸟诗》等篇,都带这种色彩。我们可以给他一个绰号,叫做"神话文学"。神话文学的代表作品,应推卢玉川。他有名的《月蚀诗》二千多字,完全像希腊神话一般。内中一段:

> ……传闻古老说,蚀月虾蟆精。径圆千里入汝腹,汝此痴骸阿谁生。……忆昔尧为天,十日烧九州。金铄水银流,玉烛丹砂焦。六合烘为窑,尧心增百忧。帝见尧心忧,勃然发怒决洪流。立拟沃杀九日妖,天高日走沃不及,但见万国赤子䲰䲰生鱼头。此时九御导九日,争持节幡麾幢旒。驾车六九五十四头蛟,蟠虬掣电九火輈。汝若蚀开龊龉轮,御辔执索相爬钩,推荡轰訇入汝喉。红鳞焰鸟烧口快,翎鬣倒侧声酸邹。撑肠柱肚礧块如山丘,自可饱死更不偷。不独填饥坑,亦解尧心忧。……

又如《与马异结交诗》中一段:

> 伏羲画八卦,凿破天心胸。女娲本是伏羲妇,恐天怒,捣炼五色石。引日月之针五星之缕把天补。补了三日不肯归婿家,走向日中放老鸦。月里栽桂养虾蟆,天公发怒化龙蛇。此龙此蛇得死病,神农合药救死命。天怪神农党龙蛇,罚神农为牛头,令载元气车。不知药中有毒药,药杀元气天不觉。……

251

这种诗取采资料，都是最荒唐怪诞的神话，还添上本人新构的幻想，变本加厉。这种诗好和歹且不管他，但我们不能不承认作者胆量大，替诗界作一种解放；又不能不承认是诗界一种新国土，将来很有继续开辟的余地。

玉川最喜欢把人类意识赋予人类以外诸物，观《放鱼歌》："鸿鹅鸽鸥凫，喜观争叫呼。小虾亦相庆，绕岸摇其须。"便是。他还有二十首小诗，设为石、竹、井、马兰、蛱蝶、虾蟆相互谈话，内中石说道："我在天地间，自是一片物。可得杠压我，使我头不出。"他所假设一场谈话，虽然没有甚么深奥哲理，但也算诗界一种创作，比陶渊明的形、影、神问答进一步。

同时李长吉也算浪漫派的别动队。他的诗字字句句都经过千锤百炼，但他的特别技能不仅在字句的锤炼，实在想象力的锤炼。他的代表作品，如《金铜仙人辞汉歌》：

> 茂陵刘郎秋风客，夜间马嘶晓无迹。画栏桂树悬秋香，三十六宫上花碧。魏官牵车指千里，东关酸风射眸子。空将汉月出宫门，忆君清泪如铅水。衰兰送客咸阳道，天若有情天亦老。携盘独出月荒凉，渭城已远波声小。

此外如"昆山玉碎凤皇叫，芙蓉泣露香兰笑"，如"女娲炼石补天处，石破天惊逗秋雨"，如"洞庭雨脚来吹笙，酒酣喝月使倒行"，如"银浦流云学水声"，如"呼龙耕烟种瑶草"，如"南风吹山作平地，帝遣天吴移海水"，此等语句，不知者以为是卖弄词藻，其实每一句都有他特别的意境。大抵长吉脑里头幻象很多，每一个幻象，他自己立限只许用十来个字把他写出。前人评他做诗是"呕心"，真不错。这种诗自然不该学，但我们不能不承认他在文学史上的价值。

十

现在要讲写实派。写实派作法，作者把自己情感收起，纯用客观态度描写别人情感。作法要领，是要将客观事实照原样极忠实的写出来，还要写得详尽。因为如此，所以所写的多是三几个寻常人的寻常行事，或是社会上众人共见的现象，截头截尾单把一部分状态委细曲折传出。简单说，是专替人类作断片的写照。

这种作品，在《三百篇》里头不能说没有，如《卫风》的《硕人》，《郑风》的《大叔于田》《褰裳》，《豳风》的《七月》，都有点这种意思。但《三百篇》以温柔敦厚为主，不肯作露骨的刻画，自然不能当这派作品的模范。《楚辞》纯属浪漫的作风，和这派正极端反对，当然没有可征引了。

汉人乐府中有一首《孤儿行》，可以说是纯写实派第一首诗。全录如下：

> 孤儿生，孤儿遇生，命当独苦。
>
> 父母在时，乘坚车驾驷马。父母已去，兄嫂令我行贾。
>
> 南到九江，东到齐与鲁。腊月来归，不敢自言苦。
>
> 头多虮虱，面目多尘土。
>
> 大兄言办饭，大嫂言视马。上高堂行趣殿，下堂，孤儿泪下如雨。
>
> 使我朝行汲暮得水，来归手为错，足下无菲。
>
> 怆怆履霜，中多蒺藜。拔断蒺藜，肠肉中怆欲悲。泪下渫渫，清涕累累。
>
> 冬无复襦，夏无单衣。居生不乐，不如早去下从地下黄泉。
>
> 春气动，草萌芽。三月蚕桑，六月收瓜。将是瓜车，来还到家。

瓜车反覆，助我者少，啖瓜者多。愿还我蒂，兄与嫂严独且急，归当与校计。

乱曰：里中一何诮诮，愿欲寄尺书，将与地下父母，兄嫂难与久居。

这首诗只是写寻常百姓家一个可怜的孩子，将他日常经历直叙，并不下一字批评，读起来能令人同情心到沸度。可以说是写实派正格。

《孔雀东南飞》是最有结构的写实诗。他写十几个人问答语，各人神情毕肖，真是圣手。内中"妾有绣丝襦……"、"着我绣夹裙……"、"青雀白鹄舫……"三段，铺叙实物，尤见章法。可惜所铺叙过于富丽，稍失写实家本色。又篇末松梧交枝鸳鸯对鸣等语，已经搀入象征法。虽然如此，这诗总算写实妙品。

魏晋写实的五言，以左太冲《娇女诗》为第一。

吾家有娇女，皎皎颇白皙。小字为纨素，口齿自清历。鬓发覆广额，双耳似连璧。明朝弄梳台，黛眉类扫迹。浓朱衍丹唇，黄吻烂漫赤。娇语若连琐，忿速乃明恫。握笔利彤管，篆刻未期益。执书爱绨素，诵习矜所获。其姊字惠芳，面目灿如画。轻妆喜楼边，临镜忘纺绩。举觯拟京兆，立的成复易。玩弄眉颊间，剧兼机杼役。从容好赵舞，延袖像飞翮。上下弦柱际，文史辄卷襞。顾盼屏风画，如见已指摘。丹青日尘暗，明义为隐赜。驰骛翔园林，果下皆生摘。红葩缀紫蒂，萍实骤抵掷。贪华风雨中，倏忽数百适。务蹑霜雪戏，重綦常累积。并心注肴馔，端坐理盘槅。翰墨戢闲案，相与数离逖。动为垆钲屈，屣履任之适。止为荼荈剧，吹嘘对鼎𬬻。脂腻漫白袖，烟熏染阿锡。衣被皆重池，难与沉水碧。任其孺子意，羞受长者责。瞥闻当予杖，掩泪俱向壁。

这首诗活画出两位天真烂漫，性情活泼，娇小玲珑，又爱美又不懂事的女孩子。尤当注意者，太冲对于这两位女孩子，取什么态度，有何等情感，诗中一个字没有露出。他的目的全在那映到他眼里的小女孩子情感，他用极冷静的态度忠实观察，他忠实描写他，所以入妙。后来模仿这首诗的不少，但都赶不上他。如李义山的《骄儿诗》，即是其中之一首。依着《骄儿诗》看来，义山那位衰师少爷顽劣得可厌，是不管他，——也许是义山照样写实。那么少爷虽不好，诗还是好。但那诗中说旁人对于他儿子怎样批评，又说他自己对于儿子怎样希望，还把自己和儿子比较，发一段牢骚。这是何苦呢？我们拿这两首诗比一比，便可以悟出写实派作法的要诀。

前回曾举出杜工部半写实派的几首诗，其实工部纯写实派的作品也很不少，而且很好。如：

献凯日继踵，两蕃静无虞。渔阳游侠地，击鼓吹笙竽。云帆转辽海，粳稻来东吴。越裳与楚练，照耀舆台躯。主将位益崇，气骄凌上都。边人不敢议，议者死路衢。（《后出塞》）

这首诗是安禄山还未造反时作的，所指就是安禄山那一班军阀。仅仅六十个字，把他们豪奢骄蹇情形都写完了。他却并没有一个字批评，只是用巧妙技术把实况描出，令读者自然会发厌恨忧危种种情感。这是写实文学最大作用。又如：

三月三日天气新，长安水边多丽人。态浓意远淑且真，肌理细腻骨肉匀。绣罗衣裳照暮春，蹙金孔雀银麒麟。头上何所有，翠为匐叶垂鬓唇。背后何所见？珠压腰衱稳称身。就中云幕椒房亲，赐名大国虢与秦。紫驼之峰出翠釜，水精之盘行素鳞。犀箸厌饫

中国韵文里头所表现的情感

久未下，鸾刀缕切空纷纶。黄门飞鞚不动尘，御厨络绎送八珍。箫鼓哀吟感鬼神，宾从杂遝实要津。后来鞍马何逡巡，当轩下马入锦茵。杨花雪落覆白蘋，青鸟飞去衔红巾。炙手可热势绝伦，慎莫近前丞相嗔！

又如：

> 步屦随春风，村村自花柳。田翁逼社日，邀我尝春酒。酒酣夸新尹，畜眼未见有。回头指大男，"渠是弓弩手。名在飞骑籍，长番岁时久。前日放营农，辛苦救衰朽。差科死则已，誓不举家走。今年大作社，拾遗能住否？"叫妇开大瓶，盆中为吾取。感此气扬扬，须知风化首。语多虽杂乱，说尹终在口。朝来偶然出，自卯将及酉。久客惜人情，如何拒邻叟。高声索果栗，欲起时被肘。指挥过无礼，未觉村野丑。月出遮我留，仍嗔问升斗。

这首和前两首不同。前两首是一般写实家通行作法，专写社会黑暗方面；这首却是写社会光明方面，读起来令人感觉乡村生活之优美。那"田父"一种真率气象，以及他对于社交之亲切，对于国家义务之认真，都一一流露。

写实家所标旗帜，说是专用冷酷客观，不搀杂一丝一毫自己情感，这不过技术上的手段罢了。其实凡写实派大作家都是极热肠的，因为社会的偏枯缺憾，无时不有，无地不有，只要你忠实观察，自然会引起你无穷悲悯。但倘若没有热肠，那么他的冷眼也决看不到这种地方，便不成为写实家了。杜工部这类写实文学开派以后，继起的便是白香山。香山自己说：

惟歌生民病……甘受时人嗤。

他自己编定诗集,用诗的性质分类,第一类便是"讽喻"。讽喻类主要作品是十首《秦中吟》和五十首《新乐府》。这六十首诗,可以说完成写实派壁垒,替我们文学史吐出光焰万丈。但他的作风,与纯写实派有点不同,每篇之末,总爱下主观的批评,不过批评是"微而婉"罢了。里头纯客观的只有几首,如:

> 帝城春欲暮,喧喧车马度。共道牡丹时,相随买花去。贵贱无常价,酬直看花数。灼灼百朵红,戋戋五束素。上张幄幕庇,旁织笆篱护。水洒复泥封,移来色如故。家家习为俗,人人迷不悟。有一田舍翁,偶来买花处。低头独长叹,此叹无人喻。一丛深色花,十户中人赋。(**《秦中吟·买花》**)

如:

> 卖炭翁,伐薪烧炭南山中。满面尘灰烟火色,两鬓苍苍十指黑。卖炭得钱何所营,身上衣裳口中食。可怜身上衣正单,心忧炭贱愿天寒。夜来城上一尺雪,晓驾炭车辗冰辙。牛困人饥日已高,市南门外泥中歇。翩翩两骑来是谁,黄衣使者白衫儿。手把文书口称敕,回车叱牛牵向北。一车炭重千余斤,官使驱将惜不得。半匹红绡一丈绫,系向牛头充炭直。(**《新乐府·卖炭翁》**)

像这类不将批评主意明点出来的,约居全部十分之一,其余都把自对于这件事情的意见说出。他的《新乐府自序》说:

> ……首句标其目，卒章显其志，《三百篇》之意也。其辞质而
> 径，欲见之者易喻也；其言直而切，欲闻之者深诫也；其事覈而实，
> 使采之者传信也。……

他并不是为诗而作诗，他替那些穷苦的人们提起公诉，他向那些作恶的人们宣说福音，所以他不采那种藏锋含蓄的态度，将主观的话也写出来。但是以作风论，我们还认他是写实派，因为他对于客观写得极忠实极详尽。

写实派固然注重在写人事的实况，但也要写环境的实况，因为环境能把人事烘托出来。写环境实况的模范作品，如鲍明远《芜城赋》中一段：

> 泽葵依井，荒葛罥涂。坛罗虺蜮，阶斗麏鼯。木魅山鬼，野鼠
> 城狐。风嗥雨啸，昏见晨趋。饥鹰厉吻，寒鸱吓雏。伏虣藏虎，乳
> 血餐肤。崩榛塞路，峥嵘古馗。白杨早落，塞草前衰。棱棱霜气，
> 蔌蔌风威。孤蓬自振，惊沙坐飞。灌莽杳而无际，丛薄纷其相依。
> 通池既已夷，峻隅又已颓。直视千里外，唯见起黄埃。凝思寂听，
> 心伤已摧。

所写全是客观现象，然而读起来自然会令情感涌出，妙处全在铺叙得淋漓透彻。学写实派的不可不知。

屈 原 研 究

屈原研究

十一年十一月三日为东南大学文哲学会讲演

一

中国文学家的老祖宗，必推屈原。从前并不是没有文学，但没有文学的专家。如《三百篇》及其他古籍所传诗歌之类，好的固不少，但大半不得作者主名，而且篇幅也很短。我们读这类作品，顶多不过可以看出时代背景或时代思潮的一部分。欲求表现个性的作品，头一位就要研究屈原。

屈原的历史，在《史记》里头有一篇很长的列传，算是我们研究史料的人可欣慰的事。可惜议论太多，事实仍少。我们最抱歉的，是不能知道屈原生卒年岁和他所享年寿。据传文大略推算他该是公元前三三八至二八八年间的人，年寿最短亦应在五十上下，和孟子、庄子、赵武灵王、张仪等人同时。他是楚国贵族，贵族中最盛者昭、屈、景三家，他便是三家中之一。他曾做过"三闾大夫"，据王逸说："三闾之职，掌王族三姓，曰昭、屈、景。屈原序其谱属，率其贤良，以厉国士。"然则他是当时贵族总管了。他曾经得楚怀王的信用，官至"左徒"。据本传说："入则与王图议国事以出号令，出则接遇宾客，应对诸侯。王甚任之。"可见他在政治上曾占很重要的位置。其后被上官大夫所谗,怀王疏了他。怀王在位三十年(公元前三二八至二九七),屈原做左徒,不知是那年的事,但最迟亦在怀王十六年(前三一二)以前,因为那年怀王受了秦相张仪所骗,已经是屈原见疏之后了。假定屈原做左徒在怀王十年前后,那时他的年纪最少亦应二十岁以上,所以他的生年,不能晚于公元前三三八年。屈原在位的时候,楚国正极强盛。屈原的政策,大概是主张联合六国共摈强秦,保持均势。所以虽见疏之后,还做过齐国公使。可惜怀王太没有主意,时而摈秦,时而联秦,任凭纵横家摆弄,卒至"兵挫地削,亡其六郡,身客死于秦,为天下笑"(本传文)。怀王死了不到六十年,楚国便亡了。屈原当怀王十六年以后,政治生涯像已经完全断绝。其后十四年间,大概仍居住郢都(武昌)一带。因为怀王三十年将入秦之时,屈原还力谏,可见他和怀王的关系,仍是藕断丝连了。怀王死后,顷襄王立(前二九八),屈原的反对党,越发得志,便把他放逐到湖南地方去,后来竟闹到投水自杀。

屈原什么时候死呢?据《卜居》篇说:"屈原既放,三年不得复见。"《哀郢》篇说:"忽若不信兮,至今九年而不复。"

假定认这两篇为顷襄王时作品,则屈原最少当公元前二八八年仍然生存。他脱离政治生活专做文学生活,大概有二十来年的日月。

屈原所走过的地方有多少呢?他著作中所见的地名如下:

> 令沅湘兮无波,使江水兮安流。
>
> 遭吾道兮洞庭。
>
> 望涔阳兮极浦。
>
> 遗余佩兮澧浦。(《湘君》)
>
> 洞庭波兮木叶下。
>
> 沅有芷兮澧有兰。

遗余褋兮澧浦。(《湘夫人》)

哀南夷之莫吾知兮,旦余济乎江湘。

乘鄂渚而反顾兮。

邸余车兮方林。

乘舲船余上沅兮。

朝发枉陼兮夕宿辰阳。

入溆浦余儃佪兮,迷不知吾之所如。深林杳以冥冥兮,乃猿狖之所居。……山峻高以蔽日兮,下幽晦以多雨。霰雪纷其无垠兮,云霏霏而承宇。(《涉江》)

发郢都而去闾兮。

过夏首而西浮兮,顾龙门而不见。

背夏浦而西思兮。

惟郢路之辽远兮,江与夏之不可涉。(《哀郢》)

长濑湍流溯江潭兮,狂顾南行聊以娱心兮。

低佪夷犹,宿北姑兮。(《抽思》)

浩浩沅湘,纷流汩兮。(《怀沙》)

遵江夏以娱忧。(《思美人》)

指炎神而直驰兮,吾将往乎南疑。(《远游》)

路贯庐江兮左长薄。(《招魂》)

内中说郢都、说江夏,是他原住的地方。洞庭、湘水,自然是放逐后常来往的。都不必多考据。最当注意者,《招魂》说的:"路贯庐江兮左长薄。"像江西庐山一带,也曾到过。但《招魂》完全是浪漫的文学,不敢便认为事实。《涉江》一篇,含有纪行的意味,内中说:"乘舲船余上沅",说:"朝发枉陼夕宿辰阳。"可见他曾一直溯著沅水上游,到过辰州等处。他说的"峻高"、"蔽日"、"霰雪"、"无垠"的山,大概是衡岳最高处了。他

屈原研究

的作品中,像"幽独处乎山中","山中人兮芳杜若"这一类话很多,我想他独自一人在衡山上过活了好些日子。他的文学,谅来就在这个时代大成的。

最奇怪的一件事,屈原家庭状况如何,在本传和他的作品中,连影子也看不出。《离骚》有"女嬃之婵媛兮,申申其詈余"两语,王逸注说:"女嬃,屈原姊也。"这话是否对,仍不敢说。就算是真,我们也仅能知道他有一位姊姊。其余兄弟妻子之有无,一概不知。就作品上看来,最少他放逐到湖南以后过的都是独身生活。

二

我们把屈原的身世大略明白了,第二步要研究那时候为什么会发生这种伟大的文学?为什么不发生于别国而独发生于楚国?何以屈原能占这首创的地位?第一个问题,可以比较的简单解答。因为当时文化正涨到最高潮,哲学勃兴,文学也该为平行线的发展。内中如《庄子》《孟子》及《战国策》中所载各人言论,都很合著文学趣味。所以优美的文学出现,在时势为可能的。第二、第三两个问题,关系较为复杂。依我的观察,我们这华夏民族,每经一次同化作用之后,文学界必放异彩。楚国当春秋初年,纯是一种蛮夷。春秋中叶以后,才渐渐的同化为"诸夏"。屈原生在同化完成后约二百五十年,那时候的楚国人,可以说是中华民族里头刚刚长成的新分子,好像社会中才成年的新青年。从前楚国人,本来是最信巫鬼的民族,很含些神秘意识和虚无理想,像小孩子喜欢幻构的童话。到了与中原旧民族之现实的伦理的文化相接触,自然会发生出新东西来。这种新东西之体现者,便是文学。楚国在当时文化史上之地位既已如此,至于屈原呢,他是一位贵族,对于当时新输入之中原文化,自然是充分领会。他又曾经出使齐国,那时正当"稷下先生"数万人日日高谈宇宙原理的时候,他受的影响,当然不少。他又是有怪脾气的人,常常和社会反抗,后来放到南荒,在那种变化诡异的山水里头,过他的幽独生活。特别的自然界和特别的精神作用相击发,自然会产生特别的文学了。

屈原有多少作品呢?《汉书·艺文志·诗赋略》云:"屈原赋二十五篇。"据王逸《楚辞章句》所列则《离骚》一篇,《九歌》十一篇,《天问》一篇,《九章》九篇,《远游》一篇,《卜居》一篇,《渔父》一篇。尚有《大招》一篇,注云:"屈原,或言景差。"然细读《大招》,明是摹仿《招魂》之作,其非出屈原手,像不必多辩。但别有一问题颇费研究者,《史记·屈原列传》赞云:"余读《离骚》《天问》《招魂》《哀郢》,悲其志。"是太史公明明认《招魂》为屈原作,然而王逸说是宋玉作。逸,后汉人,有何凭据,竟敢改易前说? 大概他以为添上这一篇,便成二十六篇,与《艺文志》数目不符。他又想这一篇标题,像是屈原死后别人招他的魂,所以硬把他送给宋玉。依我看,《招魂》的理想及文体,和宋玉其他作品很有不同处,应该从太史公之说,归还屈原。然则《艺文志》数目不对吗? 又不然。《九歌》末一篇《礼魂》,只有五句,实不成篇。《九歌》本侑神之曲,十篇各侑一神,《礼魂》五句,当是每篇末后所公用。后人传钞贪省,便不逐篇写录,总摆在后头作结。王逸闹不清楚,把他也算成一篇,便不得不把《招魂》挤出了。我所想象若不错,则屈原赋之篇目应如下:

《离骚》一篇

《天问》一篇

《九歌》十篇　《东皇太一》《云中君》《湘君》《湘夫人》《大司命》《少司命》《东君》《河伯》《山鬼》《国殇》

《九章》九篇　《惜诵》《涉江》《哀郢》《抽思》《思美人》《惜往日》《橘颂》《悲回风》《怀沙》

《远游》一篇

屈原研究

《招魂》一篇

《卜居》一篇

《渔父》一篇

今将这二十五篇的性质，大略说明。

（一）《离骚》

据本传，这篇为屈原见疏以后、使齐以前所作，当是他最初的作品。起首从家世叙起，好像一篇自传。篇中把他的思想和品格，大概都传出，可算得全部作品的缩影。

（二）《天问》

王逸说："屈原……见楚先王之庙及公卿祠堂图画天地山川神灵琦玮谲诡，及古贤圣怪物行事……因书其壁，呵而问之。"我想这篇或是未放逐以前所作，因为"先王庙"不应在偏远之地。这篇体裁，纯是对于相传的神话发种种疑问。前半篇关于宇宙开辟的神话所起疑问，后半篇关于历史神话所起疑问。对于万有的现象和理法怀疑烦闷，是屈原文学思想出发点。

（三）《九歌》

王逸说："沅湘之间，其俗信鬼而好祀，其祠必作乐鼓舞以乐诸神。屈原放逐，窜伏其域。……见其词鄙陋，因为作《九歌》之曲，上陈事神之敬，下以见己之冤。"这话大概不错。"九歌"是乐章旧名，不是九篇歌，所以屈原所作有十篇。这十篇含有多方面的趣味，是集中最"浪漫式"的作品。

（四）《九章》

这九篇并非一时所作，大约《惜诵》《思美人》两篇，似是放逐以前作，《哀郢》是初放逐时作，《涉江》是南迁极远时作，《怀沙》是临终作。其余各篇，不可深考。这九篇把作者思想的内容分别表现，是《离骚》的放大。

（五）《远游》

王逸说："屈原履方直之行，不容于世……章皇山泽，无所告诉。乃深惟元一，修执恬漠，思欲济世，则意中愤然，文采秀发，遂叙妙思，托配仙人，与俱游戏，周历天地，无所不到。然犹怀念楚国，思慕旧故。"我说，《远游》一篇，是屈原宇宙观、人生观的全部表现，是当时南方哲学思想之现于文学者。

（六）《招魂》

这篇的考证。前文已经说过。这篇和《远游》的思想，表面上像恰恰相反，其实仍是一贯。这篇讲上下四方，没有一处是安乐土，那么，回头还求现世物质的快乐怎么样呢？好吗？他的思想，正和葛得的《浮士特》Goethe:Faust 剧上本一样。《远游》便是那剧的下本。总之这篇是写怀疑的思想历程最恼闷、最苦痛处。

（七）《卜居》及《渔夫》

《卜居》是说两种矛盾的人生观。《渔父》是表自己意志的抉择，意味甚为明显。

三

研究屈原，应该拿他的自杀做出发点。屈原为什么自杀呢？我说，他是一位有洁癖的人为情而死。他是极诚专虑的爱恋一个人，定要和他结婚。但他却悬著一种理想的条件，必要在这条件之下，才肯委身相事。然而他的恋人老不理会他，不理会他，他便放手，不完结吗？不！不！他决然不肯。他对于他的恋人，又爱又憎，越憎越爱，两种矛盾性日日交战，结果拿自己生命去殉那"单相思"的爱情。他的恋人是谁？是那时候的社会。

屈原脑中，含有两种矛盾原素。一种是极高寒的理想，一种是极热烈的感情。《九歌》中《山鬼》一篇，是他用象征笔法描写自己人格，其文如下：

> 若有人兮山之阿，被薜荔兮带女萝。
>
> 既含睇兮又宜笑，子慕予兮善窈窕。
>
> 乘赤豹兮从文狸。辛夷车兮结桂旗。被石兰兮带杜蘅，折芳馨兮遗所思。
>
> 余处幽篁兮终不见天，路险艰兮独后来。
>
> 表独立兮山之上，云容容兮而在下。杳冥冥兮羌昼晦，东风飘兮神灵雨。
>
> 留灵修兮憺忘归，岁既晏兮孰华予。
>
> 采三秀兮于山间，石磊磊兮葛蔓蔓。怨公子兮怅忘归，君思我兮不得闲。
>
> 山中人兮芳杜若，饮石泉兮荫松柏。君思我兮然疑作。
>
> 雷填填兮雨冥冥，猿啾啾兮狖夜鸣。风飒飒兮木萧萧，思公子兮徒离忧。

我常说，若有美术家要画屈原，把这篇所写那山鬼的精神抽显出来，便成绝作。他独立山上，云雾在脚底下，用石兰、杜若种种芳草庄严自己，真所谓"一生儿爱好是天然"，一点尘都染污他不得。然而他的"心中风雨"，没有一时停息，常常向下界"所思"的人寄他万斛情爱，那人爱他与否，他都不管。他总说"君是思我"，不过"不得闲"罢了，不过"然疑作"罢了。所以他十二时中的意绪，完全在"雷填填""雨冥冥""风飒飒""木萧萧"里头过去。

他在哲学上有很高超的见解，但他决不肯耽乐幻想，把现实的人生丢弃。他说：

惟天地之无穷兮，哀人生之长勤。往者余弗及兮，来者吾不闻。(《远游》)

他一面很达观天地的无穷，一面很悲悯人生的长勤。这两种念头，常常在脑里轮转。他自己理想的境界，仅够受用。他说：

道可受兮不可传，其小无内兮其大无垠。无滑而魂兮，彼将自然。壹气孔神兮，于中夜存。虚以待之兮，无为之先。庶类以成兮，此德之门。(《远游》)

这种见解，是道家很精微的所在。他所领略的，不让前辈的老聃和并时的庄周。他曾写那境界道：

经营四荒兮，周流六漠。上至列缺兮，降望大壑。下峥嵘而无地兮，上廖廓而无天。视倏忽而无见兮，听惝恍而无闻。超无为以至清兮，与泰初而为邻。(《远游》)

然则他常住这境界翛然自得，岂不好吗？然而不能。他说：

余固知謇謇之为患兮，忍而不能舍也。(《离骚》)

他对于现实社会，不是看不开，但是舍不得。他的感情极锐敏，别人感不著的苦痛，到他脑筋里，便同电击一般。他说：

微霜降而下沦兮，悼芳草之先零。……谁可与玩斯遗芳兮，晨向风而舒情。……(《远游》)

又说：

> 惜吾不及见古人兮，吾谁与玩此芳草。（《思美人》）

一朵好花落去，"干卿甚事"？但在那多情多血的人，心里便不知几多难受。屈原看不过人类社会的痛苦，所以他：

> 长太息以掩涕兮，哀民生之多艰。（《离骚》）

社会为什么如此痛苦呢？他以为由于人类道德堕落。所以说：

> 时缤纷其交易兮，又何可以淹留。兰芷变而不芳兮，荃蕙化而为茅。何昔日之芳草兮，今直为此萧艾也。……固时俗之从流兮，又孰能无变化。览椒兰其若此兮，又况揭车与江蓠。（《离骚》）

所以他在青年时代便下决心和恶社会奋斗，常怕悠悠忽忽把时光耽误了。他说：

> 汩余若将不及兮，恐年岁之不吾与。朝搴毗之木兰兮，夕揽洲之宿莽。日月忽其不淹兮，春与秋其代序。惟草木之零落兮，恐美人之迟暮。不抚壮而弃秽兮，何不改乎此度也。（《离骚》）

要和恶社会奋斗，头一件是要自拔于恶社会之外。屈原从小便矫然自异，就从他外面服饰上也可以见出。他说：

270

余幼好此奇服兮，年既老而不衰。带长铗之陆离兮，冠切云之崔巍。被明月兮珮宝璐。世溷浊而莫余知兮，吾方高驰而不顾。（《涉江》）

又说：

高余冠之岌岌兮，长余佩之陆离。芳与泽其杂糅兮，惟昭质其犹未亏。（《离骚》）

庄子说："尹文作为华山之冠以自表。"当时思想家作些奇异的服饰，以表异于流俗，想是常有的。屈原从小便是这种气概。他既决心反抗社会，便拿性命和他相搏。他说：

民生各有所乐兮，余独好修以为常。虽体解吾犹未变兮，岂余心之可惩。（《离骚》）

又说：

既替余以蕙纕兮，又申之以揽茝。亦余心之所善兮，虽九死其犹未悔。（《离骚》）

又说：

与前世而皆然兮，吾又何怨乎今之人。余将董道而不豫兮，固将重昏而终身。（《涉江》）

他从发心之日起，便有绝大觉悟，知道这件事不是容易。他赌咒和恶社会奋斗到底，他果然能实践其言，始终未尝丝毫让步。但恶社会势力太大，他到了"最后一粒子弹"的时候，只好洁身自杀。我记得在罗马美术馆中曾看见一尊额尔达治武士石雕遗像，据说这人是额尔达治国几百万人中最后死的一个人，眼眶承泪，颊唇微笑，右手一剑自刺左臂。屈原沉汨罗，就是这种心事了。

四

> 余既滋兰之九畹兮，又树蕙之百亩。畦留夷以揭车兮，杂杜蘅与芳芷。冀枝叶之峻茂兮，愿俟时乎吾将刈。虽萎绝其亦何伤兮，哀众芳之芜秽。（《离骚》）

这是屈原追叙少年怀抱。他原定计划，是要多培植些同志出来，协力改革社会。到后来失败了，一个人失败有什么要紧？最可哀的是从前满心希望的人，看着堕落下去，所谓"众芳芜秽"，就是"昔日芳草，今为萧艾"。这是屈原最痛心的事。

他想改革社会，最初从政治入手，因为他本是贵族，与国家同休戚，又曾得怀王的信任，自然是可以有为。他所以"奔走先后"与闻国事，无非欲他的君王能够"及前王之踵武"。《离骚》无奈怀王太不是材料：

> 初既与余成言兮，后悔遁而有他。余既不难夫离别兮，伤灵修之数化。（《离骚》）
> 昔君与我诚言兮，曰黄昏以为期。羌中道而回畔兮，反既有此他志。（《抽思》）

他和怀王的关系，就像相爱的人已经定了婚约，忽然变卦。所以他说：

> 心不同兮媒劳，恩不甚兮轻绝。……交不忠兮怨长，期不信兮告余以不闲。（《湘君》）

他对于这一番经历，很是痛心，作品中常常感慨。内中最缠绵沉痛的一段是：

> 吾谊先君而后身兮，羌众人之所仇。专惟君而无他兮，又众兆之所仇。壹心而不豫兮，羌不可保也。疾亲君而无他兮，有招祸之道也。思君其莫我忠兮，忽忘身之贱贫。事君而不贰兮，迷不知宠之门。忠何罪以遇罚兮，亦非余心之所志。行不群以颠越兮，又众兆之所咍。……（《惜诵》）

他年少时志盛气锐，以为天下事可以凭我的心力立刻做成，不料才出头便遭大打击。他曾写自己心理的经过说道：

> 昔余梦登天兮，魂中道而无杭。吾使厉神占之兮，曰有志极而无旁。……
>
> 吾闻作忠以造怨兮，忽谓之过言。九折臂而成医兮，吾至今而知其信然。（《惜诵》）

他受了这一回教训，烦闷之极。但他的热血，常常保持沸度，再不肯冷下去。于是他发出极沈挚的悲音，说道：

> 闺中既已邃远兮，哲王又不寤。怀朕情而不发兮，余焉能忍与

此终古。(《离骚》)

以屈原的才气,倘肯稍为迁就社会一下,发展的余地正多。他未尝不盘算及此,他托为他姊姊劝他的话,说道:

女婴之婵媛兮,申申其詈余,曰:"鲧婞直以亡身兮,终然夭乎羽之野。汝何博謇而好修兮,纷独有此姱节?薋菉葹以盈室兮,判独离而不服。众不可户说兮,孰云察余之中情?世并举而好朋兮,夫何茕独而不余听?"……(《离骚》)

又托为渔父劝他的话,说道:

夫圣人者,不凝滞于物,而能与世推移。举世皆浊,何不淈其泥而扬其波?众人皆醉,何不餔其糟而歠其醨?(《渔父》)

他自己亦曾屡屡反劝自己,说道:

惩于羹者而吹齑兮,何不变此志也。欲释阶而登天兮,犹有曩之态也。(《惜诵》)

说是如此,他肯吗?不不!他断然排斥"迁就主义",他说:

刓方以为圜兮,常度未替。易初本迪兮,君子所鄙。……玄文处幽兮,矇瞍谓之不章。离娄微睇兮,瞽以为无明。……邑犬群吠兮,吠所怪也。非俊疑杰兮,固庸态也。(《怀沙》)

他认定真理正义,和流俗人不相容,受他们压迫,乃是当然的。自己最要紧是立定脚跟,寸步不移。他说:

> 嗟尔幼志,有以异兮。独立不迁,岂不可喜兮。深固难徙,廓其无求兮,苏世独立,横而不流兮。(《橘颂》)

他根据这"独立不迁"主义,来定自己的立场,所以说:

> 固时俗之工巧兮,偭规矩而改错。背绳墨以追曲兮,竞周容以为度。忳郁邑余侘傺兮,吾独穷困乎此时也。宁溘死以流亡兮,余不忍为此态也。鸷鸟之不群兮,自前世而固然。何方圆之能周兮,夫孰异道而相安。屈心而抑志兮,忍尤而攘诟。伏清白以死直兮,固前圣之所厚。(《离骚》)

易卜生最喜欢讲的一句话:All or nothing。(要整个,不然宁可什么也没有。)屈原正是这种见解。"异道相安",他认为和方圆相周一样,是绝对不可能的事。中国人爱讲调和,屈原不然,他只有极端。"我决定要打胜他们,打不胜我就死。"这是屈原人格的立脚点。他说也是如此说,做也是如此做。

五

不肯迁就,那么丢开罢,怎么样呢?这一点,正是屈原心中常常交战的题目。丢开有两种,一是丢开楚国,二是丢开现社会。丢开楚国的商榷,所谓:

思九州之博大兮，岂惟是其有女。……

何所独无芳草兮，尔何怀乎故宇？（《离骚》）

这种话就是后来贾谊吊屈原说的"历九州而相君兮，何必怀此都也？"屈原对这种商榷怎么呢？他以为举世溷浊，到处都是一样。他说：

溘吾游此春宫兮，折琼枝以继佩。及荣华之未落兮，相下女之可诒。

吾令丰隆乘云兮，求宓妃之所在。解佩纕以结言兮，吾令蹇修以为理。纷总总其离合兮，忽纬繣其难迁。……望瑶台之偃蹇兮，见有娀之佚女。吾令鸩为媒兮，鸩告余以不好。雄鸩之鸣逝兮，余犹恶其佻巧。……

及少康之未家兮，留有虞之二姚。理弱而媒拙兮，恐导言之不固。时溷浊而嫉贤兮，好蔽美而称恶。……（《离骚》）

这些话怎样解呢？对于这一位意中人，已经演了失恋的痛史了，再换别人，只怕也是一样。宓妃吗？纬繣难迁。有娀吗？不好，佻巧。二姚吗？导言不固。总结一句，就是旧戏本说的笑话："我想平儿，平儿老不想我。"怎么样他才会想我呢？除非我变个样子。然而我到底不肯，所以任凭你走遍天涯地角，终久找不着一个可意的人来结婚。于是他发出绝望的悲调，说：

忽反顾以流涕兮，哀高丘之无女。（《离骚》）

他理想的女人，简直没有。那么，他非在独身生活里头甘心终老不可了。

举世溷浊的感想,《招魂》上半篇表示得最明白,所谓:

> 魂兮归来,东方不可以托些。……魂兮归来,南方不可以止些。……魂兮归来,西方之害流沙千里些。……魂兮归来,北方不可以止些。……魂兮归来,君无上天些。……魂兮归来,君无下此幽都些。……

似此"上下四方多贼奸",有那一处可以说是比"故宇"强些呢? 所以丢开楚国,全是不彻底的理论,不能成立。

丢开现社会,确是彻底的办法。屈原同时的庄周,就是这样。屈原也常常打这个主意,他说:

> 悲时俗之迫厄兮,愿轻举以远游。(《远游》)

他被现社会迫厄不过,常常要和他脱离关系宣告独立,而且实际上他的神识,亦往往靠这一条路得些安慰。他作品中表现这种理想者最多,如:

> 驾青虬兮骖白螭,吾与重华游兮瑶之圃。登昆仑兮食玉英,与天地兮同寿,与日月兮同光。(《涉江》)
>
> "与女游兮九河,冲风起兮水扬波。乘水车兮荷盖,驾两龙兮骖螭。登昆仑兮四望,心飞扬兮浩荡。"(《河伯》)
>
> "春秋忽其不淹兮,奚久留此故居? 轩辕不可攀援兮,吾将从王乔而游戏。餐六气而饮沆瀣兮,漱正阳而含朝霞。保神明之清澄兮,精气入而粗秽除。顺凯风以从游兮,至南巢而一息。见王子而宿之兮,审壹气之和德。"(《远游》)

277

"穆眇眇之无垠兮,莽芒芒之无仪。声有隐而相感兮,物有纯而不可为。藐蔓蔓之不可量兮,缥绵绵之不可纤。……上高岩之峭岸兮,处雌蜺之标颠。据青冥而攄虹兮,遂倏忽而扪天。……"(《悲回风》)

"邅吾道夫昆仑兮,路修远以周流。扬云霓之暗霭兮,鸣玉鸾之啾啾。朝发轫于天津兮,夕余至乎西极。凤皇翼其承旗兮,高翱翔之翼翼。忽吾行此流沙兮,遵赤水而容与。麾蛟龙使梁津兮,诏西皇使涉余。……屯余车其千乘兮,齐玉轪而并驰。驾八龙之婉婉兮,载云旗之委蛇。抑志而弭节兮,神高驰之邈邈。奏《九歌》而舞《韶》兮,聊假日以娱乐。"(《离骚》)

诸如此类,所写都是超现实的境界,都是从宗教的或哲学的想象力构造出来。倘使屈原肯往这方面专做他的精神生活,他的日子原可以过得很舒服。然而不能,他在《远游》篇正在说:"绝氛埃而淑尤兮,终不反其故都。"底下忽然接着道:

恐天时之代序兮,耀灵晔而西征。微霜降而下沦兮,悼芳草之先零。

他在《离骚》篇正在说:"假日娱乐。"底下忽然接着道:

陟升皇之赫戏兮,忽临睨夫旧乡。仆夫悲余马怀兮,蜷局顾而不行。

乃至如《招魂》篇把物质上娱乐敷陈了一大堆,煞尾却说道:

皋兰被径兮斯路渐，湛湛江水兮上有枫。目极千里兮伤春心，魂兮归来哀江南。

屈原是情感的化身，他对于社会的同情心，常常到沸度，看见众生苦痛，便和身受一般。这种感觉，任凭用多大力量的麻药也麻他不下，正所谓"此情无计可消除，才下眉头，却上心头"。说丢开吗？如何能够呢？他自己说：

登高吾不说兮，入下吾不能。（《思美人》）

这两句真是把自己心的状态，全盘揭出。超现实的生活不愿做，一般人的凡下现实生活又做不来，他的路于是乎穷了。

六

对于社会的同情心既如此其富，同情心刺戟最烈者，当然是祖国。所以放逐不归，是他最难过的一件事。他写初去国时的情绪道：

发郢都而去闾兮，怊荒忽之焉极。楫齐扬以容与兮，哀见君而不再得。望长楸而太息兮，涕淫淫其若霰。过夏首而西浮兮，顾龙门而不见。……将运舟而下浮兮，上洞庭而下江。去终古之所居兮，今逍遥而来东。羌灵魂之欲归兮，何须臾而忘返。背夏浦而西思兮，哀故都之日远。（《哀郢》）

望孟夏之短夜兮，何晦明之若岁。惟郢路之辽辽兮，魂一夕而九逝。曾不知路之曲直兮，南指月与列星。愿径逝而不得兮，魂识路之营营。（《抽思》）

内中最沉痛的是：

> 曼余目以流观兮，冀一反之何时。鸟飞返故居兮，狐死必首丘。信非余罪而放逐兮，何日夜而忘之！（《哀郢》）

这等作品，真所谓"一声河满子，双泪落君前"。任凭是铁石人，读了怕都不能不感动哩！

他在湖南过的生活，《涉江》篇中描写一部分如下：

> 乘舲船余上沅兮，齐吴榜以击汰。船容与而不进兮，淹回水而凝滞。朝发枉陼兮，夕宿辰阳。苟余心其端直兮，虽僻远之何伤。入溆浦余儃徊兮，迷不知吾所如。深林杳以冥冥兮，乃猿狖之所居。山峻高以蔽日兮，下幽晦以多雨。霰雪纷其无垠兮，云霏霏而承宇。哀吾生之无乐兮，幽独处乎山中。吾不能变心而从俗兮，固将愁苦而终穷。

大概他在这种阴惨岑寂的自然界中过那非社会的生活，经了许多年，像他这富于社会性的人，如何能受？他在那里

> 退静默而莫余知兮，进号呼又莫吾闻。（《惜诵》）

他和恶社会这场血战，真已到矢尽援绝的地步。肯降服吗？到底不肯。他把他的洁癖坚持到底，说道：

> 安能以身之察察，受物之汶汶者乎？宁赴湘流，葬于江鱼腹中。又安能以皓皓之白，而蒙世俗之尘埃乎？（《渔父》）

他是有精神生活的人,看着这臭皮囊,原不算什么一回事。他最后觉悟到他可以死而且不能不死,他便从容死去。临死时的绝作说道:

> 人生有命兮,各有所错兮。定心广志,余何畏惧兮?曾伤爰哀,永叹喟兮。世溷不吾知,人心不可谓兮。知死不可让兮,愿勿爱兮。明告君子,吾将以为类兮。(《怀沙》)

西方的道德论,说凡自杀皆怯懦。依我们看,犯罪的自杀是怯懦,义务的自杀是光荣。匹夫匹妇自经沟渎的行为,我们诚然不必推奖他;至于"志士不忘在沟壑,勇士不忘丧其元",这有什么见不得人之处?屈原说的"定心广志何畏惧","知死不可让愿勿爱",这是怯懦的人所能做到吗?

《九歌》中有赞美战死的武士一篇,说道:

> ……出不入兮往不反,平原忽兮路迢远。带长剑兮挟秦弓,首虽离兮心不惩。诚既勇兮又以武,终刚强兮不可陵。身既死兮神以灵,子魂魄兮为鬼雄。(《国殇》)

这虽属侑神之词,实亦写他自己的魄力和身分。我们这位文学老祖宗留下二十多篇名著,给我们民族偌大一份遗产,他的责任算完全尽了。末后加上这汨罗一跳,把他的作品添出几倍权威,成就万劫不磨的生命,永远和我们相摩相荡。呵呵!"诚既勇兮又以武,终刚强兮不可陵。"呵呵!屈原不死!屈原惟自杀故,越发不死!

七

以上所讲,专从屈原作品里头体现出他的人格。我对于屈原的主要研究,算是结束了。最后对于他的文学技术,应该附论几句。

屈原以前的文学,我们看得着的只有《诗经》三百篇。《三百篇》好的作品,都是写实感。实感自然是文学主要的生命,但文学还有第二个生命,曰想象力。从想象力中活跳出实感来,才算极文学之能事。就这一点论,屈原在文学史的地位,不特前无古人,截到今日止,仍是后无来者。因为屈原以后的作品,在散文或小说里头,想象力比屈原优胜的或者还有,在韵文里头,我敢说还没有人比得上他。

他作品中最表现想象力者,莫如《天问》《招魂》《远游》三篇。《远游》的文句,前头多已征引,今不再说。《天问》纯是神话文学,把宇宙万有,都赋予他一种神秘性,活像希腊人思想。《招魂》前半篇说了无数半神半人的奇情异俗,令人目摇魄荡;后半篇说人世间的快乐,也是一件一件的从他脑子里幻构出来。至如《离骚》,什么灵氛、什么巫咸、什么丰隆、望舒、蹇修、飞廉、雷师,这些鬼神,都拉来对面谈话,或指派差事;什么宓妃、什么有娀佚女、什么有虞二姚,都和他商量爱情;凤皇、鸩、鸠、鸩鸟,都听他使唤,或者和他答话;虬、龙、虹霓、鸾,或是替他拉车,或是替他打伞,或是替他搭桥;兰、茞、桂、椒、芰荷、芙蓉……无数芳草,都做了他的服饰;昆仑、县圃、咸池、扶桑、苍梧、崦嵫、阊阖、阆风、穷石、洧盘、天津、赤水、不周……种种地名或建筑物,都是他脑海里头的国土。又如《九歌》十篇,每篇写一神,便把这神的身分和意识都写出来。想象力丰富瑰伟到这样,何止中国,在世界文学作品中,除了但丁《神曲》外,恐怕还没有几家够得上比较哩!

班固说:"不歌而诵谓之赋。"从前的诗,谅来都是可以歌的。不歌的诗,自"屈原赋"始。几千字一篇的韵文,在体格上已经是空前创作,那波澜壮阔,层叠排奡,完全表出他气魄之伟大。有许多话讲了又讲,正见得缠绵悱恻,一往情深。有这种技术,才配说"感情的权化"。

写客观的意境,便活给他一个生命,这是屈原绝大本领。这类作

品,《九歌》中最多,如:

> 君不行兮夷犹,蹇谁留兮中洲？美要眇兮宜修,沛吾乘兮桂舟。令沅湘兮无波,使江水兮安流。(《湘君》)
>
> 帝子降兮北渚,目眇眇兮愁予。袅袅兮秋风,洞庭波兮木叶下。……沅有芷兮澧有兰,思公子兮未敢言。……(《湘夫人》)
>
> 秋兰兮麋芜,罗生兮堂下。绿叶兮素枝,芳菲菲兮袭予。……秋兰兮青青,绿叶兮紫茎。满堂兮美人,忽独与余兮目成。入不言兮出不辞,乘回风兮载云旗。悲莫悲兮生别离,乐莫乐兮新相知。荷衣兮蕙带,倏而来兮忽而逝。夕宿兮帝郊,君谁须兮云之际。……(《少司命》)
>
> 子交手兮东行,送美人兮南浦。波滔滔兮来迎,鱼鳞鳞兮媵予。(《河伯》)

这类作品,读起来,能令自然之美,和我们心灵相触逗。如此,才算是有生命的文学。太史公批评屈原道:

> 其文约,其辞微,其志洁,其行廉,其称文小而其指极大,举类迩而见义远。其志洁,故其称物芳。其行廉,故死而不容。自疏濯淖污泥之中,蝉蜕于浊秽,不获世之滋垢,皭然泥而不滓者也。推此志也,虽与日月争光可也。(《史记》本传)

虽未能尽见屈原,也算略窥一斑了。我就把这段作为全篇的结束。

陶　渊　明

自　序

　　欲治文学史,宜先刺取各时代代表之作者,察其时代背景与夫身世所经历,了解其特性及其思想之渊源及感受。吾夙有志于是,所从骛者众,病未能也。客冬养疴家居,诵陶集自娱,辄成论陶一篇,陶年谱一篇,陶集考证一篇。更有陶集私定本,以吾所推证者重次其年月,其诗之有史迹可稽者为之解题。但未敢自信。仅将彼三篇布之云尔。论屈原一篇久写成,中有欲改定者,且缓之。其覃及诸家,则视将来兴之所至何如也。

　　　　　　　　　　　　　　十二年四月一日,启超记。

陶渊明之文艺及其品格

批评文艺有两个着眼点，一是时代心理，二是作者个性。古代作家能够在作品中把他的个性活现出来的，屈原以后，我便数陶渊明。

汉朝的文学家——司马相如、扬雄、班固、张衡之类，大抵以作"赋"著名，最传诵的几篇赋，都带点子字书或类书的性质，很难在里头发现出什么性灵。五言诗和乐府，虽然在汉时已经发生，但那些好的作品，大半不能得作者主名。李陵、苏武倡和诗之靠不住，固不消说；《玉台新咏》里头所载枚乘、傅毅各篇，《文选》便不记撰人名氏，可见现存的汉诗什有九和《诗经》的《国风》一样，连撰人带时代都不甚分明。我们若贸贸然据后代选本所指派的人名，认定某首诗是某人所作，我觉得很危险。就令有几首可以证实，然而片鳞单爪，也不能推定作者面目。所以两汉四百年间文学界的个性作品，我虽不敢说是没有，但我也不敢说有那几家我们确实可以推论。

诗的家数应该从"建安七子"以后论起。七子中曹子建、王仲宣作品，比较的算最多。往后便数阮嗣宗、陆士衡、潘安仁、陶渊明、谢康乐、颜延年、鲍明远、谢玄晖等。这些人都有很丰富的资料供我们研究。但我以为，想研究出一位文学家的个性，却要他作品中含有下列两种条件：第一，要"不共"。怎样叫做不共呢？要他的作品完全脱离摹仿的套调，不是能和别人共有。就这一点论，像"建安七子"，就难看出各人个性。曹子植子建兄弟、王仲宣、阮元瑜彼此都差不多，（也许是我学力浅，看不出他们的分别。）我们读了只能看出"七子的诗风"，很难看出那一位的诗格。第二，要"真"。怎样才算真呢？要绝无一点矫揉雕饰，把作者的实感，赤裸裸地全盘表现。就这一点论，像潘、陆、鲍、谢，都太注重词藻了，总有点像涂脂抹粉的佳人，把真面目藏去几分。所以，我觉得唐以前的诗人，真能把他的个性整个端出来和我们相接触的，只有阮步兵和陶彭泽两个人，而陶尤为干脆鲜明。所以我最崇拜他，而且大着胆批评他。但我于批评之前尚须声明一句，这位先生身分太高了，原来用不着我们恭维，从前批评的人也很多，我所说的未必有多少能出古人以外，至于对不对更不敢自信了。

二

陶渊明生于东晋咸安二年壬申，卒于宋元嘉四年丁卯（公元三七二——四二七）。他的曾祖是历史上有名的陶侃，官至八州都督封长沙郡公，在东晋各位名臣里头，算是气魄最大品格最高的一个人。渊明《命子》诗颂扬他的功德，说道："功遂辞归，临宠不忒。孰谓斯心，而近可得。"陶侃有很烜赫的功名，这诗却专崇拜他"功遂辞归"这一点，可以见渊明少年志趣了（《命子》诗是少作）他祖父和父亲都做过太守，《命子》诗说他父亲"寄迹风云，冥兹愠喜"，想来也是一位胸襟很阔的人。他的外祖父孟嘉是陶侃女婿，——他的外祖母也即他的祖姑，渊明曾替孟嘉作传，说他："行不苟合，言无夸矜，未尝有喜愠之容。好酣饮，逾多不乱。至于任怀得意，融然远寄，傍若无人。"我们读这篇传，觉得孟嘉活是一个渊明小影。渊明父母两系都有这种遗传，可见他那高尚人格，是从先天得来了。——以上说的是陶渊明的家世。

东晋一代政治，常常有悍将构乱，跟着也有名将定乱。所以向来政象虽不甚佳，也还保持水平线以上的地位。到渊明时代却不同了，谢安、谢玄一辈名臣相继凋谢。渊明二十岁到三十岁这十年间，都是会稽王司马道子和他的儿子元显柄国，很像清末庆亲王奕劻和他儿子载振一般，招权纳贿，弄得政界混浊不堪，各地拥兵将帅，互争雄长。到渊明三十一岁时，桓玄把道子杀了，明年便篡位。跟着刘裕起兵讨灭桓玄，像有点中兴气象。中间平南燕、平姚秦，把百余年间五胡蹂躏的山河，总算恢复一大半转来。可惜刘裕做皇帝的心事太迫切，等不到完全成功，便引军南归，中原旋复陷没。渊明五十岁那年，刘裕篡晋为宋。过六年，渊明便死了。

渊明少年，母老家贫，想靠做官得点俸禄。当桓玄未篡位以前，曾做过刘牢之的参军，约摸三年，和刘裕是同僚。到刘裕讨灭桓玄之后，又曾做过刘敬宣的参军。又做过彭泽令，首尾仅一年多。从此便浩然归去，终身不仕。有名的《归去来辞》，便是那年所作，其时渊明不过三十四岁。萧统作《渊明传》谓："自以曾祖晋世宰辅，耻复屈身后代。自宋高祖王业渐隆，不复肯仕。"其实渊明只是看不过当日仕途的混浊，不屑与那些热官为伍，倒不在乎刘裕的王业隆与不隆。若说专对刘裕吗？渊明辞官那年，正是刘裕拨乱反正的第二年，何以见得他不能学陶侃之功遂辞归，便料定他二十年后会篡位呢？本集《感士不遇赋》的序文说道："自真风告逝，大伪斯兴。闾阎懈廉退之节，市朝驱易进之心。"当时士大夫浮华奔竞，廉耻扫地，是渊明最痛心的事。他纵然没有力量移风易俗，起码也不肯同流合污，把自己人格丧掉。这是渊明弃官最主要的动机，从他的诗文中到处都看得出来。若说所争在什么姓司马的、姓刘的，未免把他看小了。——以上说的是陶渊明的时代。

北襟江、东南吸鄱阳湖，有"以云为衣"，"万古青濛濛"的五老峰；有"海风吹不断，山月照还空"的香炉瀑布；到处溪声，像卖弄他的"广长舌"，无日无夜，几千年在那里说法；丹的、黄的、紫的、绿的……杂花，四

陶渊明之文艺及其品格

时不断，像各各抖擞精神替山客打扮；清脆美丽的小鸟儿，这里一群，那里一队，成天价合奏音乐，却看不见他们的歌舞剧场在何处。呵呵，这便是——一千多年来诗人讴歌的天国——庐山了。山麓的西南角——离归宗寺约摸二十多里，一路上都是"沟塍刻镂，原隰龙鳞，五谷垂颖，桑麻铺棻"。三里五里一个小村庄，那么庄家人老的少的、村的俏的，早出晚归做他的工作，像十分感觉人生的甜美。中间有一道温泉，泉边的草，像是有人天天梳剪他，葱蒨整齐得可爱。那便是栗里——便是南村了。再过十来里，便是柴桑口，是那"雄姿英发"的周郎谈笑破曹的策源地，也即绝代佳人陶渊明先生生长、钓游、永藏的地方了。我们国里头四川和江西两省，向来是产生大文学家的所在。陶渊明便是代表江西文学第一个人。——以上说的是陶渊明的乡土。

三国、两晋以来之思想界，因为两汉经生破碎支离的反动，加以时世丧乱的影响，发生所谓谈玄学风，要从《易经》《老》《庄》里头找出一种人生观。这种人生观有点奇怪，一面极端的悲观，一面从悲观里头找快乐，我替他起一个名叫做"厌世的乐天主义"。这种人生观被折到根柢到底有无好处，另是一个问题，但当时应用这种人生观的人，很给社会些不好影响。因为万事看破了，实际上仍找不出个安心立命所在，十有九便趋于颓废堕落一途。两晋社会风尚之坏，未始不由此。同时另外有一种思潮从外国输入的，便是佛教。佛教虽说汉末已经传到中国，但认真研究教理、组成系统，实自鸠摩罗什以后。罗什到中国，正当渊明辞官归田那一年（晋义熙元年，苻秦光始五年）。同时有一位大师慧远，在庐山的东林结社说法三十多年。东林与渊明住的栗里，相隔不过二十多里。渊明和慧远方外至交，常常来往。渊明本是儒家出身，律己甚严，从不肯有一毫苟且卑鄙放荡的举动，一面却又受了当时玄学和慧远一班佛教徒的影响，形成他自己独得的人生见解，在他文学作品中充分表现出来。——以上说的是陶渊明那时的时代思潮。

三

陶渊明之冲远高洁,尽人皆知,他的文学最大价值也在此。这一点容在下文详论。但我们想觑出渊明整个人格,我以为有三点应先行特别注意。

第一,须知他是一位极热烈极有豪气的人。他说:

> 忆我少壮时,无乐自欣豫。猛志逸四海,骞翮思远翥。
> (《杂诗》)

又说:

> 少时壮且厉,抚剑独行游。(《拟古》)

这些诗都是写自己少年心事。可见他本来意气飞扬,不可一世。中年以后,渐渐看得这恶社会没有他施展的余地了,他发出很感慨的悲音道:

> 日月掷人去,有志不获骋。感此怀悲凄,终晓不能静。
> (《杂诗》)

直到晚年,这点气概也并不衰减,在极闲适的诗境中,常常露出些奇情壮思来。如《读山海经》十三首里说道:

> 精卫衔微木,将以填沧海。刑天舞干戚,猛志固常在。(《读山

海经》)

又说:

> 夸父诞宏志,乃与日竞走。……余迹寄邓林,功竟在身后。
> (同上)

《读山海经》是集中最浪漫的作品,所以不知不觉把他的"潜在意识"冲动出来了。又如《拟古》九首里头的一首:

> 辞家夙严驾,当往至无终。问君今何行,非商复非戎。闻有田子泰,节义为士雄。其人久已死,乡里习其风。生有高世名,既没传无穷。不学狂驰子,直在百年中。

又如《咏荆轲》那首:

> 燕丹善养士,志在报强嬴。招集百夫良,岁暮得荆卿。君子死知己,提剑出燕京。素骥鸣广陌,慷慨送我行。雄发指危冠,猛气冲长缨。饮饯易水上,四座列群英。渐离击悲筑,宋意唱高声。萧萧哀风逝,淡淡寒波生。商音更流涕,羽奏壮士惊。心知去不归,且有后世名。登车何时顾,飞盖入秦庭。凌厉越万里,逶迤过千城。图穷事自至,豪主正怔营。惜哉剑术疏,奇功遂不成。其人虽已没,千载有余情。

他所崇拜的是田畴、荆轲一流人,可以见他的性格是那一种路数了。朱晦庵说:"陶却是有力,但诗健而意闲,隐者多是带性负气之人。"此语真能道著痒处。要之渊明是极热血的人,若把他看成冷面厌世一派,那便大错了。

第二,须知他是一位缠绵悱恻最多情的人。读集中《祭程氏妹文》《祭从弟敬远文》《与子俨等疏》,可以看出他家庭骨肉间的情爱热烈到什么地步。因为文长,这里不全引了。

他对于朋友的情爱,又真率,又秾挚。如《移居》篇写的:

> 春秋多佳日,登高赋新诗。过门更相呼,有酒斟酌之。农务各自归,闲暇辄相思。相思则披衣,言笑无厌时。……

一种亲厚甜美的情意,读起来真活现纸上。他那"闲暇辄相思"的情绪,有《停云》一首写得最好:

> 停云,思亲友也。罇湛新醪,园列初荣,愿言弗从,叹息弥襟。
> 霭霭停云,濛濛时雨。八表同昏,平路伊阻。静寄东轩,春醪独抚。良朋悠邈,搔首延伫。
> 停云霭霭,时雨濛濛。八表同昏,平陆成江。有酒有酒,闲饮东窗。愿言怀人,舟车靡从。
> 东园之树,枝条载荣。竞用新好,以招余情。人亦有言,日月于征。安得接席,说彼平生。
> 翩翩飞鸟,息我庭柯。敛翮闲止,好声相和。岂无他人,念子实多。愿言不获,抱恨如何。

这些诗真算得温柔敦厚,情深文明了。

集中送别之作不甚多,内中如《答庞参军》的结句:"情通万里外,形迹滞江山。君其爱体素,来会在何年。"只是很平淡的四句,读去觉得比

陶渊明之文艺及其品格

千尺的桃花潭水还情深哩!

集中写男女情爱的诗,一首也没有,因为他实在没有这种事实。但他却不是不能写,《闲情赋》里头:"愿在衣而为领……"底下一连叠十句"愿在……而为……"熨帖深刻,恐古今言情的艳句,也很少比得上。因为他心苗上本来有极温润的情绪,所以要说便说得出。

宋以后批评陶诗的人,最恭维他"耻事二姓",几乎首首都是惓念故君之作。这种论调,我们是最不赞成的。但以那么高节、那么多情的陶渊明,看不上那"欺人孤儿寡妇取天下"的新主,对于已覆灭的旧朝不胜眷恋,自然是情理内的事。依我看,《拟古》九首,确是易代后伤时感事之作。内中两首:

> 荣荣窗下兰,密密堂前柳。初与君别时,不谓行当久。出门万里客,中道逢嘉友。未言心相醉,不在接杯酒。兰枯柳亦衰,遂令此言负。多谢诸少年,相知不忠厚。意气倾人命,离隔复何有。

> 仲春遘时雨,始雷发东隅。众蛰各潜骇,草木从横舒。翩翩新来燕,双双入我庐。先巢故尚在,相将还旧居。自从分别来,门庭日荒芜。我心固匪石,君情定何如。

这些诗都是从深痛幽怨发出来,个个字带着泪痕,和《祭妹文》一样的情操。顾亭林批评他道:"淡然若忘于世,而感愤之怀,有时不能自止而微见其情者,真也。"这话真能道出渊明真际了。

第三,须知他是一位极严正,——道德责任心极重的人。他对于身心修养,常常用功,不肯放松自己。集中有《荣木》一篇,自序云:"荣木,念将老也。日月推迁,已复九夏,总角闻道,白首无成。"那诗分四章,末两章云:

梁启超古典文学论著

嗟予小子，禀兹固陋。徂年既流，业不增旧。志彼不舍，安此日富。我之怀矣，怛焉内疚。

先师遗训，余岂云坠。四十无闻，斯不足畏。脂我名车，策我名骥。千里虽遥，孰敢不至。

这首诗从词句上看来，当然是四十岁以后所作。又《饮酒》篇："少年罕人事，游好在六经。行行向不惑，淹留竟无成。"《杂诗》："前涂当几许，未知止泊处。古人惜寸阴，念此使人惧。"也是同一口吻。渊明得寿仅五十六岁，这些诗都是晚年作品。你看他进德的念头，何等恳切，何等勇猛！许多有暮气的少年，真该愧死了。

他虽生长在玄学、佛学氛围中，他一生得力处和用力处，却都在儒学。《饮酒》篇末章云：

羲农去我久，举世少复真。汲汲鲁中叟，弥缝使其淳。凤鸟虽不至，礼乐暂得新。洙泗辍微响，漂流逮狂秦。诗书复何罪，一朝成灰尘。区区诸老翁，为事诚殷勤。如何绝世下，六籍无一亲。终日驰车走，不见所问津。……

当时那些谈玄人物，满嘴里清静无为，满腔里声色货利。渊明对于这班人，最是痛心疾首，叫他们做"狂驰子"，说他们"终日驰车走，不见所问津"。简单说，就是可怜他们整天价说的话丝毫受用不着。他有一首诗，对于当时那种病态的思想表示怀疑态度，说道：

苍苍谷中树，冬夏常如兹。年年见霜雪，谁谓不知时。厌闻世上语，结友到临淄。稷下多谈士，指彼决吾疑。装束既有日，已与家人辞。行行停出门，还坐更自思。不畏道里长，但畏人我欺。万

一不合意,永为世笑嗤。伊怀难具道,为君作此诗。(《拟古》)

这首诗和屈原的《卜居》用意差不多,只是表明自己有自己的见解,不愿意随人转移。他又说:

行止千万端,谁知非与是。是非苟相形,雷同共誉毁。三季多此事,达者似不尔。咄咄俗中愚,且当从黄绮。(《饮酒》)

这是对于当时那些"借旷达出锋头"的人施行总弹劾。他们是非雷同,说的天花乱坠,在渊明眼中,只算是"俗中愚"罢了。渊明自己怎么样呢? 他只是平平实实将儒家话身体力行。他说:

先师有遗训,忧道不忧贫。瞻望邈难逮,转欲志长勤。(《癸卯岁始春怀古田舍》)

又说:

历览千载书,时时见遗烈。高操非所攀,谬得固穷节。(《癸卯岁十二月中作与从弟敬远》)

他一生品格立脚点,大略近于孟子所说"有所不为"、"不屑不洁"的狷者。到后来操养纯熟,便从这里头发现出人生真趣味来。若把他当作何晏、王衍那一派放达名士看待,又大错了。

以上三项,都是陶渊明全人格中潜伏的特性。先要看出这个,才知道他外表特性的来历。

四

渊明一世的生活,真算得最单调的了。老实说,他不过庐山底下一位赤贫的农民,耕田便是他唯一的事业。他这种生活,虽是从少年已定下志趣,但中间也还经过一两回波折。因为他实在穷得可怜,所以也曾转念头想做官混饭吃。但这种勾当,和他那"不屑不洁"的脾气,到底不能相容。他精神上很经过一番交战,结果觉得做官混饭吃的苦痛,比捱饿的苦痛还厉害,他才决然弃彼取此。有名的《归去来兮辞序》,便是这段事实和这番心理的自白。其全文如下:

> 余家贫,耕植不足以自给。幼稚盈室,瓶无储粟,生生所资,未见其术。亲故多劝余为长吏,脱然有怀,求之靡途。会有四方之事,诸侯以惠爱为德,家叔以余贫苦,遂见用于小邑。于时风波未静,心惮远役。彭泽去家百里,公田之利,足以为润,故便求之。少日,眷然有归与之情。何则?质性自然,非矫厉所得。饥冻虽切,违己交病。尝从人事,皆口腹自役,于是怅然慷慨,深愧平生之志。犹望一稔,当敛裳宵逝。寻程氏妹丧于武昌,情在骏奔,自免去职。仲秋至冬,在官八十余日。因事顺心,命篇曰'归去来兮'。乙巳岁十一月也。

这篇小文,虽极简单极平淡,却是渊明全人格最忠实的表现。苏东坡批评他道:"欲仕则仕,不以求之为嫌;欲隐则隐,不以去之为高。"这话对极了。古今名士,多半眼巴巴盯着富贵利禄,却扭扭捏捏说不愿意干。《论语》说的"舍曰欲之,而必为之辞"。这种丑态最为可厌。再者,丢了官不做,也不算什么稀奇的事,被那些名士自己标榜起来,说如何如何

陶渊明之文艺及其品格

的清高，实在适形其鄙。二千年来文学的价值，被这类人的鬼话糟塌尽了。渊明这篇文，把他求官、弃官的事实始末和动机赤裸裸照写出来，一毫掩饰也没有。这样的人，才是"真人"；这样的文艺，才是"真文艺"。后人硬要说他什么"忠爱"，什么"见几"，什么"有托而逃"，却把妙文变成"司空城旦书"了。

乙巳年之弃官归田，确是渊明全生涯中之一个大转捩。从前他的生活，还在漂摇不定中，到这会才算定了。但这个"定"字，实属不易，他是经过一番精神生活的大奋斗才换得来。他说："怅然慷慨，深愧平生之志。"《归去来辞》本文中又说："既自以心为形役，奚惆怅而独悲？"可见他当做官的时候，实感觉无限痛苦。他当头一回出佐军幕时做的诗，说道："望云惭高鸟，临水愧游鱼。"到晚年追述旧事的诗，也说道："畴昔苦长饥，投耒去学仕。将养不得节，冻馁固缠己。是时向立年，志意多所耻。遂尽介然分，拂衣归田里。"就常人眼光看来，做官也不是什么对不住人的事，有什么可惭可愧可耻可悲呀？呵呵，大文学家、真文学家和我们不同的就在这一点。他的神经极锐敏，别人不感觉的苦痛，他会感觉；他的情绪极热烈，别人受苦痛搁得住，他却搁不住。渊明在官场里混那几年，像一位"一生儿爱好是天然"的千金小姐，强逼着去倚门卖笑，那种惭耻悲痛，真是深刻入骨。一直到摆脱过后，才算得着精神上解放了。所以他说："觉今是而昨非。"

何以见得他的生活是从奋斗得来呢？因为他物质上的境遇，真是难堪到十二分，他却能始终抵抗，没有一毫退屈。他集中屡屡实写饥寒状况，如《杂诗》云：

> 代耕本所望，所业在田桑。躬亲未曾替，寒馁常糟糠。岂期过满腹，但愿饱粳粮。御冬足大布，粗绤以应阳。政尔不能得，哀哉亦可伤。……

《有会而作》篇的序文云：

> 旧谷既没，新谷未登，颇为老农，而值年灾，日月尚悠，为患未已。登岁之功，既不可希，朝夕所资，烟火裁通。旬日已来，始念饥乏。岁云夕矣，慨然永怀。今我不述，后生何闻哉！

诗云：

> 弱年逢家乏，老至更长饥。……馁也已矣夫，在昔余多师。

《怨诗楚调》篇云：

> ……炎火屡焚如，螟蜮恣中田。风雨纵横至，收敛不盈廛。夏日长抱饥，寒夜无被眠。造夕思鸡鸣，及晨愿乌迁。（按：此二语，言夜则愿速及旦，旦则愿速及夜。皆极写日子之难过。）……

寻常诗人，叹老嗟卑，无病呻吟，许多自己发牢骚的话，大半言过其实，我们是不敢轻信的。但对于陶渊明不能不信，因为他是一位最真的人，我们从他全部作品中可以保证。他真是穷到彻骨，常常没有饭吃。那《乞食》篇说的：

> 饥来驱我去，不知竟何之。行行至斯里，叩门拙言辞。主人知余意，投赠副虚期。谈谐终日夕，觞至辄倾卮。情欣新知欢，兴言遂赋诗。感子漂母惠，愧我非韩才。衔戢知何谢，冥报以相贻。

乞食乞得一顿饭，感激到他"冥报相贻"的话。你想这种情况，可怜到什么程度！但他的饭肯胡乱吃吗？哼哼，他决不肯。本传记他一段故事道："江州刺史檀道济往候之，偃卧瘠馁有日矣。道济谓曰：'贤者处世，天下无道则隐，有道则至。今子生文明之世，奈何自苦如此？'对曰：'潜也何敢望贤，志不及也。'道济馈以粱肉，麾而去之。"他并不是好出圭角的人，待人也很和易，但他对于不愿意见的人、不愿意做的事，宁可饿死，也不肯丝毫迁就。孔子说的"志士不忘在沟壑"，他一生做人的立脚，全在这一点。《饮酒》篇中一章云：

> 清晨闻叩门，倒裳往自开。问子为谁欤，田父有好怀。壶浆远见候，疑我与时乖。"褴缕茅檐下，未足为高栖。一世皆尚同，愿君汩其泥。"深感父老言，禀气寡所谐。纡辔诚可学，违己讵非迷。且共欢此饮，吾驾不可回。

这些话和屈原的《卜居》《渔父》一样心事，不过屈原的骨鲠显在外面，他却藏在里头罢了。

五

檀道济说他："奈何自苦如此？"他到底苦不苦呢？他不惟不苦，而且可以说是世界上最快乐的一个人。他最能领略自然之美，最能感觉人生的妙味，在他的作品中，随处可以看得出来。如《读山海经》十三首的第一首：

> 孟夏草木长，绕屋树扶疏。众鸟欣有托，吾亦爱吾庐。既耕亦已种，时还读我书。门巷隔深辙，颇回故人车。欢然酌春酒，摘我园中蔬。微雨从东来，好风与之俱。泛览周王传，流观山海图。俯

仰终宇宙，不乐复何如。

如《和郭主簿》二首的第一首：

蔼蔼堂前林，中夏贮清阴。凯风因时来，回飙开我襟。息交游闲业，卧起弄书琴。园蔬有余滋，旧谷犹储今。营己良有极，过足非所钦。春秫作美酒，酒熟吾自斟。弱子戏我侧，学语未成音。此事真复乐，聊用忘华簪。遥遥望白云，怀古一何深。

如《饮酒》二十首的第五首：

结庐在人境，而无车马喧。问君何能尔，心远地自偏。采菊东篱下，悠然见南山。山气日夕佳，飞鸟相与还。此中有真意，欲辩已忘言。

如《移居》二首：

昔欲居南村，非为卜其宅。闻多素心人，乐与数晨夕。怀此颇有年，今日从兹役。敝庐何必广，取足蔽床席。邻曲时时来，抗言谈在昔。奇文共欣赏，疑义相与析。

春秋多佳日，登高赋新诗。过门更相呼，有酒斟酌之。农务各自归，闲暇辄相思。相思则披衣，言笑无厌时。此理将不胜，无为忽去兹。衣食须当纪，力耕不吾欺。

如《饮酒》的第十三首：

故人赏我趣，挈壶相与至。班荆坐松下，数斟已复醉。父老杂乱言，觞酌失行次。不觉知有我，安知物为贵。悠悠迷所留，酒中有深味。

集中像这类的诗很多，虽写穷愁，也含有翛然自得的气象。他临终时给他儿子们的遗嘱——《与子严等疏》内中有一段写自己的心境，说道：

少学琴书，偶爱闲静。开卷有得，便欣然忘食。见树木交荫，时鸟变声，亦复欢然有喜。常言五六月中北窗下卧，遇凉风暂至，自谓是羲皇上人。

读这些作品，便可以见出此老胸中，没有一时不是活泼泼地。自然界是他爱恋的伴侣，常常对着他微笑。他无论肉体上有多大苦痛，这位伴侣都能给他安慰。因为他抓定了这位伴侣，所以在他周围的人事，也都变成微笑了。他说："即事多所欣。"据我们想来，他终日所接触的，果然全是可欣的资料。因为这样，所以什么饥咧、寒咧，在他全部生活上，便成了很小的问题。《拟古》九首的第五首云：

东方有一士，被服常不完。三旬九遇食，十年着一冠。辛苦无此比，常有好容颜。我欲观其人，晨去越河关。青松夹路生，白云宿篱端。知我故来意，取琴为我弹。上弦惊别鹤，下弦操孤鸾。愿留就君住，从今到岁寒。

"辛苦无此比，常有好容颜"这两句话，可算得他老先生自画"行乐图"。我们可以想象出一位冷若冰霜、艳如桃李的绝代佳人。你说他像当时

梁启超古典文学论著

那一派"放浪形骸之外"的名士吗？那却是大大不然。他的快乐不是从安逸得来，完全从勤劳得来。

《庚戌岁九月中于西田获早稻》篇云：

> 人生归有道，衣食固其端。孰是都不营，而以求自安。开春理常业，岁功聊可观。晨出肆微勤，日夕负未还。山中饶霜露，风气亦先寒。田家岂不苦，不获辞此难。四体诚乃疲，庶无异患干。盥濯息檐下，斗酒散襟颜。遥遥沮溺心，千载乃相关。但愿长如此，躬耕非所叹。

近人提倡"劳作神圣"，像陶渊明才配说懂得劳作神圣的真意哩。"四体诚乃疲，庶无异患干"两句话，真可为最合理的生活之准鹄。曾文正说："勤劳而后休息，一乐也。"渊明一生快乐，都是从勤劳后的休息得来。

渊明是"农村美"的化身，所以他写农村生活，真是入妙。如：

> ……方宅十余亩，草屋八九间。榆柳荫后园，桃李罗堂前。暖暖远人村，依依墟里烟。狗吠深巷中，鸡鸣桑树颠。……（《归田园居》）
>
> 野外罕人事，穷巷寡轮鞅。白日掩荆扉，虚室绝尘想。时复墟曲中，披草共来往。相见无杂言，但道桑麻长。……（同上）
>
> ……漉我新熟酒，只鸡招近局。日入室中暗，荆薪代明烛。欢来苦夕短，已复至天旭。（同上）
>
> ……秉耒欢时务，解颜劝农人。平畴交远风，良苗亦怀新。……（《怀古田舍》）
>
> ……饥者欢初饱，束带候鸣鸡。扬楫越平湖，泛随清壑回。郁

郁荒山里，猿声闲且哀。悲风爱静夜，林鸟喜晨开。……（《下溪田舍获稻》）

后来诗家描写田舍生活的也不少，但多半像乡下人说城市事，总说不到真际。生活总要实践的才算，养尊处优的士大夫，说什么田家风味，配吗？渊明只把他的实历实感写出来，便成为最亲切有味之文。

渊明有他理想的社会组织，在《桃花源记》和《诗》里头表现出来。记云：

> 晋太元中，武陵人捕鱼为业。缘溪行，忘路之远近。忽逢桃花林，夹岸数百步，中无杂树，芳草鲜美，落英缤纷。渔人甚异之，复前行，欲穷其林。林尽水源，便得一山，山有小口，仿佛若有光。便舍船从口入，初极狭，才通人，复行数十步，豁然开朗。土地平旷，屋舍俨然，有良田、美池、桑竹之属，阡陌交通，鸡犬相闻。其中往来种作男女衣着，悉如外人，黄发垂髫，并怡然自乐。见渔人乃大惊，问所从来，具答之。便要还家，设酒杀鸡作食。村中闻有此人，咸来问讯。自云先世避秦时乱，率妻子邑人来此绝境，不复出焉，遂与外人间隔。问今是何世，乃不知有汉，无论魏晋。此人一一为具言所闻，皆叹惋。余人各复延至其家，皆出酒食。停数日，辞去。此中人语云："不足为外人道也。"既出，得其船，便扶向路，处处志之。及郡下，诣太守说如此。太守即遣人随其往，寻向所志，遂迷，不复得路。南阳刘子骥，高尚士也，闻之，欣然亲往，未果，寻病终。后遂无问津者。

诗云：

嬴氏乱天纪，贤者避其世。黄绮之商山，伊人亦云逝。往迹寖复湮，来迳遂芜废。相命肆农耕，日入从所憩。桑竹垂余荫，菽稷随时艺。春蚕收长丝，秋熟靡王税。荒路暧交通，鸡犬互鸣吠。俎豆犹古法，衣裳无新制。童孺纵行歌，班白欢游诣。草荣识节和，木衰知风厉。虽无纪历志，四时自成岁。怡然有余乐，于何劳智慧。奇踪隐五百，一朝敞神界。淳薄既异源，旋复还幽蔽。借问游方士，焉测尘嚣外。愿言蹑轻风，高举寻吾契。

这篇记可以说是唐以前第一篇小说，在文学史上算是极有价值的创作。这一点让我论小说沿革时再详细说他。至于这篇文的内容，我想起他一个名叫做东方的 UtoPia（乌托邦）。所描写的是一个极自由极平等之爱的社会，荀子所谓"美善相乐"，惟此足以当之。桃源，后世竟变成县名。小说力量之大，也无出其右了。后人或拿来附会神仙，或讨论他的地方年代，真是痴人前说不得梦。

六

渊明何以能有如此高尚的品格和文艺，一定有他整个的人生观在背后。他的人生观是什么呢？可以拿两个字包括他："自然"。他替他外祖孟嘉做传说道：

> ……又问（桓温问孟嘉）听妓，丝不如竹，竹不如肉，答曰：渐近自然。……（《晋故征西大将军长史孟府君传》）

《归田园居》诗云：

久在樊笼里，复得返自然。

《归去来辞》序云：

质性自然，非矫厉所得。饥冻虽切，违己交病。

他并不是因为隐逸高尚，有什么好处才如此做，只是顺着自己本性的自然。"自然"是他理想的天国，凡有丝毫矫揉造作，都认作自然之敌，绝对排除。他做人很下坚苦功夫，目的不外保全他的"自然"。他的文艺只是"自然"的体现，所以"容华不御"恰好和"自然之美"同化。后人用"斫雕为朴"的手段去学他，真可谓"刻画无盐唐突西子"了。

爱自然的结果，当然爱自由。渊明一生，都是为精神生活的自由而奋斗。斗的什么？斗物质生活。《归去来辞》说："尝从人事，皆口腹自役。"又说："以心为形役。"他觉得做别人奴隶，回避还容易；自己甘心做自己的奴隶，便永远不能解放了。他看清楚耳、目、口、腹等等，绝对不是自己，犯不着拿自己去迁就他们。他有一首诗直写这种怀抱云：

在昔曾远游，直至东海隅。道路迥且长，风波阻中涂。此行谁使然，似为饥所驱。倾身营一饱，少许便有余。恐此非名计，息驾归闲居。

因为"倾身营一饱，少许便有余"，所以"营己良有极，过足非所钦"。他并不是对于物质生活有意克减，他实在觉得那类生活，便丰赡也用不着。宋钘说："人之情欲寡，而皆以为己之情欲多，过也。"渊明正参透这个道理，所以极刻苦的物质生活，他却认为"复归于自然"。他对于那些专务物质生活的人有两句诗批评他们道：

客养千金躯，临化消其宝。(《饮酒》)

这两句名句，可以抵七千卷的《大藏经》了。

集中有《形、影、神》三首，第一首《形赠影》，第二首《影答形》，第三首《神释》。这三首诗正写他自己的人生观。那《神释》篇的末句云：

纵浪大化中，不喜亦不惧。应尽便须尽，无复独多虑。

《杂诗》里头亦说：

壑舟无须臾，引我不得住。前涂当几许，未知止泊处。

《归去来辞》末句亦说：

聊乘化以归尽，乐夫天命复奚疑。

就佛家眼光看来，这种论调，全属断见，自然不算健全的人生观。但渊明却已够自己受用了。他靠这种人生观，一生能够"酣饮赋诗以乐其志"，"忘怀得失以此自终"。(《五柳先生传》)一直到临死时候，还是翛然自得，不慌不忙的留下几篇自祭自挽的妙文。那自挽诗云：

有生必有死，早终非命促。昨暮同为人，今旦在鬼录。魂气散何之？枯形寄空木。娇儿索父啼，良友抚我哭。得失不复知，是非

309

安能觉？千秋万岁后，谁知荣与辱。但恨在世时，饮酒不得足。

　　在昔无酒饮，今但湛空觞。春醪生浮蚁，何时更能尝？肴案盈我前，亲旧哭我傍。欲语口无音，欲视眼无光。昔在高堂寝，今宿荒草乡。一朝出门去，归来良未央。

　　荒草何茫茫，白杨亦萧萧。严霜九月中，送我出远郊。四面无人居，高坟正崔嵬。马为仰天鸣，风为自萧条。幽室一已闭，千年不复朝。千年不复朝，贤达无奈何。向来相送人，各自还其家。亲戚或余悲，他人亦已歌。死去何所道，托体同山阿。

《自祭文》云：

　　岁惟丁卯，律中无射。天寒夜长，风气萧索。鸿雁于征，草木黄落。陶子将辞逆旅之馆，永归于本宅。故人凄其相悲，同祖行于今夕。羞以嘉疏，荐以清酌。候颜已冥，聆音愈漠。呜呼哀哉！茫茫大块，悠悠苍旻。是生万物，余得为人。自余为人，逢运之贫。箪瓢屡罄，绨绤冬陈。含欢谷汲，行歌负薪。翳翳柴门，事我宵晨。春秋代谢，有务中园。载耘载籽，乃育乃繁。欣以素牍，和以七弦。冬曝其日，夏濯其泉。勤靡余劳，心有常闲。乐天委分，以至百年。惟此百年，夫人爱之。惧彼无成，愒日惜时。存为世珍，殁亦见思。嗟我独迈，曾是异兹。宠非己荣，涅岂吾缁。捽兀穷庐，酣饮赋诗。识运知命，畴能罔眷。余今斯化，可以无恨。寿涉百龄，身慕肥遁。从老得终，奚所复恋。寒暑逾迈，亡既异存。外姻晨来，良友宵奔。葬之中野，以安其魂。窅窅我行，萧萧墓门。奢耻宋臣，俭笑王孙。廓兮已灭，慨焉已遐。不封不树，日月遂过。匪贵前誉，孰重后歌。人生实难，死如之何？呜呼哀哉！

这三首诗一篇文，绝不是像寻常名士平居游戏故作达语，的确是临死时候所作，因为所记年月，有传记可以互证。古来忠臣烈士慷慨就死时几句简单的绝命诗词，虽然常有，若文学家临死留下很有理趣的作品，除渊明外像没有第二位哩！我想把文中"勤靡余劳，心有常闲，乐天委分，以至百年"十六个字，作为渊明先生人格的总赞。

陶渊明之文艺及其品格

陶渊明年谱

　　秋冬间讲学白下，积劬婴疾，医者力戒静摄。宁家后便屏百虑，读陶集自娱。偶钩稽其作品年月，而前人所说，皆不能惬吾意。盖以吾所推定，陶公卒年仅五十六，而旧史、旧谱皆云六十三。缘此一误，他皆误矣。遂发愤自撰此谱，三日而成。成后，检箧中故书，得旧谱数种，复以两日校改之为斯本。号称养病，亦颇以镂刻愁肝肾矣。壬戌腊不尽五日即民国十二年二月十日，启超自记于天津之饮冰室。

　　陶传资料，最古者为颜延之所撰《陶徵士诔》，盖陶公初卒时所作，见《文选》，本集亦附载，而词句颇有不同。次则沈约《宋书·隐逸传》，陶公卒后二十余年作也。次则梁昭明太子萧统所撰《陶渊明传》，次则李延寿《南史·隐逸传》，次则唐太宗敕撰《晋书·隐逸传》，皆袭《宋书》，小有详略而已。宋有李焘撰《靖节新传》三卷，今佚。有吴仁杰撰《靖节先生年谱》，今存。陈振孙《书录解题》言蜀人张縯为吴谱作辨证，今佚，惟李公焕《陶集笺注》杂引数条而已。有王质著《绍陶录》，中有《栗里年谱》，今存。而李公焕注所引年谱文，又有为此二谱所无者，不知谁作也。清道光间，山阳丁俭卿晏著《陶靖节年谱》，仅对王谱有所纠正，似未见吴谱也。安化陶文毅公澍著《靖节先生年谱考异》二卷，备列两旧谱而加以考证，至博赡矣。吾初造此谱时，仅因读李笺有所感触，并未见诸谱，且不知有其书。属稿中，侄儿廷灿次第检出诸本资参考，

得益盖不少,然于所不谓然者终不敢苟同也。编中征引诸家,其略号如下:

颜延之《陶徵士诔》 ································· 颜《诔》

《宋书》本传 ································· 《宋传》

昭明太子《陶渊明传》 ································· 昭明《传》

《南史》本传 ································· 《南传》

《晋书》本传 ································· 《晋传》

吴仁杰《靖节先生年谱》 ································· 吴《谱》

张缜《年谱辨证》 ································· 张《辨》

王质《栗里年谱》 ································· 王《谱》

李公焕《笺注陶渊明集》 ································· 李《笺》

丁晏《陶靖节年谱》 ································· 丁《谱》

陶澍《靖节先生年谱考异》 ································· 陶《考》

先生名渊明,一名潜,字元亮。

《晋传》云:"陶潜,字元亮。"《南传》云:"陶潜,字渊明。或云字深明,名元亮。"惟昭明《传》则云:"陶渊明,字元亮。或云潜字渊明。"吾侪向来识想所习,皆以渊明为先生字,惟据集中《祭程氏妹文》云:"渊明以少牢之奠,俯而酹之。"祭文不应自称字也。又《孟府君传》云:"渊明从父太常夔……"又云:"渊明先亲,君之第四女也。"孟府君即孟嘉,实先生之外王父。先生此文,诵述其从父及其母,张《辨》谓:"义必以名自见,岂得称字?"谅矣。由此言之,渊明必先生名无疑。故颜《诔》直书为"有晋征士浔阳陶渊明"也。然则潜之名从何来? 李《笺》引《年谱》云:"在晋名渊明,在宋名潜,元亮之字则未尝易。"(此非吴、王两谱文。)然古者"君子已孤不更名",谓先生晚年改名,殆不近理。考先生五子俨、俟、份、佚、佟,而《责子》诗则举其小名曰舒、宣、雍、端、通,是先生诸子,皆有两名也。先生盖亦尔尔，渊明其名，而潜其小名欤？浔阳柴桑人也。

《晋书·陶侃传》："本鄱阳人也。吴平，徙家庐江之浔阳。"先生为浔阳人，自此始。

陶氏得姓，盖出唐尧。汉有功臣侯者陶舍，丞相陶青，皆先生远祖。

《命子》篇云："悠悠我祖，爰自陶唐。邈为虞宾，历世重光。御龙勤夏，豕韦翼商。穆穆司徒，厥族以昌。纷纷战国，漠漠衰周。凤隐于林，函人在丘。逸虬绕云，奔鲸骇流。天集有汉，眷余愍侯。于赫愍侯，运当攀龙。抚剑夙迈，显兹武功。书誓山河，启土开封。亹亹丞相，允迪前踪。"愍侯者，陶舍，以左司马从汉高祖破代，封开封侯也。丞相者，陶青，以汉孝景二年为丞相也。

曾祖侃，晋使持节侍中太尉、都督荆江雍梁交广益宁八洲诸军事、荆江二州刺史、长沙郡公。《晋书》有传。

《宋传》云："曾祖侃，晋大司马。"《晋传》云："大司马侃之曾孙也。"颜《诔》云："韬此洪族，蔑彼名级。"即谓先生以侃胤孙为当时望族也。《命子》篇云："浑浑长源，蔚蔚洪柯。群川载导，众条载罗。时有语默，运因隆寙。在我中晋，业融长沙。桓桓长沙，伊勋伊德。天子畴我，专征南国。功遂辞归，临宠不忒。孰谓斯心，而近可得。"此先生述祖德以命其子而诵侃之美也。集中有《赠长沙公》一首，序云："长沙公于余为族，祖同出大司马。……"按《晋书》："侃卒，长子夏以罪废，次子瞻之子宏袭爵。宏卒，子绰之嗣。绰之卒，子延寿嗣。宋受禅，降为吴昌侯。"此长沙公盖即延寿，于先生为从子。故诗云："伊余云遘，在长忘同"也。阎若璩不认先生系出陶侃，其子咏祖述之，谓此文"祖同出大司马"，"大"字为"右"字之讹，右司马即陶舍。钱大昕作《读渊明诗跋》，痛辟其说。陶《考》将全文采入，今不具引。

祖茂，武昌太守。

《命子》篇云："肃矣我祖，慎终如始。直方二台，惠和千里。"《晋传》

云："祖茂,武昌太守。"此文"惠和千里",即指为太守事。其云"直方二台",则亦尝曾任京秩也。侃子十七人,茂,《晋书》无传。（李《笺》引陶茂麟《家谱》言"先生祖名岱。"恐不足信。陶《考》有详辨。）

父某。

《命子》篇云："于皇仁考,淡焉虚止。寄迹风云,冥兹愠喜。"先生父名无考,此云"奇迹风云",知必尝仕宦。李《笺》云："父姿城太守,生五子,史失载。"不知何所本。据集中诗文,不见先生有兄弟也。姿城亦不见地志。

母孟氏,征西大将军长史孟嘉第四女。

集中有《征西大将军长史孟府君传》,称嘉"娶大司马长沙桓公陶侃第十女。"是先生之外王母,亦即其祖姑,其父母中表为婚也。《孟府君传》叙嘉之为人云："行不苟合,言无夸矜,未尝有喜愠之容。好酣饮,逾多不乱。至于任怀得意,融然远寄,傍若无人。"

按侃之德业,世所熟知。先生述德,独诵美其"功遂辞归,临宠不忒"。可见其高尚冲穆之趣,得诸遗传者深远矣。其父则"淡焉虚止,冥兹愠喜",其外王父则如传中所云云,故知先生之人格有所受之也。

晋简文帝咸安二年壬申,（公元三七二）**先生生。**

各书无纪先生生年者。颜《诔》亦不记卒时得年几何。《宋传》云："元嘉四年卒,年六十三。"昭明《传》《晋传》皆袭其文。准此追溯,则先生宜生于兴宁三年乙丑。余钩稽全集,知先生得年仅五十有六,《宋传》误也。集中自述年纪之语句,凡十二处,今悉举之如下:（依现行本集各篇先后为次。）

（一）误落尘网中,一去三十年。（《归田园居》）

（二）开岁倏五十,吾生行归休。（《辛酉正月五日游斜川》）

（三）俾俛六九（五十四）年。（《怨诗楚调》）

（四）弱冠（二十）逢世阻,始室丧其偏。（同上）

（五）俾俛四十年。（《连雨独饮》）

（六）闲居三十载,遂与尘事冥。(《辛丑岁七月赴假还江陵夜行涂中》)

（七）总发抱孤念,奄出四九(三十六)年。(《戊申岁六月中遇火》)

（八）行行向不惑(四十),淹留自无成。(《饮酒》)

（九）是时向立年(三十),志意多所耻。(同上)

（十）奈何五十年,忽已亲此事。(《杂诗》)

（十一）吾年过五十。(《与子严等疏》)

（十二）我年二六(十二),尔才九龄。(《祭程氏妹文》)

以上资料,虽未云备,然先生经历年所,已略可考见,足证先生寿必不及六十,而卒年确为五十六也。先生自十二岁至五十四岁之事迹,既屡见于诗文中,若寿过六十,不应无一字道及。(若谓先生晚年废笔札,则殊不然。《挽歌》及《自祭文》皆属圹时所作也。说见下。)此其一。《与子严等疏》,玩词意当是遗嘱,而仅云:"吾年过五十。"此其二。《挽歌》云:"早终非命促。"若寿六十三,不得言早终。(先生为其外祖孟嘉作传,传文云:"年五十一。"赞云:"道悠运促,不终远业。惜哉! 仁者必寿,岂斯言之谬乎?"是以仅过五十为短命也。其对于自己则达观,言虽早终而非命促尔。)此其三。《游斜川》一诗,序中明记"辛酉正月五日"。又云:"各疏年纪乡里以记其时日。"而其诗发端一句为"开岁倏五十"。则辛酉岁先生行年五十,当极可信凭。此其四。(此诗俗本有讹字,故生异论。辨详本条。)"闲居三十载"之诗,题中标明"辛丑岁七月",与辛酉之五十正合。此其五。"奄出四九年"之诗,题中标明"戊申岁六月",时先生年正三十七,此其六。先生作令彭泽,旋复弃官,实义熙元年乙巳事,年月具见《归去来兮序》,时先生年三十四也;《饮酒》诗:"是时向立年,志意多所耻。遂尽介然分,拂衣归田里。"即叙此事;若先生得年六十三,则彼时已逾四十,不应云"立年"。此其七。颜《诔》云:"年在中身,疢唯痁疾。"此用《无逸》"文王受命惟中身"成语,谓五十也;若六十以外,不得言中身。此其八。吾据以上八事,推定先生得年五十六。先生既卒于元嘉四年丁卯,则追溯生年当在咸安二年壬申也。

孝武帝宁康元年癸酉,先生二岁。

是年桓温卒。

二年甲戌,先生三岁。程氏妹生。

《祭程氏妹文》云:"我年二六,尔才九龄。"集中不及昆弟,似先生同怀只此一妹也。

三年乙亥,先生四岁。

太元元年丙子,先生五岁。

二年丁丑,先生六岁。

三年戊寅,先生七岁。

四年己卯,先生八岁。

五年庚辰,先生九岁。

六年辛巳,先生十岁。

七年壬午,先生十一岁。

八年癸未,先生十二岁。丧父。(?)

先生以是年丁忧,明见于《祭程氏妹文》,其辞曰:"谁无兄弟,人亦同生。嗟我与尔,特百常情。慈妣早世,时尚孺婴。我年二六,尔才九龄。爰从靡识,抚髫相成。"据此文则是丧母也。然颜《诔》云:"母老子幼,就养勤匮。"颜延之与先生交旧,语当可信。此两文不能相容,必有一为传写之误,非颜《诔》父误母,则《祭文》考误妣矣。按《命子》篇称其父曰"仁考",是长子俨生时,先生父已没。又《庚子岁从都还》篇云:"归子念前涂,凯风负我心。"是先生二十九岁时母其犹存。然则《祭文》"妣"字必误也。殆原作"慈考",俗子传钞,以"慈"当属"妣",故妄改耶?(汤《注》以慈妣为庶母,亦附会。文意固明是丁忧也。陶《考》于八岁条下引《祭从弟敬远文》"相及龆龀,并罹偏咎"语,谓"八岁为龀",疑先生丁忧在彼年。不知彼文言己与敬远年齿相及,幼年皆罹偏咎耳。先生盖长敬远数岁,十二正属髫年,敬远正向龀耶。)

九年甲申,先生十三岁。

十年乙酉,先生十四岁。

是年谢安卒。

十一年丙戌,先生十五岁。

十二年丁亥,先生十六岁。

十三年戊子,先生十七岁。

十四年己丑,先生十八岁。

《杂诗》云:"昔我少壮时,无乐自欣豫。猛志逸四海,骞翮思远翥。"可见先生少年气象。

十五年庚寅,先生十九岁。长子俨生。(?)

先生有五子,其年岁差次,见《责子》篇。其诸子不同母。《与子俨等疏》云:"汝等虽不同生,当思四海皆兄弟之义。……他人尚尔,况同父之人哉!"是其证也。然先生又有妻无妾,颜《诔》中"居无仆妾"一语可证。先生早年丧耦有继室,(详次条)然则至少亦应有一子为元配夫人出者。今假定本年为长子俨生年。

十六年辛卯,先生二十岁。丧妻。(?)

《怨诗楚调示庞主簿邓治中》云:"弱冠逢世阻,始室丧其偏。"汤《注》云:"其年二十丧偶,继娶翟氏。"先生甫结婚即丧耦,当是事实,其年当在二十左右也。(王《谱》解丧偏为失妾,非也。颜《诔》明云"居无仆妾"。吴《谱》谓三十丧偶,亦杜撰。)

昭明《传》云:"渊明妻翟氏,亦能安勤苦,与其同志。"《南传》云"妻翟氏,志趣亦同,能安苦节。夫耕于前,妻锄于后。"先生既曾丧耦,则翟氏自当是继室。《晋书·隐逸传》有翟汤,汤子庄,庄子矫,矫子法赐,世有隐行,亦浔阳人。翟夫人当出其族。

先生续娶年岁无考,然长子俨比次子俟仅蚤生两岁,则续娶或即在

318

丧耦之年。

　　翟夫人似亦先先生卒，故《与子俨等疏》云："但恨室无莱妇。"

十七年丁辰，先生二十一岁。次子俟生。（?）

　　《命子》篇所命者为长子俨，当作于是年。篇中云："日居月诸，渐免于孩。"用《论语》三年免怀语意。言"渐免"，则未满三岁也。诗盖作于次子未生以前，故有"三千之罪，无后为急"语。

　　俨十六时，俟年十四。故假定俟生于是年。

　　自本年至元兴元年凡十一年间，皆会稽王道子及其世子元显柄国，晋政日乱。

十八年癸巳，先生二十二岁。三子份、四子佚生。（?）

　　份、佚同岁。先生既无姬妾，当是孪生耶？

　　颜《诔》云："初辞州府三命。"昭明《传》云："亲老家贫，起为州祭酒。不堪吏职，少日，自解归。州召主簿，不就。"其年月无可考。吴《谱》于本年下云："是岁为江州祭酒。"汤《注》于《赴假还江陵》诗下亦云："癸巳为州祭酒。"彼等皆以癸巳年先生二十九岁，又以先生其年初出仕，故附会为此说耳。吾侪若采谨严态度，只能谓州府辟命为作镇军参军以前事，其年则当阙疑也。

十九年甲午，先生二十三岁。

二十年乙未，先生二十四岁。

二十一年丙申，先生二十五岁。

　　是年孝武帝见弑。

　　《桃花源记》及《诗》，不知作于何年。但发端称"晋太元中"，或是隆安前后所作。

安帝隆安元年丁酉，先生二十六岁。

二年戊戌，先生二十七岁。为镇军参军。（?）五子佟生。（?）

　　本集卷三第一首为《始作镇军参军经曲阿》，第二首为《庚子岁从都还》。先生作镇军参军在庚子前,略可推定,惟究属何年,所参之军,其主将为何人,皆吾侪所欲亟知也。考渊明时代曾任镇军将军者,前有太元六年之郗愔,后有元兴三年之刘裕。太元六年,先生仅十岁,不成问题。《文选》本诗下李善注云:“臧荣绪《晋书》曰:‘宋武帝行镇军将军。’辟公参其军事。”是以先生所参即刘裕幕也。然元兴三年,先生实参刘敬宣之建威将军幕。(见下)而庚子、辛丑间先生在镇军幕时,刘裕亦仅官参军,则此镇军非裕甚明。(《文献通考》云:“刘裕起兵讨桓玄,为镇军将军,渊明参其军事。”此沿《文选》李注之误也。)然则究为谁耶?诗题言“经曲阿”,吴《谱》云:“曲阿,今丹阳县也。”始就幕职而经丹阳,则军府宜在京口,(即镇江)当时所谓“北府”也。考其时镇京口者,自太元十五年庚寅至隆安二年戊戌九月为王恭,自戊戌九月至元兴元年壬寅三月为刘牢之。先生庚子、辛丑两年皆在镇军幕,则主将必牢之无疑。其后甲辰、乙巳间复参刘敬宣建威幕。敬宣即牢之子,于先生为世交也。时刘裕亦为牢之参军,盖与先生同僚。然则何以解于镇军之名?考是时牢之军号,为镇北将军,“镇军”或“镇北”之讹耳。以本集各本讹误之多,盖不足异也。(书成后,乃见陶澍《年谱考异》,正谓先生所参为刘牢之军,与吾说合,为之狂喜。陶《考》对于镇军之解释谓:“考《晋书·百官志》有左右前后军将军,左右前后四军为镇卫军。刘牢之为前将军,正镇卫军。即省文曰镇军,亦奚不可”云云,亦足备一说也。)

牢之以本年九月开府京口。先生入幕,非在本年即在明年。《饮酒》篇云:“……投耒去学仕……是时向立年。”时方二十七八岁,故曰“向立年”也。若从旧谱,则时已三十三四矣。诸家亦知其不可通,故强指州祭酒为投耒学仕,谓事在癸巳年而先生方二十九。殊不知颜《诔》明言:“州府三命不就。”先生盖未尝就州职也。本诗言“始作”,正谓始仕耳。诗云:“时来苟宜(集作“冥”,此从《文选》。)会,宛辔憩通衢。投策命晨旅,暂与园田疏。”当时先生盖有用世之志也。

三年己亥,先生二十八岁。在军幕。

《饮酒》篇云:"在昔曾远游,直至东海隅。道路悠且长,风波阻中途。此行谁使然,似为饥所驱。"案:本年十一月,海贼孙恩陷会稽,刘牢之率众东讨。时刘裕为牢之参军,立功最多。先生之驰驱海隅,冲冒风波,盖在牢之军中也。牢之拥兵北府,炙手可热,然其人反覆,先生或逆料其将败而亟思自拔,故后二年遂乞假归,诗所谓"恐此非名计,息驾归闲居"也。

四年庚子,先生二十九岁。在军幕。

集中纪年诗有《庚子岁五月中从都还阻风于规林》二首。诗中言:"一欣侍温颜,再喜见友于。"言:"归子念前涂。"言:"久游恋所生。"皆游子久客思亲之作。言"凯风负我心",则用"母氏劬劳"意,知所侍温颜必为母也。"友于"云云,当指其妹或其从弟。

集中诗题标甲子者凡九首,此其第一首也。《南传》云:"所著文章,皆题其年月。义熙以前,明书晋氏年号,自永初以来,惟云甲子而已。"按集中诗题,无一题年号者。其题甲子之九首,在义熙前者八首。《南传》云云,向壁附会,空疏可笑。前人多已辩正,今不广引。

五年辛丑,先生三十岁。是年七月,从军幕乞假归家。其冬,丧母。

集中纪年诗有《辛丑岁七月赴假还江陵》一首,发端云:"闲居三十载,遂与尘事冥。"盖是年正三十岁也。辛酉年先生五十岁,即有诗题及诗句为证,实为无上权威之资料。而逆溯至辛丑,正三十岁,则此句亦一极有力资料矣。后世注释家泥视"闲居"二字,必谓此诗为辞官后三十年所作。若辛丑年先生已辞官三十载,然则先生之生当在永和前矣,有是理耶?

庚子年诗有"欣侍温颜"语,乙巳赋《归去来辞》仅言"稚子候门",以后诗中亦不复见言侍养事,则先生丁艰,必当在此数年中。然则何年耶?《祭程氏妹文》云:"昔在江陵,重罹天罚。兄弟索居,乖隔楚越。伊我与尔,百哀是切。黯黯高云,萧萧冬月。白云掩晨,长风悲节。感惟崩号,兴言泣血。"所谓"重罹天罚"者,对上文"慈妣早世"言,若"妣"为"考"之讹,则此文所述为丧母也。江陵,其地也;冬月,其时也。盖七月赴假还江陵,不数月遂遭大故也。知必为本年而非次年者,先生以元兴三年甲辰应辟为建威参军,若次年壬寅冬月丁忧,则服未阕,不容出仕也。

诗题于江陵言还,丧母时亦在江陵,似先生当时侨居江陵也。说详下。

元兴元年壬寅,先生三十一岁。在江陵。(?)

二年癸卯,先生三十二岁。自江陵还柴桑。(?)

集中纪年诗有《癸卯岁始春怀古田舍》二首,《癸卯岁十二月中作与从弟敬远》一首。前者盖在江陵怀柴桑之作,故云:"耕者有时息,行者无问津。"后者则归柴桑故居后,与敬远相聚,故云:"寝迹衡门下,邈与世相绝。"

《还旧居》一首,《归园田居》六首,似皆本年作。《还旧居》篇云:"畴昔家上京,六载去还归。今日始复来,怆恻多所悲。阡陌不移旧,邑屋或时非。履历周故居,邻老罕复遗。……"似先生投末学仕后,即未尝履此旧居,故不胜今昔之感。先生戊戌始作参军,是年归,首尾六载也。然则庚子、辛丑两年不尝两次归家耶?欲解此问题,当释"上京"二字。李《笺》引《南康志》云:"近城五里,地名上京,亦有渊明故居。"《朱子语录》云:"庐山有渊明古迹处曰上京。"果尔,则此上京即旧居,与柴桑、栗里相去咫尺,亦即庚子年"侍温颜见友于"之地也。细绎全集,未见有六年不还家之痕迹。盖州祭酒主簿既不就,戊戌作参军,庚子即归省,后此乙巳一出,不终岁而归,何处得此六年耶?窃意庐山中有上京云云,皆后人因本诗而附会。合前后各诗读之,"上京"宜指江陵。故辛丑归省之作,题云"还江陵",而《祭妹文》叙丁忧事,亦言"昔在江陵"也。至江陵何以名上京，则百思不得其解。嗣读陶《注》于"上京"句下引毛氏绿君亭本云："一作上荆。"乃知先生家于荆州即江陵者六年，即前诗所谓"如何舍此去，遥遥至西荆"也。（集作"南荆"，此从《文选》。）荆名上者以其在上游，犹言西京云尔。殆先生当参镇军幕时，即侨居彼地。丧母后思归故乡，故癸卯春有《怀古田舍》之作，不久遂还旧居，与从弟敬远晤也。然则此诗作于本年无疑矣。（于此复有一问题，作参军何故移家江陵耶？此不可解。然则所谓镇军将军者，或当求诸镇江陵之人矣。然又不类。吾亦不复费精力以搜别资料矣。）

《归园田居》当亦同时作，故云："误落尘网中，一去三十年。"时先生正三十一二岁也。旧谱多以此数诗为乙巳年从彭泽弃官归后作。然彼年自出山至解组，前后不过一岁，篇中"久去山泽游"云云，皆久客新归语，情景不合也。

是年桓玄篡位。

三年甲辰，先生三十三岁。起服为建威参军。

是年刘裕起兵诛桓玄。

刘敬宣以破桓歆功，迁建威将军、江州刺史，镇浔阳。辟先生参其军事。

义熙元年乙巳，先生三十四岁。上半年在军幕，曾奉使入都。八月，补彭泽令。十一月，自免归，自此不复仕。是年，程氏妹卒。

先生既应刘敬宣之辟，春间凡一度奉使适金陵。集中诗有《乙巳岁三月为建威将军使都经钱溪》一首，发端云："我不践斯境，岁月好已积。"盖自庚子年后，足迹不履长江下游者五年矣。又云："一形似有制，素襟不可易。园田日梦想，安得久离析。"盖甫出已有归志也。

《归去来兮辞序》云："余家贫，耕植不足以自给，幼稚盈室，瓶无储粟，生生所资，未见其术。亲故多劝余为长吏，（案：谓邑宰。）脱然有怀，求之靡途。会有四方之事，（案：指为参军使都事。）诸侯以惠爱为德。

（案：彼时邑宰由州将版授。）家叔以余贫苦，遂见用为小邑。于时风波未静，心惮远役。彭泽去家百里，公田之利，可以为润，（一本作'秫可以为酒'。）故便求之。及少日，眷然有归欤之情。何则？质性自然，非矫厉所得。饥冻虽切，违己交病。尝从人事，皆口腹自役。于是怅然慷慨，深愧平生之志。犹望一稔，当敛裳宵逝。寻程氏妹丧于武昌，情在骏奔，自免去职。仲秋至冬，在官八十余日。因事顺心，命篇曰'归去来兮'。乙巳岁十一月也。"此文自述得官去官之经过及动机，乃至年月日具详，最可宝之史料也。欲求则求，欲去则去，将心事率直写出，最足表现先生人格。"质性自然……深愧平生之志"云云，实彻底觉悟之自白也。其去官动机，昭明《传》云："岁终，会郡遣督邮至县。吏请曰：'应束带见之。'渊明曰：'我岂能为五斗米折腰向乡里小儿！'即日解绶去职。"与此文因妹丧去官颇有出入，当以此文自述者为近真。

昭明《传》又云："为彭泽令，不以家累自随。送一力（案：厮仆之称。）给其子，书曰：'汝旦夕之费，自给为难。今遣此力，助汝薪水之劳。此亦人子也，可善遇之。'公田悉令吏种秫，曰：'吾常得醉于酒足矣。'妻子固请种秔，乃使二顷五十亩种秫，五十亩种粳。"案：与子书，文虽简短，蔼然仁者之言，可见先生博爱襟抱之一斑也。

旧谱依《宋传》"年六十三"一语，皆推定先生是年四十一岁。今案：《饮酒》篇第十九首云："畴昔苦长饥，投耒去学仕。将养不得节，冻馁固缠已。是时向立年，志意多所耻。遂尽介然分，终死归田里。"此总叙少年出仕及弃官事，而云"向立年"，则明是三十岁前后也。（乙巳弃官时，虽已过三十，然自为参军以迄县令，皆投耒学仕时，故曰"向立年"。）若赋归去在四十后，则彼文不可通。

二年丙午，先生三十五岁。

《责子诗》云："白发被两鬓，肌肤不复实。虽有五男儿，总不好纸笔。阿舒（俨）已二八（一作十六），懒惰固无匹。阿宣（俟）行志学，而不

324

爱文术。雍(份)端(佚)年十三,不识六与七。通子(佟)垂九龄,但念梨与栗。天运苟如此,且进杯中物。"案:此诗作于长子俨十六岁时,诸子小名及年岁具列,绝佳史料也。惜不得著作年月。但先生二十岁丧偶,而诸子不同母(据《与子俨等疏》)假定俨(阿舒)为元配出,其生应在先生二十岁以前,故可推定本诗为此一两年内作品也。《归去来兮辞序》言:"幼稚盈室。"知先生为彭泽令时已有多子矣。

先生发白盖甚早,《命子》篇已有"顾惭华发"语,计其时甫逾二十耳。《晋传》言先生"抱羸疾"。想然。集中言白发者甚多,不必皆晚年作也。

三年丁未,先生三十六岁。

《祭程氏妹文》云:"维晋义熙三年五月甲辰,程氏妹服制再周。渊明以少牢之奠俯而酹之。……"先生丧妹,在乙巳,于兹两年,故云"服制再周。"

四年戊申,先生三十七岁。

集中纪年诗有《戊申岁六月中遇火》一首,中有"总发抱孤念,奄出四十年"语,似是年已逾四十。然则与辛丑三十、辛酉五十诸文相矛盾矣。窃谓此"十"字乃"九"字之讹。集中称"十二"为"二六","十五"为"三五","五十四"为"六九",所在多有。此文亦以"四九"代"三十六"耳。"奄出四九年",谓刚过三十六岁也。讹作"十"者,或由刓损,或由传钞臆改耶?

五年己酉,先生三十八岁。

集中纪年诗有《己酉岁九月九日》一首。

《移居》二诗,不知何年作。李《笺》云:"靖节旧宅,居于柴桑县之柴桑里。至是属回禄之变,越后年徙居南里之南村。"又云:"南村即栗里。"此虽揣测之词,亦颇近理。《移居》篇云:"闻多素心人,乐与数晨夕。"指庞通之、殷景仁、颜延之等也。详见下。

六年庚戌,先生三十九岁。

集中纪年诗有《庚戌岁九月中于西田获早稻》一首。

《与殷晋安别诗序》云:"殷先作晋安南府长史掾,因居浔阳。后作太尉参军,移家东下。作此以赠。"案:此太尉即刘裕也。裕以去年九月进太尉,殷为参军,当是本年事。诗中言:"去岁家南里,薄作少时邻。"谓在南村与殷结邻也。别殷诗既推定为今年作,则《移居》诗必为去年作无疑矣。

七年辛亥,先生四十岁。

《祭从弟敬远文》云:"岁在辛亥,月维仲秋,旬有九日,从弟敬远,卜辰云窆。……"文中有"相及龆龀"语,知先生与敬远年岁相去不远;有"年甫过立"语,知敬远卒时仅三十余。若如《宋传》年六十三之说,则先生是时当已四十七,相及鬈龀之敬远,亦当在四十内外,与本文不相应矣。先生殆无同怀兄弟,其从弟名见集中者,一敬远、一仲德,皆先先生卒,未审为一为二。《与子俨等疏》云:"但恨邻靡二仲,室无莱妇。"似是悼妻及二弟之早亡也。

《荣木》篇有"四十不足畏"语,可假定为本年以后所作。

《连雨独饮》篇有"俛俛四十年"语,可假定为本年作。

《答庞参军诗序》云:"自尔邻曲,冬春再交,款然良对,忽成旧游。……"庞名通之,先生移居南村后相与结邻者也。《移居》既推定在己酉年,则冬春再交,当为本年。

又有《答庞参军》四言一首,似亦同时作。

八年壬子,先生四十一岁。

《饮酒》二十首,不知何年作。序云:"……既醉之后,辄题数句自娱。纸墨遂多,辞无诠次。聊命故人书之。……"

是其诗非作于一时也。篇中有"行行向不惑"语,又叙弃官后事,言"亭亭复一纪",然则是四十前后作也。

九年癸丑，先生四十二岁。

十年甲寅，先生四十三岁。

　　是年释慧远合缁素百二十有三人结白莲社于庐山之东林，刘遗民为誓愿文，实佛教净土宗之初祖也。邀先生入社，先生谢焉。然固常与远往还。相传先生一日谒远公，甫及寺外，闻钟声不觉颦容，遽命还驾。宋人张商英诗所谓"虎溪回首去，陶命趣何深"也。又传远公送客向不过虎溪，一日与先生及陆修静语道，不觉过溪数百步，虎辄骤鸣，因相与大笑云。此两公案为宗门所乐道，虽不必尽信，要之先生与莲社诸贤相缘契，则事实也。集中有与刘柴桑倡和诗两首，注家言柴桑即遗民，未知何据。

十一年乙卯，先生四十四岁。

　　颜《诔》云："自尔介居，及我多暇。伊好之洽，接檐邻舍。宵盘昼憩，非舟非驾。"此颜延之自述与先生结邻欢聚情况也。《宋传》云："颜延之为刘柳后军功曹，在浔阳与潜情款。"陶《考》云："刘柳为江州刺史，《晋书》柳本传不纪年月。考《宋书·孟怀玉传》：'怀玉义熙十一年卒于江州之任。'《晋书·安帝纪》：'义熙十二年新除尚书令刘柳卒。'《南史·刘湛传》：'父柳卒于江州。'是柳为江州，实踵怀玉后，以义熙十一年到官，十二年除尚书令，未去江州而卒。延之来浔阳与先生情款，当在此两年也。"

十二年丙辰，先生四十五岁。

　　集中纪年诗有《丙辰岁八月中于下潠田舍获》一首。

　　有《示周掾祖谢》一首，题目一作《示周续之、祖企、谢景夷三郎，时三人共在城北讲礼校书》。案：续之为莲社中人物，时与先生及刘遗民号"浔阳三隐"。昭明《传》云："刺史檀韶苦请续之出州，与学士祖企、谢景夷三人共在城北讲《礼》。"盖即据本诗题文也。檀韶为江州刺史在义熙十二年，（见《宋书》韶传）则此诗当作于本年矣。篇中"马队非讲肆"

云云,似不以续之之溷居城市为然也。

是年慧远卒。

十三年丁巳,先生四十六岁。

是年太尉刘裕北伐,灭姚秦,修复关中晋宗庙陵寝。集中有《赠羊长史》一首,序云:"左军羊长史衔使秦川,作此与之。羊名松龄。"诗云:"……贤圣留遗迹,事事在中都。岂忘游心目,关河不可逾。九城甫已一,逝将理舟舆。闻君当先迈,负疴不获俱。……"盖自怀、愍以后,中原沦于戎羯,已逾百年。先生睹关洛之光复,盖喜极而泣。其云欲往游因病不果,殆实情也。

十四年戊午,先生四十七岁。

《宋传》云:"义熙末,征著作佐郎,不就。"

昭明《传》云:"江州刺史王弘欲识之,不能致也。渊明尝往庐山,弘命渊明故人庞通之赍酒具于半道栗里之间邀之。渊明有脚疾,使一门生二儿舁篮舆。既至,欣然,便共饮酌。俄顷弘至,亦无迕也。……尝九月九日出宅边菊丛中坐,久之满手把菊。忽值弘送酒至,即便就酌,醉而归。"《宋》《晋》传文略同。是先生于州将中,惟王弘颇相周旋。按《宋书·弘传》,弘以义熙十四年迁抚军将军、江州刺史,在州七年,宋文帝元嘉二年始迁去。昭明《传》所记,当是本年以后事。集中有《于王抚军座送客》一首,亦本年以后作。

是年刘裕弑晋安帝。

恭帝元熙元年己未,先生四十八岁。

元熙二年即宋武帝永初元年庚申,先生四十九岁。

是年宋武帝废晋恭帝为零陵王,寻弑之。

集中有《述酒》一篇,李《笺》引黄庭坚曰:"此篇似是读异书所作,其中多不可解。"吴《谱》引韩子苍曰:"余反覆观之,见'山阳归下国'之句,盖用山阳公事,疑是义熙以后有所感而作也。故有'流泪抱中叹'、'平王去旧京'之语。"汤《注》云："按晋元熙二年六月，刘裕废恭帝为零陵王。明年，以毒酒一瓮授张伟使鸩王，伟自饮而卒。继又令兵人逾垣进药，王不肯饮，遂掩杀之。此诗所为作，故以'述酒'名篇也。诗辞尽隐语……余反覆详考，而后知决为零陵哀诗也。"今案：篇中有"诸梁董师旅，芈胜丧其身"语，用叶公、诸梁、白公胜事；有"安乐不为君"语，用刘禅事；有"峡中纳遗熏"语，用越王子搜事，皆与兹案有关。结句有"天容自永固，彭殇非等伦"，意尤明显，韩、汤、吴说是也。

宋永初二年辛酉，先生五十岁。

集中纪年诗有《游斜川》一首。序云："辛酉（俗本作丑）正月五日……与二三邻曲同游斜川。……欣对不足，率尔赋诗。悲日月之遂往，叹吾年之不留。各疏年纪乡里以记其时日。"诗云："开岁倏五十（俗本作日），吾生行归休。……"案：此诗为考先生年岁最主要之资料，因序中明言："各疏年纪记时日。"而序之发端明记："辛酉正月五日。"诗之发端云："开岁倏五十。"故辛酉年先生之齿五十，丝毫无疑义之余地也。后人所以多不察者，则以俗本"辛酉"皆作"辛丑"，而诗句之"倏五十"又或作"五日"。先生卒于丁卯，即以《宋传》年六十三之说推算，则辛丑亦仅三十七岁，与"开岁五十"语不相容。俗子强作解事，见序有"正月五日"语，因奋臆改"五十"为"五日"，殊不知"开岁倏五日，吾生行归休"此二语如何能相连成意？ 慨叹于岁月掷人者岂以日计耶？ 况序中明言"各疏年纪"，若作"开岁五日"，所疏年纪何在耶？ 于是复有据"辛丑五十"之说，谓先生实得年七十六者。（李《笺》引张缋语）然则乙巳辞彭泽令时，先生已五十四，与《饮酒》篇"是时向立年"句，又冲突矣。幸汤《注》本及昭文瞿氏所藏宋本为朱子同时人曾集所写者，（坊间的影印本）序文《辛丑》下注"一作酉"三字，吾侪乃知作"酉"者实为原本，而"开岁五十"一语，更不容改字以为迁就。以辛酉五十推算他篇他岁，皆无不合，一切疑团，迎刃解矣。

《杂诗》十二首，不署年月，惟中有"奈何五十年，忽已亲此事"语，知是五十后作品也。丁《谱》解此句，谓"裕将篡晋，其势已成，叹其不幸而亲见此事。"似甚当。惟丁氏袭旧说，以此诗系诸义熙十年，谓先生逆料裕之必篡，则过矣。如吾所推定，则五十岁当永初二年，晋祚已移，故自悲"已亲此事"也。

三年壬戌，先生五十一岁。

《拟古》九首，不知何年作。但其中如"饥食首阳薇，渴饮易水流"，如"自从分别来，门庭日荒芜"，如"兰衰柳亦枯，遂令此言负"，如"枝条始欲茂，忽值山河改"，皆感慨沧桑之微言，其为易代后作品无疑。

少帝景平元年癸亥，先生五十二岁。

昭明《传》云："颜延之……后为始安郡，经过浔阳，自造渊明饮焉，每往必酣饮致醉。弘（王弘）欲邀延之赴坐，弥日不得。延之临去，留二万钱与渊明。渊明悉送酒家，稍就取酒。"案：据《宋书·延之传》，以本年为始安太守，时王弘在州五年矣。

文帝元嘉元年甲子，先生五十三岁。

昭明《传》："江州刺史檀道济往候之，偃卧瘠馁有日矣。道济谓曰：'贤者处世，天下无道则隐，有道则至。今子生文明之世，奈何自苦如此？'对曰：'潜也何敢望贤，志不及也。'道济馈以粱肉，麾而去之。"案：道济为江州刺史在本年，（见《宋书·道济传》）昭明以此事叙于先生少年，下文接"后为镇军建威参军"句，大误。王谱置之元嘉三年，亦误。（《通鉴》记道济为江州在元嘉三年，误也。王《谱》盖袭之。）先生不忤王弘，而独拒道济之馈，殆以其为宋室元勋，心鄙之耶？

《有会而作》《乞食》等篇，或当作于是时。

二年乙丑，先生五十四岁。

《怨诗楚调示庞主簿邓治中》："结发念善事，僶俛六九年。"案："六九年"谓五十四岁也，集中屡用此例。一本作"五十年"，盖不得其解而妄改耳。此诗叙历年之艰阻困顿，中有"离忧凄目前"语，盖自知不久人世矣。

三年丙寅，先生五十五岁。

四年丁卯，先生五十六岁。其年九月，先生卒。

颜《诔》："春秋若干。（集中附录诔文，皆作'春秋六十有三'，此从《文选》本。）元嘉四年某月某日，卒于浔阳县之柴桑里。……询诸友好，谥曰靖节征士。"

《宋传》："元嘉四年卒，时年六十三。"

昭明《传》："元嘉四年，将复征命，会卒，是年六十三。世号靖节先生。"

《晋传》："以宋元嘉中卒，年六十三。"

案：今本陶集中所附颜《诔》有"春秋六十有三"一语，颜延之既夙与先生情款，当先生初没时为之作诔，其所记录，自应有最大之权威。后人莫敢置疑，宜也。然据《文选》本则但云："春秋若干"，并无六十三之说。然则集中所附颜《诔》云云，殆后人据《宋传》改增耳。细绎本文，可得反证。诔词云："……孰云与仁，实疑明智。谓天盖高，胡愆斯义。……年在中身，疢惟痁疾。……""中身"用《无逸》"文王受命惟中身"语，正五十典故。《诔》意谓年仅五十余，以其寿促而怨天道之无凭也。是故攀引颜延之为先生六十三之证人，颜不任受也。六十三之说，本诸沈约，昭明袭之，唐人撰《晋书》又袭之，几成铁案。然钩稽全集，其不合既若是，然则沈约何故有此误耶？以吾度之，殆约所据谱牒，本作年五十六，而"五"字或刓损、或传钞讹舛，便成"三"字。约见三十六之太不伦也，辄颠倒臆定为六十三，自此遂以讹踵讹，习非成是矣。此虽臆测，或亦近理耶？《与子俨等疏》，当属末命，发端言："天地赋命，生必有死。自古贤圣，谁独能免？"中言："疾患以来，渐就衰损。亲旧不遗，每以药石见救。自恐大分将有限也。"末云："汝其慎哉，吾复何言？"全篇皆遗嘱口气也,应判为本年临终时所作,中有"吾年过五十"语,最足为先生寿不满六十之铁证。

《挽歌》:"严霜九月中,送我出远郊。"

《自祭文》:"岁惟丁卯,律中无射。……陶子将辞逆旅之馆,永归于本宅……"

案:此三诗一文,皆先生属纩时自挽自祭者。观其实叙年月,("无射",九月也。与歌辞相合。)知非同寻常文人平居游戏故作达语者比。《文选》采此诗,只题曰"陶渊明挽歌"。编集者加一"拟"字,题为"拟挽歌辞",失之矣。颜《诔》云:"视化如归,临凶若吉。药剂弗尝,祷祠非恤。傃幽告终,怀和长毕。"皆叙其临命从容属辞自挽之事。东坡评《自祭文》云:"出妙语于纩息之余,岂涉生死之流哉!"可谓知言。

又案:《挽歌》云:"早终非命促。"可为先生仅得下寿之证。《自祭文》云:"识运知命,畴能罔眷。余今斯化,可以无恨。""知命"用《论语》文,谓年过五十也。

《与子俨等疏》:"少学琴书,偶爱闲静。开卷有得,便欣然忘食。见树木交荫,时鸟变声,亦复欢然有喜。常言五六月中,北窗下卧,遇凉风暂至,自谓是羲皇上人。"

颜《诔》:"有晋征士浔阳陶渊明,南岳之幽居者也。弱不好弄,长实素心。学非称师,文取旨达。在众不失其寡,处言每见其嘿。少而贫苦(一作病),居无仆妾。井臼弗任,藜菽不给。母老子幼,就养勤匮。远惟田生致亲之议,追(一作近)悟毛子捧檄之怀。初辞州府,三命后为彭泽令。道不偶物,弃官从好。遂乃解体世纷,结志区外。定迹深栖,于是乎远(一作遂)。灌畦鬻疏,为供鱼菽之祭;织绚纬萧,以充粮粒之费。心好异书,性乐酒德。简弃烦促,就成省旷。殆所谓国爵屏贵,家人忘贫者欤?"

昭明《传》:"渊明少有高趣,博学善属文。颖脱不群,任真自得。尝著《五柳先生传》以自况,曰:'先生不知何许人也,亦不详其姓字。宅边有五柳树,(一本无"树"字)因以为号焉。闲静少言,不慕荣利。好读书,不求甚解,每有会意,欣然忘食。性嗜酒,而家贫不能恒得。亲旧知其如此,或置酒招之。造饮辄尽,期在必醉。既醉而退,曾不吝情去留。环堵萧然,不蔽风日。短褐穿结,箪瓢屡空,晏如也。尝著文章自娱,颇示己志。忘怀得失,以此自终。'时人谓之实录。""渊明不解音律,而蓄无弦琴(一作'无弦素琴')一张,每酒适,辄抚琴以寄其意。贵贱造之者,有酒辄设。渊明若先醉,便语客:'我醉欲眠,卿可去。'其真率如此。郡将常候之。值其酿熟,取头上葛巾摆酒,漉毕,还复著之。"

先生五子,俨、俟、份、佚、佟,皆不见史传。

《梁书·安成康王秀传》:"天监六年,出为江州都督。闻前刺史所征士陶潜曾孙为里司,秀叹曰:'陶潜之德,岂可不及后世?'即日辟为西曹。"

陶集考证

    陶集盖编自梁昭明太子萧统。然北齐时已有异本，篇次颠乱。其后传钞益多，讹谬不少。最著者如《五孝传》及《圣贤群辅录》全属赝托，占全集三分之一。其他字句间各本异同极多，乃至有全句讹写者。如《读山海经》之"刑天舞干戚"讹作"形夭无千岁。"甚可笑也。故欲读陶集，须荟萃诸善本，精勘一过，其中仍须有以意逆志之处。余今病未能，姑述诸家叙录所如知各本，摘其异同之点，略加评骘，俾学者自择云。

    梁萧统《陶渊明集序》：

      ……余素爱其文，不能释手。尚想其德，恨不同时。故加搜校，粗为区目。……

    《隋书·经籍志》集部：

      宋征士陶潜集九卷（梁有五卷，录一卷。）

    《唐书·艺文志》集部：

      陶潜集二十卷，又集五卷。

《旧唐书·经籍志》集部：

> 陶渊明集五卷。

北齐阳休之《序录》：

> ……其集先有两本行于世。一本八卷，无序。一本六卷并序目，编比颠乱，兼复阙少。萧统所撰八卷，合序目诔传而少《五孝传》及《四八目》。（案："四八目"即《圣贤群辅录》。）然编录有体，次等可寻。余颇赏潜文，以为三本不同，恐终致亡失。今录统所阙，并序目等，合为一帙十卷。……

宋宋庠《私记》：

> 右集，按《隋书·经籍志》："宋征士陶潜集九卷。"又云："梁有五卷，录一卷。"《唐志》："陶渊明集五卷。"今官私所行本凡数种，与二《志》不同。有八卷者，即梁昭明太子所撰。合序传诔等在集前为一卷，正集次之，亡其录。有十卷者，即阳仆射所撰。（按：休之字子烈，事北齐为尚书左仆射，以好学文藻知名，与魏收同时。）按吴氏《西斋录》有宋彭泽令陶潜集十卷，疑即此也。其序并昭明旧序诔传等合为一卷，或题曰第一，或题曰第十，或不署于集端，别分《四八目》自《甄表状》杜乔以下为第十卷，然亦无录。余前后所得本仅数十家，卒不知何者为是。晚获此本，云出于江左旧书，其次第最若伦贯。又《五孝传》已下至《四八目》，子注详密，广于他集。惟篇后《八儒》《三墨》二条，此似后人妄加，非陶公本意。且《四八目》之末，陶自为说曰：'书籍所载及故老所传善恶闻于世者盖尽于

此。'即知其后无余事矣。故今不著,辄别存之以俟博闻者。"

宋晁公武《昭德读书志》:

靖节先生集有数本。七卷者梁萧统编,以序、传、颜延之诔载卷首。十卷者北齐阳休之编,以《五孝传》《圣贤群辅录》、序、传、诔分三卷益之,诗篇次差异。按《隋经籍志》潜集九卷,又云:"梁有五卷,录一卷。"《唐艺文志》潜集五卷。今本皆不与二《志》同。独吴氏《西斋目》有潜集十卷,疑即休之本也。休之本出宋庠家,云江左旧书,其次第最有伦贯,独《四八目》后《八儒》《三墨》二条疑后人妄加。(《文献通考·经籍考》全录本文。)

僧思悦《书陶渊明集后》:

……昭明太子旧所纂录,且传写寖讹,复多脱落。后人虽加综缉,曾未见其完正。愚尝采合众本以事雠校,诗赋传记赞述杂文凡一百五十有一首,泊《四八目》上下二篇。重条理编次为一十卷。……时皇宋治平三年五月望日,思悦书。

据以上诸家叙录,则宋以前陶集诸本可推见者如下:

(一)六卷本——即梁五卷本

《隋志》所谓"梁五卷录一卷"也。阳休之所见之"一本六卷,并序目,编比颠乱,兼复阙少"者,当即此本。其目录原在集外单行,故《梁志》仅云五卷。阳休之所见本,则已入录于集,故为六卷也。

此本之"录一卷",关系颇大。《宋书》本传称:"所著文章,皆题其年月。义熙以前,明书晋氏年号。自永初以来,唯云甲子而已。"(《南史》

同)李善注《文选》亦引此语。然今本集中诗题标列甲子者仅九首,其八首在义熙前,并未书晋氏年号。宋以后学者,皆据此以斥沈约、李善之不经,千年来几为定论矣。独清陶澍据《隋志》重翻此案,其略云:"……《五柳传》云:'尝著文章自娱,颇示己志。'则其集必有自定之本可知。约去先生仅十余年,必亲见先生自定之本可知。窃意自定之本,其目皆以编年为序,而所谓或书年号或仅书甲子,乃皆见于目录中。故约作《宋书》,特为发其微趣。(中引《隋志》及宋庠《私记》云云。)约云'文章皆题岁月'者,当是据录之体例为言。至唐初其录尚在,故李善等依以作注。后乃亡之,遂凌乱失序,无从校勘耳。假令先生原集义熙以前亦止书甲子,永初以后或并记年号,休之无端造为此说,则当时之人皆可取陶集核对以斥其非。岂有历齐、梁、陈、隋俱习焉不察?李延寿反采入《南史》,李善又取为《选》注哉?休之谓:'昭明编录有体,次第可寻。'窃意昭明自加搜校,必依先生自定之目,一以编年为序。若如今本,孰能寻其次第?……"上所云云,深有理致。若所推定者不谬,则"录一卷"之亡,真陶集之大不幸矣。

(二)唐五卷本

《旧唐志》所著录之五卷本,或即梁本而亡其录也。

(三)旧八卷本

阳休之所谓"八卷无序"者也。此本殆于五卷外加入《五孝传》一卷。《四八目》上下二卷,共为八卷。故休之据此而言五卷本之"阙少"也。

(四)昭明太子八卷本

阳休之云:"合序目诔传,而少《五孝传》及《四八目》。"宋庠云:"有八卷者,即梁昭明太子所撰。合序传诔等在集前,为一卷,正集次之,亡其录。"似昭明将旧五卷厘为六卷,益以序诔传为一卷,附原录为一卷,故八卷也。休之谓"编录有体,次第可寻",当为最善本。惜今不得见矣。其录之亡，尤可痛惜也。

（五）七卷本

晁公武云："七卷者，梁萧统编，以序、传、颜延之诔载卷首。"盖八卷本亡录一卷，故为七卷也。

（六）阳休之十卷本

休之，北齐人，官至尚书左仆射，与魏收齐名。此本盖因昭明本补入《五孝传》及《四八目》以为十卷，具如《序录》所述。宋庠言晚得江左旧书，其次第最入伦贯；晁公武谓庠所晚得者即休之本，未知信否？要之宋以来所传本，大率皆因休之之旧而稍加颠倒也。休之言"并序目等"，而宋庠《私记》记诸本，有"然亦无录"语，则《隋志》所谓"录一卷"者，殆亡于宋时矣。

（七）唐二十卷本

《新唐志》云尔，诸家从未道及。"二"字殆衍文耶？

陶集中有后人窜乱发生问题者为下列各事：

一、《五孝传》及《四八目》。（即《圣贤群辅录》）

此两部分为昭明本所无，其有之者皆沿阳休之本，而休之所沿者殆当时俗间通行之八卷本也。此两部分决非渊明作，《四库提要》辨之甚明。（见下）

二、《四八目》篇末之《八儒》《三墨》二条。

此为伪中出伪，辨详宋庠《私记》。

三、《归园田居》第六首。（"种苗在东皋……"）

此首见《文选》。乃江淹作，题为"拟陶征君"。盖后人误编入耳。李公焕注引韩子苍云："陈述古本止有五首。"当以陈本为正。

四、《问来使》一首。（"尔从山中来……"）

洪迈《容斋随笔》云："《问来使》诗诸家本皆不载，惟晁文元家本有之。天目疑非陶居处。"汤汉注云:"此盖晚唐人因太白《感秋诗》而伪为之。"

五、《四时诗》一首。("春水满四泽……")

汤注云:"此顾凯之《神情诗》,类文有全篇。"《许彦周诗话》云:"此乃顾长康诗,误入彭泽集。"

前所述昭明本。阳休之本,及宋庠、思悦、晁公武……诸人所藏本,今皆不可得见。今存之本,以吾所知者如下:

(一)曾集本,不分卷。

集,赣川人,与朱子同时。其本刊于宋绍熙壬子(三年)。集自跋云:"渊明集行于世尚矣。校雠卷第,其详见于宋宣徽《私记》,北齐阳休之论载。南康盖渊明旧游处也。……求其集顾无有。……集窃不自揆,摹写诗文,刊为一编。去其卷第与夫《五孝传》以下《四八目》杂著。所为犯是不腆,非敢有所去取,直欲嚅哜真淳,吟咏情性。……虽以是获罪于世之君子,亦所不辞也。"毅然芟削《五孝传》及《四八目》,当以集为首。不宁惟是,并《读史述》九章及《扇上画赞》亦芟去。此两篇诸家向无异辞,惟其文辞确有不类渊明之处,且诸家本皆不以入四言诗,而附诸《孟府君传》之后,亦明有增益嫌疑。集削之,盖有巨眼也。

此本曾见昭文瞿氏《书目跋尾》,其他藏家似皆未之见。前清光宣间,上海广智书局曾影印,今传本绝希。以吾所见,精善之本无出其右,不独年代最古而已。

(二)汤汉注本,四卷。

汉,字伯纪,谥文清,鄱阳人。《宋史》有传。其注成于淳祐元年。分四卷,有诗无文,文仅录《桃花源记》及《归去来辞》,附于第四卷之末。其《归园田居》第六首及《问来使》指为赝品,附于最末。

此本何孟春云已佚,清乾隆末吴骞所刻,《拜经楼丛书》中有之。

（三）李公焕笺注本，十卷。

卷中标题："庐陵后学李公焕集录。"惟无年月，不审何时人。何孟春谓是元人，不知何据。此本以梁昭明序及传冠卷首，次采集诸家评陶为总论。中分十卷：前四卷，诗；五卷，记辞传述；六卷，赋；七卷，《五孝传》及画赞；八卷，疏祭文；九、十两卷，《圣贤群辅录》。末附录颜延之《诔》、阳休之《序录》、宋庠《私记》、僧思悦《书后》及无名氏《记》。此本分卷盖钟阳休之，然将《五孝传》插入疏祭文前，恐非休之之旧。近年上海涵芬楼《四部丛刊》所收者即此本。

（四）何孟春注本，十卷。

孟春字燕泉。书成于明正德戊寅，自记云："……世传李公焕本当是宋丞相所记江左旧书，所谓最伦贯者。春今考诸家，移卷六赋二篇并入卷五。移卷五《五柳先生传》《孟府君传》同卷七传赞为卷六。《史述》九章移《桃花源记》前，加卷八《与子俨等疏》上为卷七。《四八目》……中分自邓禹以下为卷八、卷九。减旧一卷。而诔、传、序、录、记、跋……录次末简，用足十卷之数。是虽少有更置，而伦贯依类，尤觉得宜。……"按何氏移置卷次，自谓伦贯，然《五孝传》实赝品，以与《五柳传》《孟府君传》同卷，殊不伦也。

（五）毛晋汲古阁本，十卷。

以昭明《序》冠卷首。诗四卷，惟无《问来使》一首，余与诸本同。五卷赋辞。六卷记传画赞述。七卷《五孝传》。八卷疏祭文。九卷、十卷《四八目》。

（六）焦竑本，八卷。

诗四卷，惟《归园田居》无江淹拟作一首，余与诸本同。五卷赋辞。六卷记传画赞述。七卷《五孝传》。八卷疏祭文。附录颜《诔》及昭明《传》《序》。无《四八目》。自叙云："……友人以宋刻见遗，无《圣贤》之目。篇正与渊明旧本合。……"陶澍云："……昭明所编陶集，正集止七卷,并序、目、诔、传为八卷。后又以录别为一卷。故《隋志》云：九卷。亡其录故仍为八卷。……今焦本若去其卷七《五孝传》,庶有合于昭明卷数耳。"

此本吾未见,上据陶澍《集注》本所引。

（七）毛晋绿君亭本,三卷。

以诗一百五十八章为一卷。文十七篇为一卷。四八目为一卷。诗之《归园田居》江淹拟作、《问来使》《四时联句》《四八目》之《八儒》《三墨》,皆不载正集,另见杂附中。

此本吾未见,上据陶澍《集注》本所引。

（八）毛扆藏绍兴十年写本,十卷。

正集与汲古阁本全同,惟无附录二卷。其字为苏体,然有绍兴十年跋,知非北宋本也。广州有重雕本。

（九）吴瞻泰注本,四卷,有诗无文。

书成于清康熙乙酉,删去《归园田居》江淹拟作,及《问来使》《四时》三首。而以《桃花源诗》列于卷末,并附《读史述》九章。

（十）清四库全书本,八卷。

《提要》云："……宋扆时所行,一为萧统八卷本,以文列诗前;一为阳休之十卷本。其他又数十本。……今世所行,即扆称江左本也。然昭明太子去潜世近,已不见《五孝传》及《四八目》,不以入集,阳休之何由续得？且《五孝传》及《四八目》所引《尚书》自相矛盾,决不出于一手,当必依托之文。休之误信而增之,以后诸本虽卷帙多少次第先后各有不同,其窜入伪作则同出一辙,实自休之所编始……今并删除,惟编潜诗文,仍从昭明太子为八卷。……"

按四库本吾未见,不知各卷分合次第何如。惟《提要》所引宋扆语谓萧统本以文列诗前,似失考。扆谓昭明所作序、传及颜延之诔在集前耳。

（十一）陶澍集注本，十卷。

书成于道光己亥。博证诸家，考证最精。编诸家序录及诔传为卷首。其正集十卷：一至四，诗；五，赋辞；六，记传述赞；七，疏祭文；八，《五孝传》；九、十，《圣贤群辅录》。卷末《靖节先生年谱考异》。

启超案：欲编定完粹之陶集，应商榷之点如下：

一、《五孝传》及《圣贤君辅录》，决为赝品，当删。

二、《归园田居》第六首，《问来使》《四时》，皆误编，当删。

三、《读史述》九章及《扇上画赞》，疑伪，当入附录。

四、今本分卷及各卷中之篇次，大率皆阳休之因昭明太子本而有所增益也。至于梁五卷本休之所指为"编次颠乱"者，其内容如何，殆非吾曹今日所能悬断。试臆测之，或是诗文不分本耶？昭明区分文体，本无通识，观《文选》可见。今本别文于诗，诗又别四言于五言，本皆无甚意义。《五柳先生传》言："常著文章自娱，颇示己志。"未尝别诗于文也。今本诗四卷中，第三、第四两卷，颇有编年痕迹可寻，次第当最近真。其第一卷则徒以四言故别著之。第二卷首列《形、影、神》，殆以其为谈理之作，故以冠首，以下则年代最混杂之作品也。文则以题目末字分体，其所分略同《文选》，最为无理。意此皆昭明颠倒旧本取便耳。吾既重撰陶公年谱，专就本集籀绎作品年月，略推定者过半，辄为极大胆之举，拟一"陶集私定本"。非敢云复五卷本之旧，聊资同嗜者一哂云尔。

情 圣 杜 甫

情圣杜甫

五月二十一日为诗学研究会讲演

一

今日承诗学研究会嘱托讲演，可惜我文学素养很浅薄，不能有甚么新贡献，只好把咱们家里老古董搬出来和诸君摩挲一番，题目是"情圣杜甫"。在讲演本题以前，有两段话应该简单说明。

第一　新事物固然可爱，老古董也不可轻轻抹煞，内中艺术的古董，尤为有特殊价值。因为艺术是情感的表现，情感是不受进化法则支配的，不能说现代人的情感一定比古人优美，所以不能说现代人的艺术一定比古人进步。

第二　用文字表出来的艺术——如诗词、歌剧、小说等类，多少总含有几分国民的性质。因为现在人类语言未能统一，无论何国的作家，总须用本国语言文字做工具，这副工具操练得不纯熟，纵然有很丰富高妙的思想，也不能成为艺术的表现。

我根据这两种理由，希望现代研究文学的青年，对于本国二千年来的名家作品，着实费一番工夫去赏会他。那么，杜工部自然是首屈一指的人物了。

345

二

杜工部被后人上他徽号叫做"诗圣"。诗怎么样才算"圣",标准很难确定,我们也不必轻轻附和。我以为工部最少可以当得起"情圣"的徽号。因为他的情感的内容,是极丰富的,极真实的,极深刻的。他表情的方法又极熟练,能鞭辟到最深处,能将他全部完全反映不走样子,能像电气一般一振一荡的打到别人的心弦上。中国文学界写情圣手,没有人比得上他。所以我叫他做"情圣"。

我们研究杜工部,先要把他所生的时代和他一生经历略叙梗概,看出他整个的人格。两晋六朝几百年间,可以说是中国民族混成时代,中原被异族侵入,搀杂许多新民族的血,江南则因中原旧家次第迁渡,把原住民的文化提高了。当时文艺上南北派的痕迹显然,北派直率悲壮,南派整齐柔婉,在古乐府里头,最可以看出这分野。唐朝民族化合作用,经过完成了。政治上统一,影响及于文艺,自然会把两派特性合冶一炉,形成大民族的新美。初唐是黎明时代,盛唐正是成熟时代,内中玄宗开元间四十年太平,正孕育出中国艺术史上黄金时代。到天宝之乱,黄金忽变为黑灰,时事变迁之剧,未有其比。当时蕴蓄深厚的文学界,受了这种刺激,益发波澜壮阔。杜工部正是这个时代的骄儿。他是河南人,生当玄宗开元之初。早年漫游四方,大河以北都有他足迹,同时大文学家李太白、高达夫都是他的挚友。中年值安禄山之乱,从贼中逃出,跑到甘肃的灵武谒见肃宗,补了个"拾遗"的官。不久告假回家,又碰着饥荒,在陕西的同谷县几乎饿死。后来流落到四川,依一位故人严武。严武死后,四川又乱,他避难到湖南,在路上死了。他有两位兄弟、一位妹子,都因乱离难得见面。他和他的夫人也常常隔离。他一个小儿子,因饥荒饿死。两个大儿子,晚年跟着他在四川。他一生简单的经历,大略如此。

他是一位极热肠的人,又是一位极有脾气的人,从小便心高气傲,不肯趋承人。他的诗道:

> 以兹悟生理,独耻事干谒。(《奉先咏怀》)

又说:

> 白鸥没浩荡,万里谁能驯。(《赠韦左丞》)

可以见他的气概。严武做四川节度,他当无家可归的时候去投奔他,然而一点不肯趋承将就。相传有好几回冲撞严武,几乎严武容他不下哩。他集中有一首诗,可以当他人格的象征:

> 绝代有佳人,幽居在空谷。自言良家子,零落依草木。……在山泉水清,出山泉水浊。侍婢卖珠回,牵萝补茅屋。摘花不插鬓,采柏动盈掬。天寒翠袖薄,日暮倚修竹。(《佳人》)

这位佳人,身分是非常名贵的,境遇是非常可怜的,情绪是非常温厚的,性格是非常高抗的。这便是他本人自己的写照。

三

他是个富于同情心的人,他有两句诗:

> 穷年忧黎元,叹息肠内热。(《奉先咏怀》)

这不是瞎吹的话，在他的作品中，到处可以证明。这首诗底下便有两段说：

> 彤庭所分帛，本自寒女出。鞭挞其夫家，聚敛贡城阙。（同上）

又说：

> 况闻内金盘，尽在卫霍室。中堂舞神仙，烟雾散玉质。暖客貂鼠裘，悲管逐清瑟。劝客驼蹄羹，霜橙压香橘。朱门酒肉臭，路有冻死骨。……（同上）

这种诗几乎纯是现代社会党的口吻。他做这诗的时候，正是唐朝黄金时代，全国人正在被镜里雾里的太平景象醉倒了。这种景象映到他的眼中，却有无限悲哀。

他的眼光，常常注视到社会最下层。这一层的可怜人那些状况，别人看不出，他都看出；他们的情绪，别人传不出，他都传出。他著名的作品《三吏》《三别》便是那时代社会状况最真实的影戏片。《垂老别》的

> 老妻卧路啼，岁暮衣裳单。熟知是死别，且复伤其寒。此去必不归，还闻劝加餐。

《新安吏》的

> 肥男有母送，瘦男独伶俜。白水暮东流，青山犹哭声。莫自使眼枯，收汝泪纵横。眼枯即见骨，天地终无情。

《石壕吏》的

> 三男邺城戍,一男附书至,二男新战死。存者且偷生,死者长已矣。

这些诗是要作者的精神和那所写之人的精神并合为一,才能做出。他所写的是否他亲闻亲见的事实,抑或他脑中创造的影像,且不管他,总之他做这首《垂老别》时,他已经化身做那位六七十岁拖去当兵的老头子;做这首《石壕吏》时,他已经化身做那位儿女死绝、衣食不给的老太婆。所以他说的话,完全和他们自己说一样。

他还有《戏呈吴郎》一首七律,那上半首是:

> 堂前扑枣任西邻,无食无儿一妇人。不为家贫宁有此,只缘恐惧转须亲。……

这首诗,以诗论,并没什么好处,但叙当时一件琐碎实事——一位很可怜的邻舍妇人偷他的枣子吃,因那人的惶恐,把作者的同情心引起了。这也是他注意下层社会的证据。

有一首《缚鸡行》,表出他对于生物的泛爱,而且很含些哲理:

> 小奴缚鸡向市卖,鸡被缚急相喧争。家人厌鸡食虫蚁,未知鸡卖还遭烹。虫鸡于人何厚薄,吾叱奴人解其缚。鸡虫得失无时了,注目寒江倚山阁。

.

有一首《茅屋为秋风所破歌》结尾几句说道:

……安得广厦千万间，大庇天下寒士俱欢颜，风雨不动安如山。呜呼！何时眼前突兀见此屋，吾庐独破被冻死亦足。

有人批评他是名士说大话，但据我看来，此老确有这种胸襟。因为他对于下层社会的痛苦看得真切，所以常把他们的痛苦当作自己的痛苦。

四

他对于一般人如此多情，对于自己有关系的人更不待说了。我们试看他对朋友，那位因陷贼贬做台州司户的郑虔，他有诗送他道：

……便与先生应永诀，九重泉路尽交期。

又有诗怀他道：

天台隔三江，风浪无晨暮。郑公纵得归，老病不识路。……（《有怀台州郑十八司户》）

那位因附永王璘造反长流夜郎的李白，他有诗梦他道：

死别已吞声，生别常恻恻。江南瘴厉地，逐客无消息。故人入我梦，明我长相忆。恐非平生魂，路远不可测。魂来枫林青，魂返关塞黑。君今在罗网，何以有羽翼？落月满屋梁，犹疑照颜色。水深波浪阔，毋使蛟龙得。（《梦李白二首》之一）

这些诗不是寻常应酬话，他实在拿郑、李等人当一个朋友，对于他们的境遇，所感痛苦和自己亲受一样，所以做出来的诗句句都带血带泪。

他集中想念他兄弟和妹子的诗，前后有二十来首，处处至性流露。最沉痛的如《同谷七歌》中：

有弟有弟在远方，三人各瘦何人强？生别展转不相见，胡尘暗天道路长。前飞鴐鹅后鶖鸧，安得送我置汝旁？呜呼，三歌兮歌三发，汝归何处收兄骨。

有妹有妹在钟离，良人早没诸孤痴。长淮浪高蛟龙怒，十年不见来何时？扁舟欲往箭满眼，杳杳南国多旌旗。呜呼，四歌兮歌四奏，林猿为我啼清昼。

他自己直系的小家庭，光景是很困苦的，爱情却是很秾挚的。他早年有一首思家诗：

今夜鄜州月，闺中只独看。遥怜小儿女，未解忆长安。香雾云鬟湿，清辉玉臂寒。何时倚虚幌，双照泪痕干。（《月夜》）

这种缘情绮旎之作，在集中很少见，但这一首已可证明工部是一位温柔细腻的人。他到中年以后，遭值多难，家属离合，经过不少的酸苦。乱前他回家一次，小的儿子饿死了，他的诗道：

……老妻寄异县，十口隔风雪。谁能久不顾，庶往共饥渴。入门闻号咷，幼子饿已卒。吾宁舍一哀，里巷亦呜咽。所愧为人父，无食致夭折。……（《奉先咏怀》）

情圣杜甫

乱后和家族隔绝,有一首诗:

> 去年潼关破,妻子隔绝久。……自寄一封书,今已十月后。反
> 畏消息来,寸心亦何有。……(《述怀》)

其后从贼中逃归,得和家族团聚,他有好几首诗写那时候的光景。《羌
村》三首中的第一首:

> 峥嵘赤云西,日脚下平地。柴门鸟雀噪,归客千里致。妻孥怪
> 我在,惊定还拭泪。世乱遭飘荡,生还偶然遂。邻人满墙头,感叹
> 亦歔欷。夜阑更秉烛,相对如梦寐。

《北征》里头的一段:

> 况我堕胡尘,及归尽华发。经年至茅屋,妻子衣百结。恸哭松
> 声迥,悲泉共呜咽。平生所娇儿,颜色白胜雪。见耶背面啼,垢腻
> 脚不袜。床前两小女,补绽才过膝。海图坼波涛,旧绣移曲折。天
> 吴及紫凤,颠倒在短褐。老夫情怀恶,呕咽卧数日。那无囊中帛,
> 救汝寒凛栗。粉黛亦解苞,衾裯稍罗列。瘦妻面复光,痴女头自
> 栉。学母无不为,晓妆随手抹。移时施朱铅,狼藉画眉阔。生还对
> 童稚,似欲忘饥渴。问事竞挽须,谁能即嗔喝?翻思在贼愁,甘受
> 杂乱聒。

其后挈眷避乱,路上很苦,他有诗追叙那时情况道:

> 忆昔避贼初,北走经险艰。夜深彭衙道,月照白水山。尽室久

徒步,逢人多厚颜。……痴女饥咬我,啼畏虎狼闻。怀中掩其口,反侧声愈嗔。小儿强解事,故索苦李餐。一旬半雷雨,泥泞相牵攀。……(《彭衙行》)

他合家避乱到同谷县山中,又遇着饥荒,靠草根木皮活命。在他困苦的全生涯中,当以这时候为最甚。他的诗说:

长镵长镵白木柄,我生托子以为命。黄独无苗山雪盛,短衣数挽不掩胫。此时与子空归来,男呻女吟四壁静。……(《同谷七歌》之二)

以上所举各诗写他自己家庭状况,我替他起个名字叫做"半写实派"。他处处把自己主观的情感暴露,原不算写实派的作法。但如《羌村》《北征》等篇,多用第三者客观的资格,描写所观察得来的环境和别人情感,从极琐碎的断片详密刻画,确是近世写实派用的方法,所以可叫做"半写实"。这种作法,在中国文学界上,虽不敢说是杜工部首创,却可以说是杜工部用得最多而最妙。从前古乐府里头,虽然有些,但不如工部之描写入微。这类诗的好处,在真事愈写得详,真情愈发得透。我们熟读他,可以理会得"真即是美"的道理。

五

杜工部的"忠君爱国",前人恭维他的很多,不用我再添话。他集中对于时事痛哭流涕的作品,差不多占四分之一。若把他分类研究起来,不惟在文学上有价值,而且在史料上有绝大价值。为时间所限,恕我不征引了。内中价值最大者,在能确实描写出社会状况,及能确实讴吟出时代心理。刚才举出半写实派的几首诗，是集中最通用的作法，此外还有许多是纯写实的。试举他几首：

> 献凯日继踵，两蕃静无虞。渔阳豪侠地，击鼓吹笙竽。云帆转辽海，粳稻来东吴。越裳与楚练，照耀舆台躯。主将位益崇，气骄凌上都。边人不敢议，议者死路衢。（《后出塞》五首之四）

读这些诗，令人立刻联想到现在军阀的豪奢专横——尤其逼肖奉直战争前张作霖的状况。最妙处是不著一个字批评，但把客观事实直写，自然会令读者叹气或瞪眼。又如《丽人行》那首七古，全首将近二百字的长篇，完全立在第三者地位观察事实。从"三月三日天气新"，到"青鸟飞去衔红巾"，占全首二十六句中之二十四句，只是极力铺叙那种豪奢热闹情状，不惟字面上没有讥刺痕迹，连骨子里头也没有，直至结尾两句：

> 炙手可热势绝伦，慎莫近前丞相嗔。

算是把主意一逗，但依然不著议论，完全让读者自去批评，这种可以说讽刺文学中之最高技术。因为人类对于某种社会现象之批评，自有共同心理，作家只要把那现象写得真切，自然会使读者心理起反应。若把读者心中要说的话，作者先替他倾吐无余，那便索然寡味了。杜工部这类诗，比白香山《新乐府》高一筹，所争就在此。《石壕吏》《垂老别》诸篇，所用技术，都是此类。

工部的写实诗，什有九属于讽刺类。不独工部为然，近代欧洲写实文学，那一家不是专写社会黑暗方面呢？但杜集中用写实法写社会优美方面的亦不是没有，如《遭田父泥饮》那篇：

步屧随春风，村村自花柳。田翁逼社日，邀我尝春酒。酒酣夸新尹，畜眼未见有。回头指大男，"渠是弓弩手。名在飞骑籍，长番岁时久。前日放营农，辛苦救衰朽。差科死则已，誓不举家走。今年大作社，拾遗能住否？"叫妇开大瓶，盆中为吾取。……高声索果栗，欲起时被肘。指挥过无礼，未觉村野丑。月出遮我留，仍嗔问升斗。

这首诗把乡下老百姓极粹美的真性情，一齐活现。你看他父子夫妇间何等亲热，对于国家的义务心何等郑重，对于社交何等爽快、何等恳切。我们若把这首诗当个画题，可以把篇中各人的心理从面孔上传出，便成了一幅绝好的风俗画。我们须知道杜集中关于时事的诗，以这类为最上乘。

六

工部写情，能将许多性质不同的情绪，归拢在一篇中，而得调和之美。例如《北征》篇，大体算是忧时之作。然而"青云动高兴，幽事亦可悦"以下一段，纯是玩赏天然之美；"夜深经战场，寒月照白骨"以下一段，凭吊往事；"况我堕胡尘"以下一大段，纯写家庭实况。忽然而悲，忽然而喜。"至尊尚蒙尘"以下一段，正面感慨时事，一面盼望内乱速平，一面又忧虑到凭藉回鹘外力的危险。"忆昨狼狈初"以下到篇末，把过去的事实，一齐涌到心上。像这许多杂乱情绪迸在一篇，调和得恰可，非有绝大力量不能。

工部写情，往往愈拗愈紧，愈转愈深。像《哀王孙》那篇，几乎一句一意，试将现行新符号去点读他，差不多每句都须用"。"符或"；"符。他的情感，像一堆乱石，突兀在胸中，断断续续的吐出，从无条理中见条理,真极文章之能事。

工部写情,有时又淋漓尽致一口气说出,如八股家评语所谓"大开大合"。这种类不以曲折见长,然亦能极其美。集中模范的作品,如《忆昔行》第二首,从"忆昔开元全盛日"起,到"叔孙礼乐萧何律"止,极力追述从前太平景象,从社会道德上赞美,令意义格外深厚。自"岂闻一缣直万钱"到"复恐初从乱离说",翻过来说现在乱离景象,两两比对,令读者胆战肉跃。

工部还有一种特别技能,几乎可以说别人学不到。他最能用极简的语句,包括无限情绪,写得极深刻。如《喜达行在所》三首中第三首的头两句:

死去凭谁报,归来始自怜。

仅仅十个字,把十个月内虎口余生的甜酸苦辣都写出来。这是何等魄力! 又如前文所引《述怀》篇的:

反畏消息来。

五个字,写乱离中担心家中情状,真是惊心动魄。又如《垂老别》里头:

势异邺城下,纵死时犹宽。

死是早已安排定了,只好拿期限长些作安慰。(原文是写老妻送行时语。)这是何等沉痛! 又如前文所引的:

郑公纵得归,老病不识路。

明明知道他绝对不得归了，让一步虽得归，已经万事不堪回首。此外如：

> 带甲满天地，胡为君远行。
> 万方同一概，吾道竟何之。（《秦州杂诗》）
> 国破山河在，城春草木深。
> 亲朋无一字，老病有孤舟。（《登岳阳楼》）
> 古往今来皆涕泪，断肠分手各风烟。（《公安送韦二少府》）

之类，都是用极少的字表极复杂极深刻的情绪。他是用洗炼工夫用得极到家，所以说："语不惊人死不休。"此其所以为文学家的文学。

悲哀、愁闷的情感易写，欢喜的情感难写。古今作家中，能将喜情写得逼真的，除却杜集《闻官军收河南河北》外，怕没有第二首，那诗道：

> 剑外忽闻收蓟北，初闻涕泪满衣裳。却看妻子愁何在，漫卷诗书喜欲狂。白日放歌须纵酒，青春作伴好还乡。即从巴峡穿巫峡，便下襄阳向洛阳。

那种手舞足蹈情形，从心坎上迸走而出，我说他和古乐府的"公无渡河"是同一样笔法，彼是写忽然剧变的悲情，此是写忽然剧变的喜情，都是用快光镜照相照得的。

七

工部流连风景的诗比较少，但每有所作，一定于所咏的景物观察入微，便把那景物做象征，从里头印出情绪。如：

竹凉侵卧内，野月满庭隅。重露成涓滴，稀星乍有无。暗飞萤自照，水宿鸟相呼。万事干戈里，空悲清夜徂。（《倦夜》）

题目是"倦夜"，景物从初夜写到中夜、后夜，是独自一个人有心事睡不着，疲倦无聊中所看出的光景。所写环境，句句和心理反应。又如：

风急天高猿啸哀，渚清沙白鸟飞回。无边落木萧萧下，不尽长江滚滚来。……（《登高》）

虽然只是写景，却有一位老病独客秋天登高的人在里头，便不读下文"万里悲秋常作客，百年多病独登台"两句，已经如见其人了。又如：

细草微风岸，危樯独夜舟。星垂平野阔，月涌大江流。……（《旅夜书怀》）

从寂寞的环境上领略出很空阔、很自由的趣味。末两句说："飘飘何所似，天地一沙鸥。"把情绪一点便醒。

所以工部的写景时，多半是把景做表情的工具。像王、孟、韦、柳的写景，固然也离不了情，但不如杜之情的分量多。

八

诗是歌的、笑的好呀，还是哭的、叫的好？换一句话说，诗的任务在赞美自然之美呀，抑在呼诉人生之苦？再换一句话说，我们应该为做诗而做诗呀，抑或应该为人生问题中某项目的而做诗？这两种主张，各有极强的理由，我们不能作极端的左右袒。也不愿作极端的左右袒，依我所见，人生目的不是单调的，美也不是单调的。为爱美而爱美，也可以说为的是人生目的，因为爱美本来是人生目的的一部分。诉人生苦痛，写人生黑暗，也不能不说是美。因为美的作用，不外令自己或别人起快感，痛楚的刺激，也是快感之一。例如肤痒的人，用手抓到出血，越抓越畅快。像情感怎么热烈的杜工部，他的作品，自然是刺激性极强，近于哭叫人生目的那一路，主张人生艺术观的人，固然要读他。但还要知道，他的哭声，是三板一眼的哭出来，节节含着真美，主张唯美艺术观的人，也非读他不可。我很惭愧，我的艺术素养浅薄，这篇讲演，不能充分发挥"情圣"作品的价值。但我希望这位情圣的精神，和我们的语言文字同其寿命，尤盼望这种精神有一部分注入现代青年文学家的脑里头。

图书在版编目（CIP）数据

梁启超论中国文学 / 梁启超著. -- 上海：上海书
店出版社, 2020.12
　（新原点丛书）
　ISBN 978-7-5458-1984-7

　Ⅰ. ①梁… Ⅱ. ①梁… Ⅲ. ①中国文学 – 古典文学研
究 Ⅳ. ①I206.2

中国版本图书馆CIP数据核字（2020）第225204号

责任编辑　张　冉　吕高升
封面设计　郦书径

梁启超论中国文学

梁启超　著

出　　版　上海书店出版社
　　　　　（200001　上海福建中路193号）
发　　行　上海人民出版社发行中心
印　　刷　苏州市越洋印刷有限公司
开　　本　710×1000　1/16
印　　张　22.75
字　　数　280,000
版　　次　2020年12月第1版
印　　次　2020年12月第1次印刷
ISBN 978-7-5458-1984-7/I.515
定　　价　89.00元